上

简图
著———
JIAN TU

四川文艺出版社

目 录

CONTENTS

第一章

陷入魔窟

余晖退却，透过茂密的丛林，依稀可见远处的星光和云雾笼罩的山影，鸟飞蝉鸣仙境般的山涧中却弥漫着扑面而来的诱惑气息，是那勾人魂魄的罂粟。

金三角，被人俗称为“鬼门关”。

这里由当地武装军阀统治，毒品泛滥，三国边境形成了一个巨大的且难以控制的毒品源区，当地武装以毒养兵，以兵贩毒，并以此形成一个巨大的产业链，“毒赌黄”以“毒”为首。

随着世界范围内的禁毒开始，金三角各毒品团伙受到打击，不似多年前那样猖獗，却也不乏野心者偷偷摸摸制毒。由于世界范围内都在禁毒，叫得上名号的毒枭一个个消失于人们的视野，金三角势力大洗牌，毒品经济来源无法维持毒枭武装，因此，便出现了更多的新型毒品。

毒，易染却难戒。

两天前，南絮接到上级指令，与特别行动组执行任务，截获金三角毒窟研制出的新型化学毒品。她作为军区密码破译专家，成功破译密码截获毒品。在最后的那一刻，当看到毒品被取出，尽管头上被毒犯抵着枪，她却没有恐惧，心里反而是成功完成任务后的喜悦。

此次任务不知在哪一环节出现了纰漏，秘密行动前暴露了，行动组与毒枭武装分子发生枪战，损失惨重，组长郑磊身负重伤，与此同时她被劫持。

南絮双手被绑于身后，浸了油的麻绳结实地捆着她的手腕，一身迷彩越野作战服的南絮笔直挺立在大堂中央，后脑抵在上了膛的枪口上。

大堂内十几名身着制服的武装兵，手持长枪，用她听不懂的语言吼叫，但她能分辨出是谩骂的语调。

他们的目光突然齐刷刷射过来，她眸光一暗，心知不妙，但语言不通，难以分辨他们的意图。

她自知此次九死一生，魔窟进来容易出去难，已做好了最坏的打算。

这时，身后突然传来谩骂的声音，来人三十岁左右，半长的头发，因长年吸毒而骨瘦脱相。她在行动前看过资料，这正是此次行动任务集团的廖爷的二儿子——迪卡。

此人生性残暴，涉毒涉黄，杀人不眨眼，手下有几千名武装兵。

迪卡骂了几句，突然说了一句她听得懂的话：“把她的衣服扒下来！”

南絮心里一紧，绑在背后的双手紧握成拳。

迪卡说了一句缅语，又加了句中文，骂了旁边的人几句，指出她身上的作战服可能有跟踪器，容易把军方引过来。他狂躁地踹了一脚旁边拿枪的喽啰，骂他们办事不力。

这里是山区，瓦房、木屋，林荫覆盖，交通闭塞，信号极差，他们常隐匿于这三不管地带。

有人上前扯着她的衣服，被衣服紧裹的身子突然被勒得生疼，她蹙了下眉却没吭一声，只是抬眸，眸光一凛，扯她衣服的小兵突然被她的眼神震慑到了，手上的动作停了下来。

迪卡嘴里骂着“废物”，冲旁边人使眼色，只见一个身高一米九多的壮汉上前，扯着她的外衣往下扒，扒到手腕处停下，用询问的目光看向迪卡，迪卡示意他解开绳带，同时嘴上说着“廖爷知道此事，正在来的路上”。南絮听懂了这句话。

她看着迪卡暴躁地一边骂一边吼叫，活像一条发疯的野狗。

很快，外面有了动静，迪卡迎了过去。

屋子里进来几个人，为首的男人六十岁左右，拄着一根鎏金拐杖，拐杖敲击地面发出响声，室内仿佛因此笼上一层强压而来的低气流，没人敢喘大气。

那人蓄着胡子，白丝掺杂在黑须之间，他在正中位置坐下，眼睛盯着南絮。

南絮听得出他们对这人的称呼，这就是金三角的新势力——大毒枭廖爷。

廖爷叫什么，没人知道，出了名后便被人们称为“廖爷”。

“密码是你破译的？”

对方突然开口，还是一口流利的中文，南絮有些诧异，没说话，而是点了下头。

“后生可畏啊！”廖爷一句感叹。

密码通关为十，几十名破译专家也没破过第三关，而她居然把里边的东西轻易地取走了。眼前仅仅是一个年纪轻轻的小姑娘，不过他自然是知道华国军方的人才和军事实力的。

“是我疏忽大意，那名鬼崽已经处置了。”迪卡说。

廖爷点点头没有说话，高深莫测的眼神看不出喜怒，南絮琢磨不透他在想什么。她捣毁了他们的财路，想必他不会轻易放过她。在南絮的印象里，毒枭应该都是迪卡这种暴躁的亡命徒，却没想到这廖爷中文流利，还面带笑意。

迪卡见廖爷没说他什么，看了眼站着的南絮：“这女人怎么处置？”

廖爷唇角勾着笑，这笑甚至可以称为慈善，他摆了摆手，却说出致命的一句话：“随你处置吧。”

南絮知道，廖爷这张笑脸后藏着嗜血的魔鬼。

迪卡对旁边人下令：“拉出去处决。”

南絮紧攥着的双手突然松开，在这一刻她是轻松的。她见过太多魔窟折磨人的手段，那比死还要难以承受千倍万倍，也知道卧底被发现后被折磨致死，痛苦异常。

此刻听到“处决”，她心底无限轻松，死亡有时候是一种解脱。

这时，外面响起了呼啦啦的脚步声，一个身形高大的男人走了进来，墨色军服，作战靴踩在地上，步伐稳健有力。

迪卡看到来人，眼神露出一抹不爽，嘲讽道：“这不是骁爷吗，怎么有空来我这里，不怕脏了你的鞋？”

被称为骁爷的男人只是淡淡睨了迪卡一眼，不屑与他多言，扬手把一个圆牌扔到廖爷手边的桌子上，然后冲外面招了招手，只见几个人押着一个头发散乱的男人出现在门口。

霎时，所有人把目光看向他，骁爷不愧是骁爷，门外被押的人便是淮清地盘的老大，迪卡磕了两年都无功而返，他就这样被齐骁拿了下来，一雪廖爷前耻，这可是送给廖爷六十大寿绝佳的礼物。

迪卡处处被齐骁压制，眼下又让他拿下淮清的地盘，那里是金三角地带毒赌黄最猖獗的地界。这让迪卡在廖爷面前丢了面子，在手下面前丢了威信，此刻他十分恼火。

廖爷面露悦色对齐骁说："你出手，我放心。"

廖爷看了眼门外丧家犬般的男人，用缅语说着什么，冲外面的人摆摆手，随后传来一声声撕心裂肺的哀号。

南絮身子绷得紧紧的，每一声惨叫都像在撕裂人的意志，这是魔窟，地狱。

迪卡窝着气，再看到面前的女人，突然上前挑着她的下巴，抹了把她脸上的油彩，邪魅一笑："把她送到娜嘉那儿。"

南絮心感不妙。从这帮人的表情和笑声里，她断定自己要被送去的地方是"女人的地狱"。

她站得笔直，但内心已波涛汹涌。持枪的男人上前抓着她的胳膊往外走，她灵机一动，反手扣住那男人的手腕，一个扭转，就听那壮汉发出惨叫，她立刻转身往外跑，她想，如果他们能开枪便是好事。

见她反抗，几个人直接冲上来截住她，南絮虽是密码破译专家，却是按照特种兵的训练模式受训，打斗中，迪卡突然来了兴致，吼着"要抓活的"。

齐骁坐在椅子上，用手抵着下巴，饶有兴致地看着打斗的女人，几个大男人愣是近不了身。不过几个当地武装兵，确实难以跟特种部队的人对抗。他唇角勾着一抹难以察觉的笑，对廖爷说："她这是在求死。"

廖爷点了点头，自然看出此女子的意图："淮清是我多年的心头刺，让你给拔了，要什么奖赏？"

"给廖爷的贺礼罢了。"齐骁斜倚着椅子的扶手，目光依旧落在打斗中女人的身影上。虽说得毫不在意，但谁人不知，他想要什么大礼廖爷都能给。

廖爷义子有三个：大儿子道陀负责毒品贩卖，心狠手辣，杀人如麻；二儿子迪卡，主要负责黄和毒，手下也有赌场；老三，便是在四年前廖爷身陷囹圄时救下他的齐骁，只负责赌场。

"迪卡的那间赌场，您不是一直嫌他经营不善吗？"

迪卡听闻立马开口反驳，对着齐骁亦是出言不逊，齐骁压根儿没理他的鬼叫。

他盯着面前打斗的人，女人出手快狠准，招招制敌，只听咔嚓一声，一个男人的胳膊就被她那纤细的双臂拧脱了臼，他眉峰一挑。

毕竟双拳难敌四手，一个女人被七八个男人围攻，终究败下阵来。

迪卡鬼叫了一声，只见有人从旁边拿出一根针剂。迪卡说："没有我治不了的女人，好好享受吧，你会喜欢的。"

南絮知道那是什么，她紧抿着唇，脸色变得煞白，一双漂亮且锐利的眸子开始闪躲，唇瓣开始不受控制地抖动，尽管隐藏得很好，但还是被齐骁发现了。

她被两个男人按在地上，一双眸子看着针管越来越近，发出被抓后的第一道吼声："给我个痛快。"

此时的她不怕死，但不想被毒品控制，她挣扎着，目光里的恐惧第一次表露出来，求救般地看向最后进来的那个男子，她听得出他的口音——华国人。虽然在这个魔窟里都是嗜血的魔鬼，没有国界之分，但她还是下意识地张了嘴。

她的声音没出来，但她的眼神好像在对他说，救救她，或是，给她个痛快。

当针即将落在她的静脉处时，男人开口。

"等等。"

拿针的人手停了下来，抬头看齐骁，又看向迪卡。迪卡不干了："老三，你管你的赌场，我的事你别想插手！"

南絮看到那个男人起身，一步步向她走来，健硕修长的身形蹲在她面前。他伸出手，捏住她的下巴，嘴角噙着笑："求我，我就把你要过来。"

南絮管不了那么多，只要不被注射毒品，只要暂时逃开疯狗一样的迪卡，让她做什么都可以。干涩的喉咙微微滚动，她轻启唇瓣："求你救救我。"

齐骁勾了勾唇角，霍然起身，留给她一个背影。她不知道他会不会救她，至于这个救，也仅限于脱离迪卡这个魔窟再进另一个魔窟罢了。

"廖爷，就她了。"他坐回刚才的位置，依旧是用漫不经心的语调跟廖爷说话。他这性子廖爷习惯了，也随着他，谁让齐骁是他最得力的干将呢。

廖爷没开口，因为这个女人身份很特殊，如果是个普通女人，别说一个，一车都送给他。

齐骁自然也清楚眼前女人的来历，转头看向廖爷：“难得有女人入我眼，扔迪卡那窝里，浪费了。”

迪卡骂道：“老三，你别以为我怕你，从我手里你抢走多少了？！这个人什么身份，你要？你要干什么，养着反噬吗？”

反噬，他自然明白迪卡讲的是什么，意指他会反水廖爷，不过他不急不躁，压根儿不理迪卡。他一贯漠视迪卡，大家都习以为常。“兄弟”三人各怀鬼胎，各自争着地盘，廖爷也是任三方互相牵制，进而平衡势力。

廖爷一时没有应下他的话，齐骁转头看向廖爷。过了半晌，廖爷对他笑了下：“真看上了？”

齐骁指尖轻点着椅子的扶手，一下一下，所有人都在等他的回应，他却不紧不慢，突然舔了下唇，眉峰微挑。

廖爷呵呵一笑：“看住了，跑了我可找你要人。”

这话是什么意思齐骁明白，迪卡也明白，南絮是否明白不要紧，她只知道，暂时安全了。

廖爷起身走后，迪卡愤愤不平地跟上，走到门口处，廖爷蓦地收起那副狐狸面孔，声音带着狠戾：“盯紧了。”

迪卡虽然看似莽撞，但大多时候还是有个聪明的脑袋。他一下就噤了声，只回头冷眼瞟向齐骁，唇角一抹阴险的笑容越扩越大。

廖爷用齐骁拼命，拼地盘，治理赌场，但也处处防着他，毕竟，四年前，他来路不明。

齐骁走过去，用脚踢了踢压制南絮的男人，那人松开手，齐骁居高临下：“跟了我，就是我的人。”

南絮心有余悸，却也在此刻稍稍平复了些。她没说话，钳制松开后，便从地上爬起来，笔直地站着，依旧防备地看着在场的所有人。

齐骁看出她的戒备：“收起你的小心思，在我眼皮底下，敢跑的，想死都难。”

南絮虽然心里戒备，身体却尽量放松，她知道，跟着他如果能走出这片魔窟，还有一线生机，单凭一己之力，不会有活路。

迪卡从外面进来，冲齐骁转了个笑脸：“老三，你不是对女人没兴趣吗？”

齐骁没接迪卡的话，而是上前一步，伸手捏起女人的下巴，咂了咂舌：“我就喜欢这呛口的。”

南絮挣扎了下，却被齐骁指上的力道捏得下巴更疼了。她放弃挣扎，心里告诫自己，忍一忍，还有活着的机会。

见她不再挣扎，齐骁便放开她，唇角勾着一抹笑，倾身凑近她。他很高，比她高出一头，欺身靠近时压迫感顿时笼罩至南絮周身。她知道，迪卡是疯子，但眼前的这位骁爷，更危险。

她下意识地抬手想要制止他的靠近，手却瞬间被他粗糙的手掌握住，那常年握枪打斗的手，布满一层枪茧，粗粗地握着她的手腕，捏得她骨头生疼。

她依旧保持戒备状态，齐骁微眯着眼，用警告的眼神看着她，她读懂了他传递的讯息，让她明白自己的处境。

南絮被齐骁带出迪卡的毒窝，进了几百米外的另一处院子，院子里盖着二层小楼，四周布满了兵。身后有几名持着枪的武装兵，但凡走慢几步，就拿枪在她背上抵一下，她只得紧跟着齐骁。

刚一进门，一个年龄不大的女孩子迎了上来：“骁爷回来了。”

齐骁把手里的枪扔到桌子上：“带到我房间，给她洗澡。”

说完，他用目光扫向南絮：“我说过，别耍花招，死才是最难的。”

南絮没说话，只是默认了他的话。她刚要往前走，突然被齐骁截住，她下意识地后退，却被他的大手卡住肩膀直接带到他面前，他一只手摁住她，另一只手顺着她的肩向后背一点点下滑，直至粗粝的掌心滑到她后腰，再往下时，南絮的身子已经紧紧地绷着，她告诫自己——忍住。

齐骁从她暗兜里抽出一把军工匕首，唰的一声抛出去，直直地钉在木板上，匕首发出嗡嗡的响声直刺人心底。

“你是想在我这儿，还是去迪卡那儿，还是在等救援？”

听到最后的两个字，南絮有了一丝波动。

身上所有利器都被卸下，她跟着那个不大的女孩子上楼，女孩子说：“你别怕，骁爷从不对自己人动手。”

“你是华国人？”

“我叫玉恩，你是骁爷第一个带回来的女孩子。”

玉恩看起来年纪不大，脸上有着稚嫩之气，脸颊有点高原红，牙齿白白的，笑起来干净清澈。为什么这样的人会进入魔窟？而且她还不像是被逼迫的。

女孩子把南絮带到二楼南侧的卧室，推开门，房间布置得很简单，一张大床，窗边有一个酒架，酒架上陈列着各类酒，一个独立的卫生间，真是简单至极。

玉恩进了卫生间，随后传出水声。玉恩出来对南絮说：“你洗澡吧。”

“我不洗。”她说。

玉恩有点为难：“骁爷让你洗，你还是洗吧，他不会对你动粗的。但骁爷要是发起脾气来，比迪卡还狠。”

南絮看向玉恩：“比迪卡还狠？”

玉恩点头：“我见过他一拳打断了瓦拉的三根肋骨。”

南絮感觉玉恩并没有太多心计，也不像在套她的话。她有点不解，齐骁在想什么，居然派个毫无缚鸡之力的小女孩来看着她，还是他太过自信？

玉恩见她若有所思：“你是不是在想怎么逃出去？”

南絮锁眉，眸光警戒地盯着玉恩，玉恩也不怕她。

“每个被抓进来的人都会有这种想法。”她叹了口气，“我看你穿着作战服，定不是普通人，但你再厉害，也逃不走的。”她指了指外面，“这里虽然是骁爷的，但外面，全是廖爷的人，还有迪卡的人。”

“你对他，倒是多有褒赞？”

“骁爷救了我，不然我早死在迪卡的销金窟了。”

水很快放好了，玉恩说：“要我帮你脱衣服吗？”

南絮急忙摇头：“你出去吧，我自己来。”

“骁爷让我看着你，我必须全程看着你。”

“我不习惯在外人面前脱衣服。你已经告诫我了，我是跑不出去的。既然暂时性命无忧，我也不会寻死。”

玉恩想了想：“那我就站在门口吧。”

她不离开，南絮只好关上门，透过窗子看到院落外及远处，全是他们的人，玉恩提醒她，还有一部分是迪卡的人。她觉得现在逃出去并不是最好的时机。

她先要弄清楚，齐骁这个人。

一个门里，一个门外，她跟玉恩打探起了齐骁。

齐骁是廖爷三个义子中的老三，主要负责赌场生意，手下有几千名武装兵，至于其他，玉恩也并不了解，也许即使了解，玉恩也不会跟她多谈。

“对了，你说以前没有女人过来？那他没有女人？”

玉恩的笑声传来，然后小声对着门板说：“都是男孩子，好几个呢。”

南絮搭在浴缸边沿的手紧了紧，突然勾起唇角，露出意味深长的笑。

这时，只听门外的玉恩说：“骁爷。”

齐骁看着洗手间的门，玉恩说：“她还在洗澡。”

“这么久，你是打算等我进去一起洗吗？”外面传来齐骁的声音，南絮怕他真进来，急忙应声：“马上就好。”

南絮简单地把头发弄湿，洗掉脸上的油彩，恢复本来的面貌，从浴室出来。

玉恩笑着走出房间，顺手将门关上。

南絮站在卫生间门口，看着齐骁在窗边抽烟。他叼着烟，眼睛看向手里的文件，突然烦躁地踹了一下椅子，椅腿与地面划出刺耳的尖锐声。

南絮脚钉在原地一动没动，齐骁掐灭烟头，转身走向她，南絮下意识地抬臂阻挡他近身，齐骁单手扣住她的肩膀，南絮挣脱不开，一个转身，在空中翻越而起，回手从腰间抽出一枚银针，直接刺向齐骁的肩膀。

“啊。”肩上痛感传来，他的眸光霎时变得狠戾。

齐骁两步并一步，猛然间捏住她握针的手腕，南絮闷哼一声，手上的麻针落了地，他矮身扣住她的腰，一个过肩摔直接把人掼到地上。

“砰”的一声，肺都要炸了，胸口闷闷的，一时喘不过气，南絮紧咬着牙缓了一口气才利落地爬起来。

齐骁嘴角噙着笑，饶是玩味地冲她钩了钩手指。

南絮的格斗在部队里毫不逊色于男人，但面对齐骁，她却讨不到一点儿便宜。她捏紧拳头，冲了上去。

玉恩在门外听到里面的动静，有足足十几分钟才停止。

南絮被齐骁扔到床上，他似来了跟她对战的兴致，没有一点儿被攻击的不悦，反而唇角噙着笑，伸手去解衣服的扣子。

南絮喘着气，不停地往后躲，打不过，也跑不掉，尽可能让自己恢复理智：“等等。”

“爷没那耐心。”齐骁说着，人已经靠近。

南絮背抵着床头：“你不是不喜欢女人吗？”

齐骁一听，挑了挑眉。

南絮轻咳一声，似尴尬状：“我……我也不喜欢男人。”

齐骁扣子解到第四颗，唇角微勾，他近身上前，手指挑起她的下巴：“那今天就让你尝尝，男人的滋味。”

衣服被撕开，南絮早已在打斗中失了力气，挣扎着，终究败下阵来。

背心被扯下，露出白皙的肩头，她大叫：“放开我，浑蛋……”

她再强，也是个女人；她不怕死，但怕这样的遭遇；她的身体不住地颤抖，紧抓着衣服不让他靠近，倔强的眼底霎时升起一层薄雾。

“浑蛋，放开我，别碰我，放开我……”她不停地吼着，吼出被抓后所有的委屈，努力不让眼泪掉出来，晶莹的眸子恶狠狠地看着面前的男人。

齐骁微眯着眼，舔了舔唇，屈膝，双手控制住她的手，欺身凑近：“叫，大点声，我喜欢。”

她咬紧双唇，不让叫声从唇瓣泄出，齐骁饶有兴致地看着她：“不叫，那就继续……”

话音刚落，他一口咬上她的肩膀，钻心的疼和屈辱感，让她控制不住地尖叫出来。

南絮一边叫一边骂，嗓子都快哑了。

然而她发现，齐骁除了粗鲁地控制住她，却没对她进行下一步动作。

过了一会儿，齐骁起身点了根烟，架着长腿坐在床边，拿着手机在看着什么，南絮缩在床角，防备着他。

她不明白他什么意思，动她，确实动了，却没做其他事，要说他有问题是不可能的，可他却什么也没做。

好像猜到她的心思，齐骁看都没看她直接开口：“女人还真没劲。”

南絮原本紧绷的肩头明显松懈下来，果然，天无绝人之路。

可是不到半个小时，她又对刚刚的判断产生怀疑，齐骁再次欺身上来。

“叫得好听一点儿，别跟杀猪似的。”

南絮就这样被他折腾了两次，嗓子彻底哑了，喉咙干得冒烟，齐骁出门前警告她别做无谓的挣扎。

她扶正背心肩带，周身骨头带肉都疼得要命，这时敲门声响起，然后门被推开，玉恩探进一个小脑袋，见她坐在床上，便走了进来。

玉恩手里端着一杯水递给她，南絮接过来，闻着杯子，玉恩知道她想什么："放心，我们这里没有毒品。"

南絮尝了一口，确实是白水，便一口气喝光了。她从被抓到现在，没沾一滴水，刚才嘶吼又打斗，嗓子早已火辣辣。

玉恩看着她身上的片片红痕，有些不好意思地指了指，南絮猜到此时自己身上会是何等的难堪。

玉恩出去后，她把目光转向窗外，判断时间应该是晚上十点左右，不知道齐骁会不会再回来，她坐在窗边闭目，心里酸涩难当，爸爸如果知道她出事一定备受打击。

母亲三年前因病去世，父亲年事已高，她不知道自己能否逃出魔窟，进了这里，想出去，比登天还难。

齐骁并未对她做什么，那么她可以从他身上下手，虽然他警告她不许逃跑，但她一定能找到机会。看着外面端着枪巡逻的武装分子，南絮知道，逃，是下下策。

眼下，齐骁是她唯一的突破口。

齐骁半夜回来，南絮觉得他简直就是个变态，让她叫，叫得声音越大越好，激烈的惨叫回荡在整座山林，树上扑扑腾起的飞鸟呼啦啦掠过，惊得绿叶沙沙作响。

齐骁就睡在她旁边，两人一张床，南絮紧盯着他的侧脸，他就不怕她一掌劈死他？

她不会，因为他是她唯一的活路。

天放亮，齐骁便离开了，她不知道外面什么情况，出不去，得不到任何消息，更不知道郑磊的伤势如何，不知道爸爸是不是在偷偷落泪，不知道战友们会不会替她哀伤。

洗漱的时候，她看到自己身上的痕迹，还有肩头上被咬的那一块，已经结了血痂。她拍了拍脸，让自己打起精神。

她把玉恩送来的所有早餐吃光，玉恩见她胃口好，又问她还要不要加一些，她说还要——一定要吃饱，保存体力。

齐骁这一晚没有回来，南絮一直观察外面的持枪岗位，东南西北四个哨岗均有人把守，一个小时换一班，对面不远处是迪卡的老窝，中午看到迪卡从那儿出来过一次，看向这边，然后跟旁边人说着什么，又回了自己的地盘。

她看出迪卡与齐骁之间暗存的硝烟，不过暂时没办法思考太多，这里地处偏僻，又有重兵把守，逃出去的概率几乎为零。

次日中午，一辆汽车停在院子门口，随后玉恩的声音传来："安婀娜小姐，骁爷真的不在。"

然后就听到一个声音，她大概分辨出那句是"滚开"的意思，很快门被推开，一个身材高挑的女人站在门口，大波浪长发，模样很漂亮，但她的眼神却十分不善。

玉恩急忙说："安婀娜小姐，骁爷真的不在。"

安婀娜用犀利的眸子盯着窗边坐着的女人，这个女人身材高挑，穿着特种部队的背心和军工裤，脚蹬作战靴，头发干练地挽至脑后，还真是英姿飒爽。

"骁爷昨天要了你？"

南絮不清楚此人来意，但也知道准没好事，立即进入警戒状态。

安婀娜冲身后的人使了个眼色，于是进来几个男人要抓南絮，瞬间双方动起手来。安婀娜没想到，这个女人身手如此了得，几个男人都抓不住。

她冲身后的人喊了一声，只见一个人递了一把枪给她，她抬手对着南絮就开枪，南絮闪躲不及，肩膀被射中，但并不是子弹，而是一管针剂，她心中暗叫不好，快速拔出仅有四五厘米长的针管捏在手里，回手猛地刺入面前男人的手臂上，然后一个箭步直冲向安婀娜。

安婀娜没动，身后的男人直接挡到她面前，和南絮动起手来。

胶着之际，楼下传来声音，玉恩一听，急忙往外跑，很快齐骁便上来了。

那伙人见到齐骁，停下了手，安婀娜露出一个微笑："骁爷你回来了。"

齐骁冷眼瞥向安婀娜："谁允许你带人闯进我家？安婀娜，廖爷宠你，不代表你可以在我这儿撒野。"

安婀娜望着齐骁的眼底尽是爱慕之情："玩玩就算了，迪卡哥哥说了，这个女人迟早要处置的。"

齐骁睨了她一眼，道："我的人由不得别人做主，下不为例，再来我这儿闹，别怪我不给廖爷面子。"

说完，他用目光扫向那几个男人，冷声道："滚。"

安婀娜见齐骁真的动了怒，便不再嚣张。她了解齐骁，他真发起火来，她讨不到好。她看向不远处的女人，冲她挑了挑眉。

下战书般的挑衅南絮收到了，她暗想，一定要防备这个女人。

人离开后，齐骁把衣服往旁边一扔，才把目光转向南絮，线条硬朗的唇微微一勾，知道以她的身手解决那几个人不成问题，便也没多想。

没过多久，南絮觉得周身热得厉害，口干舌燥，想喝水，但屋子里并没有水，她不住地做着吞咽的动作，很快，那热感越来越强，甚至周身发麻，头晕，恶心，还有，热，很热，非常热……

玉恩上来时，就见南絮倒在床上，蜷缩着身子，看起来十分难受，她不明所以，上前询问："你还好吧，需要帮忙吗？"

南絮艰难地抬头，感觉有什么东西拼命地在身体里钻，血液沸腾。

"水。"

她抬头的瞬间，玉恩一惊，转身往楼下跑去，很快齐骁上来，见南絮蜷缩在床上，双手紧紧地掐着自己的大腿，抬头看向他时，脸色潮红，额头上全是冷汗。

齐骁将目光一扫，瞥见掉在墙角的针剂，眸光霎时狠戾，他紧抿着唇瓣，拳头攥紧："居然敢动我的人。"

玉恩跑上来，把水杯递过来，南絮抓着杯子，咕咚咕咚大口灌着水，水顺着下巴流到身上，衣衫瞬间湿了一大片。

她扔下杯子，不受控制的手颤抖着划过胸前水渍，凉凉的，舒服，很舒服，可还是热。

齐骁吩咐："热水。"

玉恩急忙下去准备，很快小跑上楼，一边跑一边说："来了来了，水来了。"

齐骁扶着南絮坐起来，把水送到她唇边，不停地喂她喝。

“打进多少？”

南絮知道他在跟自己说话，艰难地应答：“唔……不……不知道……我……拔得快……”她快速喘息着，嘴巴也不受控制地抖动着，似乎知道自己眼下情况是因何而起了。

身体越来越热，头越来越眩晕，恶心加剧。她靠在齐骁的身上，感觉到他身体的寒意，不受控制地往他身上贴。

她软软的身子往他怀里钻，平日握刀的手此刻软腻地在他胸前摩挲，头微微仰起蹭在他颈间，一下一下……

齐骁被她蹭得浑身紧绷，扣住她的肩膀把人推开：“你冷静点。”

“唔……”她难耐地发出一声呻吟，然后像瞬间恢复了理智，急忙从他怀里退开，可没消片刻又往他身边靠，手贴着他的胸口不停地狠狠地摩擦，恨不得摄取他身上所有的凉意。

齐骁紧抿着唇，单手支开她的肩，把水递到她的唇边，一连五杯热水，她实在喝不下了，但他还在强迫她喝。

南絮急忙推开他，倒在床边狂吐，把喝下的水全吐了出来，然后被齐骁拎起来继续喝。

吐了几次，再也吐不出来，齐骁便喂她吃下药，把被子给她盖上，南絮就这样直接昏睡了过去。

针剂里的药物掺水且注射剂量小，让她自身代谢出去，不容易产生戒断反应，正常代谢两三天也就差不多了。

齐骁坐在窗边的椅子上，指间夹着一根烟。

大家知道骁爷今天心情不好，没人敢吭声，不是大事绝不上来打扰他。

过了一个多小时，听到床上的人轻声呢喃，他靠过来，伸手探进被子里，然后下楼让玉恩重新换了一套新的被褥。

南絮被折磨得意识不清，直到夜里才转醒过来。看到窗边架着长腿的男人，她支起身子，被子瞬间滑落，急忙抓住盖回身上，衣服什么时候被脱掉的也不知道，忆起昏睡前的事，抬眼看向转过来的目光，两人目光相交，她神情复杂地望进他那漆黑的眸子。

他，在帮她?

一时不知如何开口，齐骁冲她扬了扬下巴，她转头看过去，桌子上放着晚饭。

玉恩的衣服太小她穿不了，这里也没有其他女人的衣服，只能套上齐骁扔过来的 T 恤，她坐在桌边，简单地吃了东西。

“哎，你叫什么？”他的声音沉沉地划破空寂。

“南絮。”她说。

之后的两天里，南絮都在不停地喝热水，齐骁没再折腾她，她此时虽说如同苟活，但也算是过得“舒坦”。

三天后，齐骁从外面回来时，扔给她一套衣服。

翌日，齐骁带着她出了这片不知名的山林，吉普车从山麓驶出，驶过蜿蜒的小道，又行驶了一段路程便看到零星村落。她不明白齐骁此为何意，但能出来，她自是要为自己规划一下。

车子行驶一个多小时，便进入稍显繁华的地带，指示牌上陌生的文字她看不懂，只是在心里默默记下路线。

没过多久，车子便在一个金碧辉煌的酒店门前停下，她跟在齐骁身后下了车，整个过程，两人没说过一句话。

齐骁的手下从后面的车上下来，枪不离手，因为在这里，人的性命如同蝼蚁。

络绎不绝的各色行人，陌生的异域面孔，不远处一声撕心裂肺的哀号引起了她的注意，白发老妇人坐在街边，怀里抱着枯瘦的男子放声大哭，有人路过上前劝慰，但丝毫不能减轻老妇人的悲切。她推断，老妇人抱着的枯瘦男子应该是吸毒过量而亡。

她收起恻隐之心，跟在齐骁身后走进大堂，富丽堂皇的酒店与外面经过风雨侵蚀而变得破旧不堪的老房透着极大的落差。她很庆幸自己生在一个和平安逸的国家，而这里简直就是魔鬼的地狱。

进了大堂，迎面走来一个女子，浓妆艳抹，穿得花枝招展，迎上来的动作似要开屏："骁爷，您来了。"

齐骁凛冽的眸光逼退女人的殷勤，女人展着谄媚的笑脸："廖爷还没到，您里面请。"

廖爷也来，什么情况？

大堂里，几乎经过的每一个人，都会称呼齐骁一声"骁爷"。南絮边走边环视四周，看似轻松快活的场所，却尽是武装兵把守，她在给自己找一个突破口，只待时机。

转了几个弯，到了一处宽敞的大厅，人未进门迪卡的声音却由远至近，她对迪卡的印象实在太深刻了，他如同一条随时会发疯的野狗。

迪卡出来与齐骁走了个对面，两人互不理睬。迪卡与南絮擦肩而过时，冲她露出一抹邪笑，南絮垂在身侧的手紧了紧，末了把目光落在齐骁挺拔的脊背上。

齐骁这人清冷得明显跟这些人格格不入，除了跟他主动打招呼的，他一概不理会，但他却是他们中的一分子。

想起那日的事，南絮不禁心生疑窦。

再前面的男人，满头的刺青，似要支出凶狠的獠牙，他就是道陀，廖爷的大义子，心狠手辣，杀人如麻。

她安静地站在齐骁身侧，一动不动，目不斜视，这鬼窝里，只有齐骁才最像个人。

道陀用缅语跟齐骁说话，齐骁回他话，然后两人笑了出来，大家也跟着笑，虽然她听不懂他们的对话，也不清楚大家在笑什么，但大概猜得出，与她有关，因为所有人的目光，都扫向了她。

很快，廖爷来了，他拄着拐杖，旁边一个美女挽着他的手臂，女人转头的时候，与南絮目光相撞，那个女人有一刹那怔忡，然后冲她挑衅地扬了扬下巴。

前来道贺的人，纷纷送上丰厚的贺礼，今天是廖爷六十大寿，她不明白齐骁为什么带她来，也许其他人也不懂。她站在齐骁身边，一动未动，尽量让自己在这群魔鬼中变得透明，弱化自己的存在。

她听到有人谈起淮清地盘，这两天跟玉恩聊天，也打探出一些消息。起初淮清地盘是廖爷的，后来被人抢了过去，当时廖爷损失惨重，金钱损失暂且不提，重要的是丢了面子。

迪卡主动请缨，却始终无功而返，后来淮清地盘的老大开始把手伸到廖爷的生意上，想要分一杯羹，廖爷训斥迪卡，最后不得不搬出齐骁。

齐骁不碰毒，所以一直未参与过此事，这次为什么出手南絮不得而知，但对此她应该庆幸，因为这事让齐骁立了大功，他才能把身份特殊的她要过来。

如果没有淮清之事，想必廖爷也不会给齐骁面子，她的身份在这里太刺眼，在场的人都想弄死她，她再清楚不过。

在所有人酣聊时，她小声跟齐骁说想去洗手间。

齐骁点了点头，也没管她。

她走了出来，身后跟着两个持枪的小兵，以她的身手搞定他们不是问题，左拐右拐，眼见就是大堂，却好死不死地碰到了死对头——安婀娜。

“你去哪儿？”安婀娜盛气凌人地拦住她的去路，就好像特意在这儿等她一般。

她蹙眉，轻撩眼皮，淡淡吐出几个字：“洗手间。”

安婀娜指了指对面，没办法，南絮只能走进洗手间。

此处是封闭空间，无路可逃。她站了会儿，按下冲水按钮，刚一开门，便看到安婀娜就站在门口。

她没有理会，出门往大厅方向走，安婀娜紧盯着她的背影，眼底露出一片凶光。

南絮返回大厅，继续安静地站到齐骁身边，安婀娜笑着用缅语说着什么，然后大家同时把目光转向她。

她听不懂，只好把目光落在齐骁身上。

齐骁回了句她听不懂的话，大家哈哈大笑，周围全是她听不懂的语言，她第一次感到如此懊恼，后悔自己为什么不多学几门语言。

这时就见安婀娜站出来，冲她钩了钩手指。南絮一怔，不明就里。

齐骁咂了下舌，末了转头冲她扬了扬下巴，示意她过去。

南絮不明白，但这架势明显没好事。

她用有些求助的眼神看向齐骁，他冲她挑了挑眉，她冲他挤了挤眼，两人你来我往，旁人哈哈大笑，道陀说了句她听得半懂的话，说他们俩在眉目传情，大概是这意思，但掺杂着些秽语，她已自动屏蔽。

齐骁貌似很享受她主动求助，南絮没辙，小声道："干什么？"

"她要跟你过几招。"

南絮一听，没得选择，只好站在安婀娜面前不远处。

安婀娜冲她做了个请的手势，然后率先出击一掌劈向她。南絮轻轻侧身闪开，抬手掐住对方的手腕，安婀娜反肘击向她的侧脸，她抬手挡住，快速抬腿向对方下盘攻击。

南絮发现，安婀娜很高，作为女人，自己的身高已经算是高的了，但对方足足高她半个头，而且手上力道特别大，每击出一下，都让她有种跟男人打架的错觉，心下暗道，是个狠人。

安婀娜速度很快，但南絮速度更快，几个回合下来，突然一道冷光向她刺来，她猛地侧身，堪堪躲过对方袖口下伸出的冷刀。

大家自然看得见那把短刀的存在，但不会有人站出来说什么，只是看着安婀娜击得南絮节节败退，就在大家以为这场过招安婀娜必胜时，南絮一个回旋踢，正中安婀娜手腕，手腕传来的痛感钻心，刀也随即掉落。

安婀娜心中越发地滋生出恨意，这个女人让她出了丑，但她还是笑着捡起刀，没再跟她过招，她走回到廖爷身边，撒娇地说："好痛的。"

大家笑着说了什么，然后就听齐骁开口："是吗？"

南絮听懂了"是吗"，发现大家的目光不善。

齐骁突然伸手环上她的腰，把她按到他的腿上，她被迫这样坐着，似要被所有人的目光盯出一个窟窿。

“你想逃出去？”

南絮一怔，说不想，有人信吗？

齐骁搭在她腰间的手明显加重了力道，掐得她腰骨发疼，她侧头看向他，这个姿势坐在他腿上，在面向他的时候，两人的呼吸交织在一起。

“想逃？”他饶有兴致地问她。

她看不出他的喜怒，准确来讲，他没有怒意，但她也明白，更不可能有喜悦。

“没有。”她摇了摇头。

齐骁爽朗一笑，抬手扣住她的脑袋，直接吻上了她。

“唔……”她一怔，身子下意识地反抗，他扣在她后脑的手掌力道之大，她反抗得毫无意义，末了，她也不再反抗，在所有人眼里，她是他床上的女人，何况这仅是一个吻，她还不想丢了命。

她无法反抗，也无法接受，坐在他腿上的身子紧紧地绷着。他的唇瓣在她唇上碾过，有些微湿的葡萄酒气息弥漫在她的鼻息间。他的唇严实地贴合着她的唇，她只能紧闭着唇瓣，心底不住地说，不能再多了，不能再多了。

齐骁也没为难她，末了却在她唇上狠咬了一口，她吃痛，眉间微蹙。他指腹点了一下被他咬过的那片唇瓣，坏坏一笑。

旁边人传来的笑声不绝于耳，她说不出什么感觉，对那些人已经免疫了。

此时目光撞上齐骁，他眼里的笑，毫无温度。

第二章

特别保护

淮清之事解决，雪耻的感觉无比畅快，心情大好的廖爷也多喝了几杯。他没有过多褒奖立功者，此时的场合，过多的褒奖，只会让其他两个义子在手下面前失了颜面，但他还是提了一嘴，把迪卡手里其中一个赌场给了齐骁。

齐骁对迪卡的赌场没有兴趣，那里太脏，但廖爷给，他便接。迪卡自然不爽，对上廖爷的眼神，也只能吃了这个暗亏，在齐骁身上又记下一笔仇，心里暗道：早晚老子要你连本带利还回来。

道陀不管这些，只是偶尔瞟过的目光不善地落在齐骁旁边的女人身上，因为他的生意，被这个女人破坏掉了。至于齐骁为什么跟廖爷要了这个女人，对他来讲并不重要。

南絮垂眸，但警惕的余光依然扫到道陀的阴狠目光，出任务前，她已得知情报，新型毒品的研制必然要有专业人士参与，但道陀太过自负，被他抓来的化学专家在毒品研制成功后被他枪杀，南絮却成功破译，把配方和毒品截获，他应该是这里最恨她的人。

廖爷倒没有太多过问此事，毒品贩卖和制造都是道陀负责，少一个经济来源，那是道陀的事，他自己出了差错，自己负责。

直到寿宴结束，南絮也没有机会离开寿宴大厅，即使她想让自己变得透明，但那么多双毒辣的眼睛盯着她，每道目光，都带着杀意。

寿宴结束，廖爷往外走，前呼后拥都是他的手下，道陀、迪卡围着他说话，南絮跟在齐骁身后，他走到哪儿，她跟到哪儿就是，稍一落单，保不定道陀或是迪卡的手下就要对她动手，她虽对自己的身手有信心，但明枪易躲，暗箭难防。还有那个安婀娜，阴狠着呢。

走出大门，已是傍晚时分，落日余晖洒下一片火红，诡异的气氛犹如暴风雨前的宁静，让人不得不打起十二分警惕。

她环视四周，尽是持枪的武装兵环绕，根本没有突破口。

出来前她并没有抱太大希望，所以也没有失望，只是心下微叹一口气，跟在齐骁身后不远处。

突然，“呼”的一声枪响划过上空，瞬间密集的子弹如雨点洒落，所有人慌乱地喊叫闪躲，迪卡命令大家防守和回击。

伴随着街边人的混乱尖叫，武装兵的回击，霎时间枪声四起，宁静的街市变得混乱不堪。

齐骁从腰间掏出手枪，直接塞到南絮手里。

南絮一怔，他居然给她枪，她没有多余时间胡思乱想，握枪往墙角躲去。

迪卡吼着，旁边人乱叫着，大概是金三角的某一方势力趁着廖爷寿辰，想一锅端了他们。

南絮双手握枪于胸口，目光环视四周放出冷枪的位置。果然，另一方势力冲了出来，霎时间两方火并起来，她管不了那些，能跑便成，不过眼下子弹不长眼，无处可逃。

齐骁站在不远处，手里持枪保护廖爷，两人目光无意间相撞，她看不出他眼底的情绪，也不懂他为什么给她枪。至于这个原因，直到许久之后，她才得知。

她躲避着密集的流弹，目光一直在找寻突破点。不消片刻，她前面几个人非常有序地倒下，她觉得不对劲，顺着方向望过去，心底陡然一顿。

有一抹她熟悉的身形，混在对方武装兵的人群里，江离，是江离，江离来救她了。

江离是行动组里她的生死搭档，他们共同进退，出过大大小小无数次任务，可谓是同生共死走到今天。她的心突突跳着，血液仿佛都沸腾起来。

面前的人不停倒下，但双方火并人数过多，她根本冲不开廖爷手下的包围圈。面前漫天飞射的流弹，她只要敢冲出去，准被子弹打成筛子。

她用背抵着墙面，压下狂乱兴奋的心跳往外围边缘窜去。突然冷枪打在墙上，直接截断她的路，她只好闪身躲避。

双方距离较远，她只是远远地看着江离身边的人一个个倒下，心里不住地想，江离一定不要有事。

嘈杂的人群里，迪卡用刺耳的声音说有狙击手，她锐利的眸光快速搜索，果然，找到一个并不明显的枪洞。那人隐藏得很好，只是看到那支不同于普通武装部队的枪支，她便知晓，是行动组的人。

就在她恍神之际，身子猛地被拽开，一颗子弹射在墙上，子弹堪堪擦过她的腰间。如果不是齐骁，她已经中枪了。

齐骁没空管她，南絮继续贴墙前行，混战当中，她的身后抵上一把枪，她转头，是迪卡。

迪卡疯了似的把她置于自己胸前，拿她当作人肉盾牌。南絮五指做爪状，一把抓住迪卡握枪的手腕，身子一低转到迪卡背后，手上发力直接把迪卡推了出去。

那边廖爷已经下令撤退，迪卡疯叫着把她重新扯到车边，冲齐骁狠道："看好你的人。"

她被推进车里，齐骁随后坐了进来。她回头寻找江离，他的身影消失在人群中，找寻不见。

枪林弹雨中车子快速行驶，齐骁压低她的头，躲着外面射来的子弹，她整个上身都趴在他腿上，听着子弹打在车身和玻璃上，握枪的手，紧了又紧。

周身的血液越来越冷，因为离江离他们越来越远，她明白，也理解，想要营救谈何容易，多少被抓的人都有去无回。她心底欣慰，他们没忘了她，他们来救她了，即使逃不出去，即使死在这里，她亦知足。

车后方跟着追击车队，双方还在交战，车子快速行驶着，枪声越来越远。他们冲出了埋伏圈，与山里相对繁华的街市渐行渐远。

南絮坐直身子望着窗外，失去这次机会，不知还有没有下次。

过了许久，她转头，把手里的枪递给齐骁。

齐骁看了她一眼，没说什么直接把枪接了过去。弹夹是满的，她一枪没开，看来哪一方都不是她的友军，没有生命威胁时，她并没有开枪的习惯。

齐骁把枪别在腰间，浩荡的车队就这样飞驰回了老巢。

迪卡的谩骂声传来，整个大堂里，廖爷以及手下一众干将，每个人的脸上都布满阴霾和狠戾。混杂着多方语言的谩骂声不绝于耳。

大家的目光又落在齐骁身上，齐骁让人把南絮送回去，这一晚，他没回来。她依旧待在重重武装兵把守的房子里。

这里她是出不去的。

次日傍晚，齐骁回来了，浑身全是血，半边衣袖已被血浸透，不过见他身姿挺拔地走进来，想必不是大问题。

但看到他的伤处，南絮就不这样认为了。她看着队医给他包扎，血腥的气息弥漫整个房间，而他只是咬了咬牙，嘴里叼着一根烟，吭都没吭一声。

队医正嘱咐他注意事项，被他不耐烦地打断，挥了挥手让人离开。队医走后，玉恩上来打扫屋子，开窗透风，一双大眼睛已经眼泪汪汪。南絮看着她，想必是心疼了，但玉恩一直以来的反应，并不像对齐骁有特殊感情，那就是真的感激他吧，毕竟要不是齐骁出手，在迪卡那儿，就是死之前也是受尽折磨。

玉恩收拾完屋子，倒了一杯温水放到桌子上才轻手轻脚地走出去。

齐骁靠在床边休息，南絮就坐在椅子上，两人谁也没开口说话，过了会儿，她明显感觉他的呼吸声变得均匀，应该是睡着了。

她坐了会儿，起身走到床边站定，微微弯着腰身盯着他看。

南絮一直在想，他为什么给她枪，不怕她拿枪对向他吗？他就这么自信，她不会跑？还有，那天晚上，他为什么帮她？

能在魔窟里打滚的男人绝非善类，手上染着血，心狠得比石头还硬，这深山里到处都是罂粟的气味，熏染了他们每一个人。

蓦地，刀一般的眸光直射进她的眼底，南絮被他突然睁开的眼睛吓了一跳，他不是睡着了吗？

她轻咳一声："你还好吧？"

他"嗯"了一声，鼻音很重，受着伤，身体定是不舒服。

南絮没再说话，因为齐骁闭上了眼睛。

直到夜里，玉恩从楼下端着饭和水上来，没人叫他，但听到开门声，他便从床上坐了起来。

"骁爷，一下午没吃东西，饿了吧？"

玉恩手脚麻利，说话间已经把饭菜放到桌上，摆好碗筷。多了一副，是给南絮的。

这是她被抓到这以来，两人第一次坐在一起吃饭。

南絮拿着筷子看着他风卷残云地吃饭，她慢慢夹了一点儿米放到嘴里，齐骁突然起身，南絮抬眼看过去，见他走到窗边的酒架上，拿过一个巴掌大的扁身不锈钢小酒壶。

"喝吗？"他问。

南絮摇了摇头，他径直回来，拧开瓶盖仰脖喝了一大口。

她嚼着嘴里的羊腿肉，没开口。

两人各自吃着饭，齐骁喝了几口，浓烈的酒气便散了出来，很呛的烈性酒。

玉恩进来收拾碗筷，看着窗边月色下坐着的男人，小声跟她说："骁爷又喝酒了？你劝着他点。"

"关我什么事？"她是他的俘虏，有何资格劝他。

“虽然你来到这里不是自愿，但骁爷没亏待过你，你上次被安婀娜暗算，是骁爷帮了你，不然你此时已经……”

小丫头还知道扒她老底。

玉恩走后，南絮靠在床边看着在窗边抽烟的齐骁，巴掌大的小酒壶就放在腿上，他偶尔拿起来喝上一口。

南絮已经换回自己的衣服，脊背挺拔，盘腿坐在床上，眸光在昏暗的灯光下忽明忽暗。

齐骁的烟抽得有点猛，一根接一根，呛得她有些睁不开眼。

突然对讲机响起，齐骁伸手去拿，动作幅度很大，手伸到一半便戛然而止，眉头锁成一个“川”字，唇瓣紧抿成一条线。

即使伤口被拉扯得疼，他也没吭一声。

他拿过对讲机吩咐完，就把它扔到一边，刚才的动作让酒壶掉到地上，滚落到柜子底下，他弯腰去捡，一时没伸进去。

末了，南絮走了过去，她的手臂纤细，可以轻易伸到柜子下面，摸到酒壶拿出来递给他。

目光触及他的额头，他已经渗出豆大的汗珠，南絮抿了抿唇，开口道：“非喝不可？”

她知道，酒精可以麻痹神经，可以让痛感减轻，换作他人，别说这么严重的枪伤，就是一点儿小伤，也早已住院接受最完善的治疗了。

齐骁接过酒壶，布满冷汗的脸上露出一抹坏笑，痞气道：“怎么，你关心我？”

南絮觉得自己真的多余说那句话，转身走回床边，盘腿坐下。

齐骁调戏完南絮，就在椅子上坐下，拧开盖子又喝了一大口。

两人谁也没开口，窗外传来哨岗人的对话，声音高亢，在宁静的深山夜里格外清晰。南絮听不懂他们在说什么，站在窗边望去，借着微弱的灯光和明亮的月色，看到迪卡那边，有一个穿着白衫的人被抬出来，扔到皮卡车后面，发动机轰隆隆地启动，破旧的卡车开了出去，她好像能看到那人搭在卡车外的双腿随着车身的抖动，来回晃荡着……

又抬出去一个。

她不是第一次见迪卡那边抬出女人，那晚，撕心裂肺的尖叫声让她一夜未眠，迪卡，就是条丧心病狂的疯狗。

齐骁从没问过她关于那天的事，其实她心里有些感觉，他不会问她，也不会对她如何，只要她老实地待在这间房子里，基本不会有生命危险。

迪卡想用她赚钱，道陀想弄死她，安婀娜想报复她。齐骁，也只有齐骁……她的目光转向他，他正看着窗外，半仰着头看着月光，她不止一次看到他这样坐着望月。

他在想什么？她顺着他的目光望向那片极亮的月色，心底盘算着，他到底是一个什么样的人。

时间越来越晚，齐骁从椅子上起来走到床边，南絮坐在一侧，他直接倒在另一边，肩上的纱布渗出的血已经凝固，她想起下午看到的伤口，触目惊心。

很快，身边传来均匀的呼吸声，墙上的挂钟显示夜里一点十分，南絮却毫无睡意，从进到这里就跟他睡一张床，此时她已经不再排斥，只要能活命。

她的睡眠较浅，特别是身处当下的环境里，因此每日的神经都紧绷着。后半夜，也不知什么时间，感觉身后的热感很强，她微微转醒，轻轻转头看过去，窗外的月光照进二楼的卧室里，洒下一片宁静。

月光照在旁边人的脸上，他的眉头紧锁，薄唇紧抿成一条线，即使两人中间相隔很长一段距离，她都能感觉到他呼出的气很烫。

她支着手臂轻轻坐起，侧身伸出一只胳膊，探了过去。

他鼻息间呼出的气息温度很高，她再轻探上他的额头，指节上滚烫一片。猛然间，手臂被滚烫灼人的掌心狠狠掐住，即使发着高烧，齐骁那鹰隼般的眸子在夜色下，也像一支冰冷的利箭。

南絮知道，他警惕性十分高，即使在这种重病的情况下。她内心微叹，是个狠人。

"你发烧了，我去给你拿药。"她声音很轻，似在安抚，也不知道自己怎么会这样，可能是动了恻隐之心吧。毕竟，她还要靠着他才能保命。

齐骁松开紧掐着她手腕的指节，重重地跌落在床上，南絮看得出他状况十分不好，翻身下床，拿过药，又倒了一杯温水过来。

"把退烧药吃了，还有你晚上是不是没吃消炎药，你的伤口如果感染怎么办，消炎药这个时候不能断。"

她一手拿着药，一手端着水杯站在床边。

齐骁眉间依旧锁成一个疙瘩，她也不催，就这样看着他，过了片刻，就见床上的人一鼓作气地坐起来，从她手里拿过药直接扔到嘴里，半杯水灌下肚，然后转身倒在床上。

南絮放下杯子，再回来看到他依旧闭着眼，他的呼吸声没那么均匀，喘着高烧引起的粗重气息，她没躺下，而是直接走到窗边的椅子上，侧着头，望着窗外皎洁的月光。

微风吹起的树叶发出轻轻的沙沙的响声，这夜色多美。如果不是此时的境地如此不堪，她真的很享受且很喜欢这样的夜空。

城市里，高楼耸立，雾霭笼罩，夜空中的星，她都不知道多久未见过了。

她想起了江离，出任务那天原本是江离举办婚礼，她是他和安安的伴娘，却不想，这一去，再见却是他来营救她。

可能是月色的美，让她渐渐产生了睡意。

南絮醒来，同时敲门声响起，玉恩推开门，露出一个小脑袋，她低头，发现自己身上搭着一件墨色的外套，她认得，是齐骁的。

玉恩见她睁开眼，就走了进来：“你醒啦，吃饭吗？”

“吃。”不管饿不饿，必须吃东西，即使吃不下，也强迫自己吃，不能让自己的体力不足。

玉恩关上门，小跑下楼，南絮把外套挂在门边的衣架上，进洗手间洗漱。洗脸的时候，又听到玉恩进来，玉恩的动作很轻，轻手轻脚，敲门声都很轻，可能是伺候齐骁养成的习惯。

她被关到这间房子里，除了廖爷寿宴那次，就没下过楼，只能通过窗户看向外面，分辨日月朝夕。

她吃饭，玉恩站在旁边看她。

“你看我干什么？”

玉恩急忙摇头，末了又露出一抹灿烂的笑：“你长得真好看！”

南絮嘴角抽搐了下，道：“有什么用。”

“所以骁爷才喜欢你啊。”玉恩觉得骁爷肯定喜欢南絮，虽然骁爷从不让他身边人碰毒，但那天南絮被注射后，她明显看出了骁爷的愤怒和担忧，他什么时候亲自照看过一个被抓来的俘虏。

南絮长得很漂亮，不是普通的漂亮，她的五官很精致，大眼弯眉唇形饱满，鼻梁高挺，那双漂亮的眼睛里，透着一股子英气，而且她总是穿着她的那身作战服，显得特别英姿飒爽，这也给她漂亮的脸蛋增添了另一种独有的魅力。怪不得骁爷喜欢，连玉恩自己都喜欢南絮这样的女人，看过她打架，一个女人对抗几个男人也不示弱，玉恩恨不能自己也有那样的武力，可以与敌人拼命。

其实她是希望南絮能够逃出去的，但也清楚根本没有出路，倒不如留在这里，起码能够保命。

“你还真少女心，我是俘虏，没人权的。”

“让你留在这里是为了你的安全，你想出去？”玉恩顺着窗户指着外面，“全是迪卡的人，你不要命了。”

玉恩是好心，这孩子挺单纯的，这些日子，南絮除了偶尔跟齐骁说上几句，交流最多的还是玉恩。

“知道，我没想出去。”

“你知道就好，特别是不要让迪卡碰上，他跟骁爷一直不对盘。”

她清楚这一点，所以很安静地待在这儿，没有合适的机会，是不会轻举妄动的。她吃着饭，拿着筷子的手微微顿了下：“那个……齐骁他怎么样了？”

“看起来不太好。”玉恩一听到齐骁，小脸就垮了下来，“不过他也不听我们劝，你知道的，我只是关心他，但他哪会听我的。”她尴尬一笑。

“这命，还真够硬。”她小声嘀咕。

突然虚掩着的门被推开，齐骁从外面走进来，玉恩急忙扬起笑脸：“骁爷。”

齐骁“嗯”了一声：“你下去吧。”

玉恩走后，齐骁倒在床上，南絮吃着饭，余光瞟向床边的位置，眸光沉了沉，末了收回目光，继续吃饭。

齐骁睡了一觉，醒来见药摆在桌子上，旁边还放着一杯水，走过去看了眼南絮，她直接告诉他，是玉恩放的。

她还记得他昨晚调侃她的话，她关心他？她神志还清醒着呢！

齐骁走后，南絮依旧坐着，她每天的活动都是坐在窗边，眺望着远方连绵的山脉、茂密的树林和斑驳的阳光。

门外传来脚步声，她知道，来人是玉恩。

很快门被推开，玉恩兴奋地开口：“南絮姐姐，骁爷让你下楼。”

南絮微怔，也没多问，起身跟在玉恩身后走出去。

楼下大堂里有几个武装兵持枪把守，都是齐骁的人，玉恩看起来特别高兴，兴高采烈地拉着她的手臂往外走，从大堂正门出来，右转，再往后走，是高墙围着的开阔后院，有一棵几十米高的千年古树，茂盛的枝叶厚重，压着枝干下垂，齐骁坐在树下的长椅上，旁边还有一只白色的鸟。

南絮走了过去，就站在不远处，不说话，不上前。

玉恩笑着跑开，留下两个人，南絮腹诽，玉恩这小丫头太少女心，也不看两人什么关系，就暗戳戳地搞事情。

齐骁见她不动，便冲她招了招手。

她上前两步，停在一米开外的位置。

鹦鹉时不时冒出一句英语，齐骁看似心情不错，没受一点儿重伤的影响，拿着树枝逗弄着笼子里通体雪白的鹦鹉，时不时说上一句中文，让它学。

“纯种的白色金刚，你教它学中文吧，不喜欢听它鬼叫。”

南絮没反驳，只是稍有些无奈，鹦鹉的黑嘴巴非常锋利，回头叨上齐骁手里的树枝，一甩头直接把细枝折断，然后不清不楚地说了一大堆。

“它在说什么，你听懂了吗？”齐骁蹙眉，显然对鹦鹉的语言产生不满。

南絮一怔，一时没开口，齐骁对她的沉默倒没有不满：“你是密码破译专家，英文对你来讲如同母语。”

“它说……”

应该是原主人经常说的话，不过并不适合翻译出来。

齐骁转头看着她，南絮轻扯了下嘴角，没开口。

他也没为难她：“你就负责教它，白天你可以带它到这儿来。”

齐骁没再说什么，起身便走，南絮依旧站在那儿想不明白，他怎么突然允许她出房间。没待她多想，身后脚步声转回来，她转身，他就站在她身后：“让它学会，叫爸爸。”

南絮平日里毫无情绪的脸上，突然有些绷不住。

齐骁冲她挑了挑眉，唇角挂着一抹痞笑，然后转身离开。

傍晚，齐骁站在一处荒凉的山坡上，快速换了电话卡，用特制的防窃听手机拨通一个他记在脑海里的电话号码，仅响一声，便被接起。

“渔夫，我是白鹰。”手里的打火机“啪”的一声响，火苗瞬间蹿起，他深吸一口，点燃了嘴边的烟。

“你那边情况现在如何？”

齐骁狠吸一口烟，过了片刻，沉声道：“安排之前便没抱太大希望，下次再找机会吧。”

渔夫一听，便重重叹息一声：“她怎么样？她是我们非常重要的破译专家，我知道这件事让你很冒险。”

“武力值高，脑袋聪明，放心吧。”

又是一声重重的叹息：“白鹰同志。”

沉默的十几秒里，双方各怀心事，渔夫再次开口：“白鹰同志，你一定要想尽办法保住她性命，同时，也要保护好自己。”

“只要她不自己作死，在我眼皮子底下，我会尽全力。”

“截获道陀毒品一事，你又立下大功，否则这新型毒品进入华国市场，后果不堪设想。我已经跟上级领导请示，等彻底搅毁廖爷的势力，你便可以光荣归队。”

“廖爷的势力？”齐骁眼底一片寒光，“渔夫，金三角几大势力分盘割据，清掉一个，还有其他，还会有新的势力崛起。”

“所以，我们的任务，光荣又艰巨，任重道远。”渔夫的声音充满了坚毅和殊途同归的使命感。

两人又聊了一些其他的事，最后齐骁说，有合适的机会能让南絮脱困，会再跟他联络。

迪卡、道陀，包括廖爷，每一方都有无数的眼睛盯着他，他清楚，他的上线渔夫更加明白他的处境。他知道，不到万不得已，渔夫不会给他发求救信号，即使他的手机已经做了防止被窃听的处理，但也并不是万全之策。那天，他接收到信息，渔夫让他去保的那个女人，就是南絮。

保她，对他来讲太过危险，所有人都在挖泄密者，他做得再保密，替死鬼再多，也难保万无一失。几年时间，他谨慎前行，每一步都是蹚着雷，迎着子弹，走错一步，一个纰漏，精心布置的棋局便全盘瓦解。

好在南絮聪明，知道该做什么，不该做什么，而且懂得审时度势，让他省心不少。

上次廖爷寿宴的混战便是他促成的，给南絮枪也是看她本事，一切看她自己。他不可能明着把她送出去，不过当时情况着实难突围，一切只能从长计议。

南絮对于突然多出来的一只白色金刚有些无从下手，这鹦鹉不被逗弄急了，不会开口，偶尔冒一句也是英文。

齐骁这一晚并没有回来。

次日下午，齐骁回来时，只见鹦鹉站在笼子里的栖杠上，南絮盘腿坐在床上，脊背挺拔，一人一鸟，就这么对视着。

"它是鹦鹉，不是鹰，不用这么熬它。"

南絮头也没转，毫无情绪波动，锐利的眸子依旧直视着鹦鹉黑黑的眼。

齐骁知道南絮的性格执拗，定是在小东西身上没讨到好。他伸手去逗弄鹦鹉，鹦鹉转头，冲着他的手就啄上去，齐骁猝不及防地被啄一下："这小畜生，信不信一枪爆了你的鸟头。"

南絮有时觉得齐骁是个狠人，虽没有亲眼看到他对谁动手，但就是能感觉到，因为有时他的目光会让人看到危险。但有时觉得他还有那么一点点的幼稚，对，就是幼稚。

“就叫金刚吧，听着猛一点儿，我养的小东西绝对不能弱，你教它说话了吗？”

“它不开口。”南絮说。

齐骁“嗯”了一声，脱下外套随手扔到窗边的方形木桌上，进了洗手间。

南絮只碰过一次他的东西，就被他勒令不许动，便再也没碰过，即使屋子里乱成狗窝，也不动一下，只待他离开，玉恩上来收拾。

金刚可能是因为环境陌生，并不喜欢开口，南絮把笼子挂在横杆上，没再理它。

齐骁出来后，头发是湿的，身上换了衣服，在窗边的椅子上坐下。

南絮站在床边，也没去管他伤势未愈是不是冲了澡，想必他没狠到这种不顾自己生死的地步。

齐骁已经打进廖爷势力内部几年了，摸清了一切犯罪证据，却没彻底清理廖爷的势力。要做到金三角多方势力的平衡与牵制，他也要有一个身份，方便获得更多的情报。他身处的位置可以在多方势力中安插眼线，他提供的情报破获了大大小小无数起国际案件，所以，他这个身份是绝佳的掩护体，也是最危险、最致命的。

齐骁坐在阴影里，看着窗外洒下的光笼罩在南絮身上，明暗的分割线，把他们划成两个世界，他永远都活在没有光亮的阴暗中……

齐骁伤未痊愈，却也不常在家，去哪儿南絮不清楚，也从不过问。

之前她被禁足在几十平方米的房间里，自己一个人对着空气，在窗边远眺。现在她被允许到楼下透透气，身边还多了一只鹦鹉让她养，也算是给她解闷。

玉恩很喜欢金刚，没事的时候就围在她身边，逗金刚玩。两人坐在后院的古木下，金刚在笼子里傲世挺立，南絮就感觉这鸟，劲劲的。

“南絮姐姐，金刚性子太傲了，和我想象的鹦鹉不一样。”

“怎么不一样？”

“不好玩，我以为鹦鹉就是宠物，可以摸摸它，逗它玩，可金刚好像不是，不让摸，还用尖嘴啄我的手。”玉恩的小手被叨过几次之后再也不敢碰金刚了。

“鹦鹉不像普通的宠物那样温驯，但训练好了也很可爱，我小时候邻居家也养了一只鹦鹉，可以跟人聊天，说话的语气和人类一样，还会耍小脾气。”

“真的？我只是在山里的市集上见过一只，只是远远看着，没敢上前。”

“你可以跟金刚玩，多跟它说话，也许慢慢它就会跟你学会了。”

玉恩想了想：“金刚，你说，骁爷。”

南絮瞟了一眼玉恩，这丫头凡事都把齐骁放第一位，可见齐骁在她心中的地位是何等重要。

两人坐了会儿，便准备起身回去，南絮手里提着金刚的笼子，从后院往前院走，就见大门大开，从外面走进一批人，廖爷、迪卡，还有道陀都在。

南絮觉得自己出现得真不是时候，但也目不斜视地往回走，玉恩吓得尽量缩着身子躲在她后边，躲着迪卡那条疯狗。

迪卡自然看到了南絮，此时他发现，这女人越发的惊艳，白皙的皮肤在阳光下透着亮，虽然还是穿着那身作战服，但那纤细的腰身柔若无骨，饱满的胸脯，挺翘的屁股，再想起这女人高超的身手，啧啧啧，要是能把这小辣椒按在身下，那滋味，得多销魂。

光是想想，已经蠢蠢欲动。

迪卡的目光盯着南絮，而她已经快速步入大堂，径直上楼。

至于楼下在做什么，她不清楚，玉恩后来跟她说，道陀、迪卡和骁爷，针对哪一方面的事情讨论便到哪边开会，这次来骁爷这儿，想必是赌场上的事或是其他势力的问题需要骁爷出面。

玉恩说到此处，脸上浮出一抹担忧之色，南絮知道，她是担心齐骁受伤，何况他还重伤未愈。

南絮不关心这些，但心底也是希望齐骁没事，他是她的保护伞，暂时她还得靠他活命。

楼下的声音断断续续传来，迪卡的声音尤为尖锐刺耳，特别是谩骂声特别清晰，她虽然不清楚为什么廖爷会养这么一条疯狗，可能就因为他是疯狗，做起事来才心狠手辣，毫无顾忌。

楼下的会议持续了两个多小时，众人商议出合适的解决办法便簇拥着廖爷起身离开。迪卡往外走时，目光瞥向二楼的卧室，那是齐骁的房间。一抹纤细却飒爽的身姿抬高手臂，正逗着一只雪白的鸟，那手臂白得像雪，真想掐上一把。

迪卡舔了舔嘴唇，露出贪婪的表情，虽说这是齐骁的地盘，那也没有他搞不到手的女人。

第三章

危机四伏

南絮整日跟金刚在一起，小东西已经与她熟悉，她便把它从笼子里放出来，放在窗边的横杆上。

空间开阔，金刚看起来很高兴，跟她也渐渐友好起来，时不时会对她说话，但它开口叫的却是骁爷，因为玉恩每天在金刚面前重复这两个字，金刚也就记住了。

但它看起来好像并不知道骁爷是谁。

因为有天齐骁从外面回来，见小东西正在啄食，就拿着对讲机天线去碰它。小东西没理他，齐骁咂了下舌，又用力捅了它脑袋一下，金刚发出嘎嘎的尖叫声，头顶上的毛都竖了起来。齐骁眸子一凛，又戳了下金刚的脑袋，小家伙怒发冲冠，尖尖的嘴巴照着对讲机就猛地一啄，力道之重，对讲机的壳子被它啄出一个洞。

南絮就这样直视着一人一鸟。在南絮以为他会不悦时，齐骁反倒笑了："这性子，随爷，不愧是我养的小东西。"

他说着，又往金刚的食盒里放了一点儿谷米，才转身离开。

他养的？不如说是她养的。门关上，南絮才起身走向金刚，她看着它，唇角勾起一抹笑。

这天，齐骁突然让她跟他出去。

南絮不知道他要干什么，但他要她跟，她便跟。

齐骁坐进吉普车后座，南絮随后上来，前面开车的是司机，副驾驶坐着的男人叫桑杰，寸头，个子不高，但身手了得。这些日子以来，她发现齐骁身边的人谁都可以替换，只有桑杰一直跟着他。

桑杰应该是齐骁的心腹，不然怎么会走哪儿带哪儿。

其实南絮想错了，桑杰是廖爷安排在齐骁身边的人，从齐骁到了廖爷这儿，便把桑杰划给他，与其说是保护他，不如说是监视。

齐骁可以说是坐在刀尖上，凡事都要谨慎小心。这次要下南絮，他冒了很大的险，自从要下她之后，盯在他身上的眼睛越来越多了。

廖爷那日说“看紧了她，跑了找你要人”，不是玩笑话。

南絮的身份就像他身边的一颗定时炸弹，人丢了，这颗炸弹就爆了，所以想要让她脱困，必须要在一个合理的情形下，且要所有人在场。

齐骁带南絮去了一家赌场，这是迪卡的地盘，赌只是个借口，其实就是消遣女人的地方。女人钩着男人的脖子，男人的手在女人身上游走，这些不堪入目的画面，南絮只能当作没瞧见。

对面迎来一个男人，她有些印象，是迪卡的手下：“骁爷，迪爷和道爷在里面。”

齐骁见惯了迪卡场子里的污浊之事，冷漠地“嗯”了一声，迈开长腿，径直往里走。

南絮跟上他的脚步，身后是桑杰，还有几个跟随的人。

再往里间走便安静了些，人也少了，一张赌桌，但没人动牌，迪卡怀里搂着一个女人。

齐骁进来直接坐下，南絮将目光低垂，搞不懂他为什么带自己来，他们用她听不懂的话在谈着什么，偶尔冒出一句，大概听得出是在谈生意。

过了会儿，就见穿着蛇纹图案衬衫的女人进来，带进来一个女孩子，女孩子笑着直奔齐骁，人还没到跟前，齐骁抬脚踩在面前的茶几上拦住，他脊背靠着沙发，用警告的眼神看向对方。

女孩子回头小声说："大姐，怎么办？"

大姐装得像是突然反应过来似的："哎哟我这记性，咱骁爷可不喜欢这些。"她说着，给那女的使了个眼色，女孩便走开了。

齐骁身高至少一米八五，手臂肌肉饱满地撑起衣袖，那蓄起的肌肉充满了力量，而且他长得很帅又带着野性，特别是他那双鹰隼般的眸子，眯起时充满了危险。他这人经常变脸如翻书，什么场合用什么套路：不说话时，薄唇永远是紧抿着；开玩笑时，唇角挑起的弧度，又痞又坏。谁要是能讨了骁爷欢心，一句话就能把他从这里带出去。

南絮起身说了句"我要去洗手间"，也没去管齐骁同不同意，径直往外走。

齐骁自然没管她。她往外走，来来往往全是穿着暴露的女人和鬼迷心窍的男人，走出十几米，余光瞟向身后，桑杰跟了出来。

通过这些天的了解，南絮感觉齐骁亦正亦邪，她也搞不太清楚他到底是个什么样的人，但几次帮她，她心中也琢磨不透。她猜桑杰作为他的心腹，说不定也不是大恶之人。

走到门口时，桑杰上前几步跟在她身后：“别离骁爷太远，否则命怎么丢的都不知道。”

“我到门口透透气。”她淡淡地道。

谁不知道她想逃走，但能让她走出这儿吗？除非命留在这儿，心回去。

站了一会儿，桑杰让她回去，南絮才回了里间。

回来后她一直站在齐骁身后，目光微垂的位置就是齐骁的背影，南絮微抿着唇瓣，紧了紧垂在身侧的手。

大概半个小时，齐骁说了句什么，便站起身，回手招了招南絮，她上前两步，他长臂一伸直接钩过她的脖子，把人拉进怀里。

南絮身子僵了下，便放松下来。

他痞痞一笑，唇间喷出的热气都洒在她颈间，末了，薄唇在她耳畔印上一吻，用不大不小却又能让所有人都听见的声音说道：“真香！”

南絮没理他，爱演就演，反正不是第一次演，不配合但也不会拆他的台。

道陀用本地话说了一堆，中间穿插着几句她能听懂的话，大概意思是说他变了，齐骁回道，南絮与其他女人不一样。

至于怎么不一样，道陀和迪卡的秽语被她自动屏蔽。

齐骁整个身子都架在她身上，手臂锢得她紧紧地，她微微蹙眉，因为被他勒得疼，其次，她不喜欢他身上那个味道。

上了车，齐骁还搂着她，南絮感觉肩上的力道越来越重，挣了下，他却更用力地紧搂着她，几乎把她揉进身体里。他呼吸着她身上干净的味道，淡淡的像是山间里吹出自然的清香，似能洗涤人灵魂里的污浊，让人变得澄澈。

渐渐地，他觉得没那么恶心了，才松开紧搂着她肩头的手。

南絮看向旁边的人，齐骁的脊背挺得笔直，他的侧脸笼罩在阴影里，高挺的鼻翼下面是绷紧的唇，眸子清冷得好像冬日里骤降的暴雨，浇灭仅有的一丝暖意。她猜不透他在想什么，但她能感觉到，对于刚才的戏，他虽演得炉火纯青，却非自愿。

接触这些时间以来，他救她，帮过她，是她的保护伞，但他是什么人？她不敢有过多的猜测，因为稍有不慎，便是万劫不复。

她理了理自己的思绪，被抓来已经半个月，已摸清这边的环境，但她没有自由，很难出来，齐骁能带她出来，这确实出乎她的意料，可是机会难寻，她只能等。

车子在一间赌场前停下，门口已经有人在等，车窗落下，那人上前叫了声“骁爷”，然后把手里的账本递给齐骁后，车子便离开了。

在回山里的路上，路过的几家赌场都有人过来跟齐骁说一些事，许是看齐骁面色冰冷，这些人都简明扼要地把话说完便离开了。

路上遇到前面迪卡的车子，车开得不快，他们的车掠过时，从车窗看去，迪卡和车里的女人正做着什么事，南絮急忙收回目光，辣眼睛。

回到齐骁的家，玉恩迎了出来：“骁爷回来了，南絮姐姐，金刚今天一直在叫，变得很狂躁。”

“怎么了？”

“不知道。”玉恩说着，跟在南絮身后疾步上楼，齐骁走在最前面，推开门，嚯，满地狼藉，金刚扑棱着翅膀到处飞。

南絮急忙走上前："你发什么疯，怎么了？"就好像金刚能听懂她的话似的，不过金刚没说话，而是发出清脆的叫声，扑棱着飞回栖杠上站好。

齐骁黑着脸，威胁道："再闹腾，一枪爆了你的鸟头。"

可能是感受到了危险，金刚突然缩着翅膀盯着南絮看，看着看着就说："骁爷，骁爷……"

齐骁的脸更黑了，南絮露出一抹浅笑，金刚认她，还把她当成骁爷了。

玉恩说："金刚一直叫，然后叫骁爷，是不是因为南絮姐姐没在，它想你了。"

大家进屋后，金刚没再闹，南絮说："可能是吧，这鸟还挺黏人的。"

南絮指向齐骁："这才是骁爷，不是我。"

金刚不管那些，只冲着她叫骁爷，也许是动物天性，跟谁在一起久了，便认谁当主人，它是齐骁的宠物，却一直是南絮在养，每日做伴。

玉恩见金刚不再闹腾，开始收拾屋子，齐骁拿了一身干净衣物进了洗手间。

玉恩把房间收拾干净，便下楼去。

南絮坐在窗边的椅子上，很快齐骁出来，一身的水汽，湿漉漉的碎发搭在额间，水珠滚落在他的脸颊。

南絮起身，把位置让给他，他平日里喜欢坐在椅子上，盯着外面若有所思。

他刚点了根烟，对讲机就响了，里面说了一堆她听不懂的话，随后齐骁拿上干净的外套下楼。

南絮听到车声响起，看着齐骁的车越行越远，直到消失才收回目光。

夜里，山林格外安静，突然有吵闹声传来，她急忙翻身下床走到窗边，是迪卡，他在门外拿枪指着一个站岗的男孩子，步步紧逼往里面来。

迪卡来做什么？齐骁又不在。但看这硬闯的架势，南絮紧了紧眉头。

很快，她就听到玉恩的声音："迪爷，骁爷不在。"

脚步声由远至近，南絮心想不好，迪卡不会是冲着她来的吧？

要杀她，还是要抓她做什么？

已经有推门声，齐骁的房间没有锁，迪卡径直闯了进来。

南絮自知躲不过，站在窗边目光满是戒备。迪卡冲她露出让人作呕的笑："跟我走，廖爷要见你。"

"确定是廖爷要见我？"

迪卡自知她身手了得，也没跟她硬碰硬。他可不想搞回去一个半死不活的女人，那多没劲："不然谁有这么大架子，能让我亲自来。"

迪卡用枪对着她，身后还有好几个人，她自知此处不是最佳地点，于是应道："好。"

她往外走，玉恩一把抓住她："南絮姐姐，不能走，骁爷不在你哪儿也不能去。"

玉恩是好心，迪卡来抓南絮没安好心，她不想南絮出事，迪卡是疯子，不是人。

“没事，你在这儿待着别出来。”

迪卡见她如此听话，便自负地把枪别在腰间，大摇大摆地走在南絮身后，刚到大堂，南絮目光搜索一圈之后，走到桌子前，背抵着桌子边缘面对迪卡说：“迪爷，骁爷不在，他说过，没他允许我不可离开这个院落半步，否则我性命不保。”

“廖爷要见你，就是他在也不敢说一个‘不’字。”

旁边人不敢吭声，都知道迪卡是疯子，谁敢多嘴就等着吃枪子。他们都胆怯，怕死。

南絮也不想死：“我确实不能离开，骁爷不下令，我不敢妄动。”

南絮是个懂得审时度势的女人，硬碰硬只能吃亏，眼下能拖一时是一时。而且此时面对迪卡，最坏的打算，就是拼命。

迪卡冲身边的人示意，几个人上前就要抓她，南絮身形一动便躲开了。

迪卡谩骂着手下都是废物，上前两步，南絮五指做爪，他还没反应过来，已经被她扣住手腕，不知她从哪里抓来的短刀，此时就架在迪卡的脖子上。

迪卡一惊，愤怒吼叫着，南絮冷眼瞟向四周，几个迪卡的人正用枪对着她，她把手里的刀往上一顶：“别乱动，刀枪不长眼。”

“你敢拿刀对着我？”迪卡狂躁，但也不敢大动，带着寒意的刀刃就抵着他的脖子。

“我死都不怕，难道还怕拿刀对着你吗？”南絮不动，警惕的目光打量四周，所有人都拿着枪，但没人敢开第一枪，扳机扣动一下，这屋子里能活命的就没几个了。

迪卡吼叫着她听不懂的话，就见迪卡的人往外撤，她没明白他们的意图，迪卡为什么叫手下往外撤，同时借机在心里盘算着能否趁这个机会挟持迪卡逃出去。

南絮也明白事态并不妙，但在齐骁的地盘，她也许还有一线生机。

双方僵持着，南絮没有下一步动作。

迪卡本身就是个亡命徒，虽说没人想死，但他也不怕，即使这是齐骁的地盘，但他手下的人都在，齐骁的人也不敢对他如何。就为了一个女人，谁还真敢冲他开枪?

他这样想着，快速抬手掐上南絮握刀的手腕，南絮吃痛，手上却没松，手腕外弯的同时刀刃便向里，霎时迪卡的脖子上就见了一个血口。

迪卡毕竟是个男人，当着手下的面被一个女人挟持，丢了面子，更加狂躁起来，他不顾脖子上的刀，手里不知何时多出一根细长的针。南絮心下一惊，堪堪躲开他刺来的针。那针是什么东西，她自然清楚。

迪卡眼底露着凶光，伸手抹了下脖子上的血痕，嗜血的笑容渗出来，将带血的手送到嘴边，舔了下，然后握针的手猛地向她击来。

南絮单手握刀，躲避着他手上的针，四周的人只是拿着枪并没有人上前，就见大堂里一男一女动起手来。

要不是迪卡手上有针，南絮处处提防闪躲，他早败下阵来。南絮反手将刀刃劈了过去，迪卡的袖子被划开一道口子。

南絮身手矫捷，迪卡近不了身，拽过来一把椅子砸下来，她旋即转身躲开，迪卡又一脚踢上椅子，椅子是纯木质的，不像电视里那样一踢就碎，但还是掉了一角，木板卡在南絮的小腿处，迪卡的针又刺过来。

南絮快速出击，用刀直接砍掉了他手里那根针，直刺向迪卡。

玉恩双眼噙满了泪，心底不住祈祷：南絮姐姐不要有事，南絮姐姐不要有事。

果然，没了毒针的迪卡被南絮一招制住，刀落在他的脖子上，她知道再这样下去，定是九死一生，也许，这次是她能逃出去的一个机会。

“起来。”她踹了一脚被她按在地上的迪卡，让他站起来。

迪卡嘴角露出一抹阴险的笑，也不躲，直直地站起来，南絮跟在他身后，推着他往外走。

四周的人往后撤，迪卡的手下叫着什么，估计是警告她吧，黑洞洞的枪口直指向她，却没一个人敢开枪。

她将身子躲在迪卡身后：“你们都出去。”

齐骁的人自然不会动她，但迪卡的人保不准放冷枪，她用刀往迪卡脖子上一挑：“让他们都出去。”

迪卡摆了摆手，让他的人往外走，她推着迪卡慢慢往大堂门口走，这时，门外的车声由远至近，一辆越野吉普车驶了进来，南絮一怔，是齐骁。

他怎么这时候回来，如果他不回来，她是否能挟持迪卡逃出去。

她也没管已经下车往里走的齐骁，推着迪卡往外走，刚到门口，齐骁已经走近，嘴角噙着一抹不达眼底的笑，若无其事般开口：“哟，什么情况，都动上刀枪了。”

南絮现在不去想齐骁到底在想些什么，眼下这个机会，能逃便逃，她看着他："把车钥匙给我。"

齐骁像是没听到她的话，径直上前，南絮用警告的眼神盯着他，他权当没瞧见。

"不好意思，我的女人着实脾气不太好。"他说着，手已经伸向南絮的手腕，无视南絮的怒眸，冲她咂了下舌，"乖，听话。"

南絮不知道他葫芦里卖的什么药，虽然眼下是唯一的机会，但心底又莫名地对齐骁产生一丝信任，这个信任不是其他，仅限于他不会弄死她。

齐骁依旧在笑，只是她能感觉到那笑里的冷光，这里每个人都笑里藏刀，没一个好人。

"宝贝，乖乖听话，嗯？"

南絮觉得他有病，谁是你宝贝，但刀身被他修长有力的指节夹住，一点点向外撤，南絮还要用力，被齐骁一个冷眼震慑，心底陡然一顿。

这股子狠戾，是她从没在他眼中见过的，就好像在警告她，如果她不松，她会生不如死。

那么，听话起码能保她性命无忧。

齐骁夹着锃亮的刀身，一点点从迪卡的脖子上移开，然后"唰"的一下，刀飞了出去，"当啷"一声落在不远处的地板上。

威胁解除，迪卡把手伸到腰间，直接拔枪对准南絮："老三，今天这女人我要定了。"

齐骁咂了下舌，慢悠悠地挪着步子，挡在了南絮身前，直接把那冰冷的枪口替她隔了开来。

南絮心底升起一股说不清道不明的感觉，齐骁宽厚的脊背站在她身前，替她挡着枪口，虽然迪卡不见得真开枪，但这人是个疯子，谁能保得准后面会发生什么，他就不怕那枪走火，或是一枪毙命？

齐骁依旧保持着笑意，食指别在枪上，缓缓挪开枪口："迪爷也知道，我齐骁向来护着手下，更何况还是我的女人。"

他说着，回手捞过她的身子直接揽在怀里，突然话锋一转，硬冷的语气带着重重的厉色："跟迪爷道歉。"

南絮心想着，道歉？她有什么错，可她知道，齐骁在护着她。她紧抿着唇，垂在身侧的拳手捏紧，末了，她深吸一口气："对不起。"

得到她的回应，齐骁才满意一笑，目光转向迪卡："她不懂事，我会好好管教。迪爷这么晚来找我，是有什么事吗？"

齐骁说着，揽着南絮的肩往里走，走了几步，直接把南絮推了出去，玉恩小跑上来，抓着她的胳膊，脸上全是眼泪，小声说："吓死我了，南絮姐姐你快跟我上楼。"

南絮被玉恩拽上楼，这小丫头一直在哭，她还劝了半晌。

楼下传来声音，齐骁说自会给迪卡一个交代，但女人，他要自己收拾。

迪卡吃了亏，但齐骁他还不敢动。他从齐骁院子里出来，直接去找安婀娜，今日之仇必报，南絮这个女人，他势在必得。

随后，他跟安婀娜一拍即合，露着魔鬼般的笑，心道：老三，这次不信你不死。

齐骁黑着脸上楼，把玉恩撵走，然后抓着南絮的衣服把她从床边提了起来，他手上发力，把她甩出去，与此同时，她听到齐骁唇边吐出两个字，声音不大，但她听到了，他说：“假摔。”

南絮护着头，身子撞在墙上。

齐骁又过来，直接拎起她的肩膀照墙撞去，但头顶上却多出来一只宽厚的大掌，替她挡着又硬又冷的墙壁。

南絮一直没说话，齐骁咬牙：“你是死的，不会叫啊。”

她一怔，下意识“啊”了一声，反应过来后开口大喊：“浑蛋，放开我……”

南絮被“揍”了一会儿，齐骁才停手，然后又像变了个人似的，直接把她推到窗边的位置，伸手撕她的衣服，外套扯下来，露出白皙的手臂和颀长的脖颈。

他扣住她的头，直接吻了上来。

“唔……”她被亲了个猝不及防，他周身冷得像冰，但唇却热得似火。

男人的大掌扣着她的腰便往下窜，她扭着身子躲着他的手，却被他狠狠扣住，演戏就演戏，为什么这么用力亲她，唇堵着她的唇，严丝合缝，她俨然要无法呼吸了。

而他的下一步动作，竟是去解他自己的腰带，腰带碰上她的手，让她心下一惊，然后他放开她，直接把她按蹲下去。

他的手抚摸着她的头，她就这样蹲着。

她抬眼看向他，他单手撑着玻璃，目光一直眺望着窗外。

她转头看过去，被他按了回来：“别看。”

南絮足足蹲了几分钟，被他拽了起来，她心底隐约感觉到什么，没挣扎，但用警告的眼神示意他别过分。

齐骁咬着后槽牙：“收起你那眼神，你以为你能走出我这院子？”

南絮明白他字面上的意思，撇了下嘴：“你要是不回来，我现在也许已经挟持迪卡逃出你们这个魔窟了。”

“我要是不回来，你现在就是一具尸体。”

“大不了拼了，有迪卡垫背，我也算是清除一个害虫，死了也光荣。”

“你想得倒是好，你死了迪卡也死不了。”他说着，又在她嘴上亲了一下，然后回手把窗帘拽上半边，说，“叫。”

南絮“啊”地大叫一声。

“再惨点。”他说。

夜已深，南絮毫无睡意，看向床另一侧的男人，脑海不住地盘旋着一个画面，他站在她身前，挡着迪卡的枪口！

齐骁今天有重要事情要出门，且此事不宜带南絮同行，但昨晚迪卡来闹过之后，他不敢轻易把南絮一个人扔在这儿，这里都是迪卡的眼线，现在除了他身边，哪儿都不安全。

“我要出去办事，你跟我一起。”齐骁思考再三，跟她说。

南絮“哦”了一声，转身时，差一点撞上齐骁，急忙后退一步：“你干什么？”

齐骁盯着她看，眸子里异常严肃：“无论看到什么，听到什么，都别记在脑子里。”

南絮心底盘算，就知道他有大秘密，不过她面上平静，依旧用淡淡的语气说：“知道。”

齐骁没带多余的人，只有桑杰跟着，可能是他对她也算信任，没带太多人看着，也不怕她跑了。

跑，当然想跑，即使她清楚齐骁并非大恶之人，几次生死攸关的时刻都在帮她，可她必然想要离开这座地狱，只是没机会罢了。

桑杰开着车，这次去的是齐骁的赌场，南絮第一次进入齐骁打理的赌场，虽说这里乌烟瘴气，是鱼龙混杂之地，但较于迪卡那里的污浊之色，这里明显干净了不少。

赌桌上的赌徒穿着破布衣衫，甩开膀子拿着手里的筹码，吼着叫着。

有人上前，是个中年男子："骁爷，您来了。"

齐骁"嗯"了一声，径直往里走，南絮跟在他身后，他们在里边谈起赌场上碰到的事，齐骁一直没开口，有人用她听不懂的话愤怒地说着事情，齐骁也没开口，偶尔目光睨了眼手腕上的表。

南絮有种给他当保镖的错觉。

过了一会儿，齐骁抬手打断其中一个男人的话，然后用缅语说了什么。

她大概听出一点儿，好像是某个势力暗中要做什么，齐骁未见怒意，这种事情应该常见，拿命赚钱的行当，哪个不是在刀口上过活，争取也正常。

齐骁话落后，起身往外走，南絮跟了上去，屋子里的人没动，似在等着齐骁回来。

出了里间，外面的赌局正酣，他们挤开人群往后面走，经过一条细长深幽的小道，走到逼仄处，齐骁开口："你们在这儿等着。"

桑杰停下脚步，南絮也停下，齐骁往里走，拐进一处暗道。

她回头看桑杰，他一直是那副冷面孔，她就没见过他有多余情绪，这种保镖很合格。

齐骁走过一片参差错落的房屋，穿过一条小道再左转，在破旧不堪的门口看到一个隐藏躲避的中年男人，那人留着半长的头发，胡子拉碴，穿着洗得破旧褪色的背心，背心胸前已经破了几个小洞，一副滥赌成性、吸毒成瘾的邋遢模样。

“骁爷你来了。”

“打听到了吗？”

那人始终警惕地望着四周，然后小声说：“赛拉那批‘四号’月底出。”

“多少？”他问。

那人伸手比了个数字，齐骁锁着眉头，这么大的量：“买家是谁？”

“挺神秘的，会中缅两国语言，三十多岁，一米七五左右的个头，偏瘦，我听人叫他三爷。”

齐骁之前便得到赛拉的货要流入华国的情报，买家身份难查，在这鬼门关，来谈生意的，谁敢拿手机拍人脸，那是自讨死路，所以一般毒枭没有任何正面照露出去。

“人呢？”

“昨天夜里走的，坐船。”那人又说，“骁爷，我冒这么大的险，事成之后，能不能多给一些？”

“少不了你的。”买情报用的就是钱，越大的情报价码越高，塔陀送过很多消息给他，齐骁每次都给不少报酬，不过他得了钱就去赌，赌得一分不剩，继续卖命。

突然远处传来一声：“站住，什么人？！”

是桑杰的声音，齐骁伸手把塔陀推到里面，说了句让他自己小心便大步跑出来。回到来时的位置，只有南絮站在那儿，齐骁看向她身后，眸光一闪，掏出把枪扔给她："身后两点处方向，截住那人。"

南絮接过枪，转身追了出去，不知为什么，她就是相信齐骁的判断，那人绝对是打探齐骁秘密的，再结合来之前他对她说过的话，那么这件事，到底隐蔽到什么程度，可以想象。

不管他是好是坏，她都跟他拴在一条绳上，他生，她便生；他死，她也活不了。

齐骁发现不远处还有一个鬼头鬼脑的人探出头来，他急忙追上去，那人闪身跑进赌场，齐骁下令让手下去追。

他警惕性很高，而且这个地点就在他的势力范围内，究竟是什么人？

南絮即使手握着枪，也没有随便开枪的习惯，不管多大罪恶，都有法律制裁。她善使双刀，可惜到这儿之后，刀都被齐骁没收，她只能握着枪追赶前面快速逃窜的人。

那人身手矫捷，戴着一顶黑鸭舌帽，一身黑色的衣服，在阴暗的夹道里奔逃，这身手绝非普通喽啰。

南絮即使在丛林里越野也不会掉队，只是前面的人一直在躲，也不回头冲她开枪，追着追着，就从胡同出来了。

眼前是正街的市面，人来人往，女人背着竹篓，妇人背着孩子，破旧的汽车在人群里呼啸飞驰，扬起漫天尘灰。

南絮用目光搜索，已经找寻不见刚才的那个男人，她握着手里的枪，突然发现自己不知身处何处。

望着陌生的街市，她的血液忽然沸腾地叫嚣起来，是那种即将逃出魔窟的快感。

此时，岂不是绝佳时机？

她回头看向刚才追出来的路，无人尾随，心下一横，快步跑向左边，然后穿过来来往往的人群，挤进一条未知名的小道。殊不知，就在不远处的角落里，刚才那个戴着黑色鸭舌帽的男子，黝黑的眼睛狼一般地盯着她。

而桑杰这边，他开了两次枪，被追的人转进胡同，他往里追，里面“砰”地放出冷枪，他快速闪身躲开，子弹打在石垛上，然后听到里面逃跑的声音，又紧追了出去。

齐骁眉间紧拧，是赛拉的人？还是他安插的眼线已经暴露？如果是这样，那人为什么逃跑，为什么不趁塔陀身份被揭穿直接拿下他，非等他通风报信之后？不对，对方只是逃跑，并未动手。

齐骁突然心下一惊，南絮！

如果对方目标是南絮……糟糕，他急忙顺着南絮的方向跑去，可已不见她的身影，齐骁暗骂了句，这时他接到了桑杰的信号。

他急忙跑回来，桑杰已经抓住他追赶的男人，将其按在地上。

“谁派你来的？”齐骁问。

那人不吭声。

齐骁心里担心南絮的安危，还有刚才从塔陀那儿得来的情报之事，无论哪一点，都让他怒火中烧。他脾气上来，抬脚照着地上人的腿猛踢一脚，就听杀猪般的号叫响彻整个街道。

“说，谁派你来的？”齐骁冷冽的眸光扎进那人的眼底，那人瑟瑟发抖：“辉……辉哥怀疑塔陀，让我跟着他。”

辉哥是塔陀的大哥，在赛拉手下做事，齐骁暗骂一句，但塔陀已经暴露，只能从眼前人下手。他给桑杰使了个眼色，人已经抓到了，塔陀递消息也被他看到，不使点手段塔陀性命不保，他跟赛拉之间也会结下梁子，那批“四号”要是进入华国，在他掌握不到情报的情况下，后果不堪设想。

桑杰知道该怎么做，他把人提到赌场，有人认识这个人，就威逼利诱，最后让他给骁爷做眼线，钱不是问题，也能确保他一家无忧。

骁爷，谁人不知，那是个狠角色。被抓到的男人有家室，给谁卖命都是卖，只要能活命就行，便应了下来。

齐骁不担心他反水，这里混的，挣的都是卖命钱，谁对谁忠心？都各怀鬼胎罢了。

这边刚解决完，人还没放走，就见外面来人了，手下过来小声对他说：“骁爷，迪卡来了。”

齐骁将手捏得咯吱作响，南絮不归，迪卡此时找上来，心底越发感觉事情不简单。

迪卡进来，依旧大笑着。他派人来暗中探头，自知齐骁定会追击，果然，南絮被调了出去，小妞跑得挺快。

齐骁，看你这次怎么办。

“哟，老三，你的妞呢？”

齐骁暗知不好，但面上未见波动，心底不住担心南絮：“怎么，迪爷不是来赌两把的吗？”

“玩自然要玩，不过可不是现在，你的妞不是寸步不离吗？”

“迪爷这么关心我的人，要玩就来，今天正好我心情好，陪你来两把。”

迪卡走近些：“那人，不会是让你放走了吧？”他说着，突然抽出枪，对准齐骁。

“迪卡，你发什么疯？”

“我看你怎么跟廖爷交代。”

迪卡说着话，就听到外面的车响，为首走进来一个人，是廖爷。

此时赌场里的人见他们要火并，忙捞上自己的东西全跑了，整个赌场内只剩下齐骁、迪卡和廖爷这三方的人。

看见迪卡那嚣张的眼神，齐骁就知道这是迪卡设的套，只是两方势力赶到一起，他一时没分辨出来。

不知南絮现在情况如何。迪卡来的时间这么巧妙，人也是他安排的，那么南絮此时的处境应该万分凶险。他没空想太多，因为廖爷就站在眼前，迪卡用枪指着他，他必须要给一个交代。

“廖爷，我在外面安插的眼线来回话，我发现有人跟踪，所以分头追了出去。”

廖爷看到桑杰手里押着人，桑杰也冲他点点头，示意齐骁的话属实。迪卡可不听他的理由：“那人呢？你和桑杰都在这儿，你还给那妞枪，老三，别怪我想得多，她可是个身手了得的人，你藏的什么私心？”

给南絮枪着实不妥，齐骁心底也担忧，但面上依旧沉稳，迪卡的挑衅已经不是一次两次了，他想弄死齐骁的目的再明显不过了，可都需要一个理由，此次设套，他和南絮误钻，他必须承担后果：“她是我的人，出了事算我的。”

“算你的，她跟你在一起这段时间，对我们的一切了如指掌，现在她下落不明，如果把军方惹来，你负得起责任吗？”

齐骁面向廖爷，态度不卑不亢：“廖爷，如果她跑了，我来负责。”

“你负责，你拿命都抵不过。”迪卡说着，枪已经抵上他额头。

“廖爷，可否借一步说话？”他无视迪卡的枪，坦然地面对廖爷。

廖爷了解齐骁，别看他面上坦然内心定是波涛汹涌，除非他真不怕死。他刚要上前，就被迪卡挡住：“不能靠近。”

他相信齐骁不敢对他动手，于是推开迪卡。齐骁伸开双手，示意自己什么武器也没有，然后靠近他耳边：“赛拉的‘四号’要出手，买家叫三爷，月底交易。”

廖爷闻言将目光看向齐骁，这么重要的情报，确实值得他冒一次险。

齐骁后退两步，等着廖爷发话。他不得不把这个情报递给廖爷，他要保命，命没了，以后的情报也没了。

廖爷问他：“能找到人吗？”

他摇头：“在等消息。”

迪卡见齐骁让廖爷动摇，顿时狂躁起来。他一心想弄死齐骁，这次准备借着那女人的事一起端了他们，以解他心头之恨，还能搞到那个女人：“你想用这点情报换那个女人？”

齐骁自知这事肯定过不去：“迪卡，我的人我没看住，我来负责。”

“你拿什么负责？”迪卡的枪又抵上他的额头。

只见齐骁以迅雷之势抬手扣住迪卡的枪，反手夺了下来。就在迪卡和廖爷的手下慌乱地举枪对准他时，齐骁已经把枪对准了自己的左肩："如果她逃了，我就拿这一枪抵。"

他太清楚，这里没有人会真正相信谁，都是利益驱使，廖爷要的是他的能力，替他出生入死卖命，南絮从他手里跑了，他推脱不开，误入迪卡圈套，他认栽。

双方谁也没动，廖爷没发话，齐骁也在等他开口。

气氛被压榨出死寂的气息，齐骁没有他法，扣着扳机的手缓缓下压，如果廖爷不发话，他挨这一枪能了结此事，就算他得了便宜捡回一条命。

忽然，后门传来脚步声，声音在超低气压的赌场里显得格外清晰。脚步声由远至近，很快南絮的身影出现在众人眼中，她手里拿着枪，见眼前的架势，所有人都举枪对着齐骁，再看他用枪抵着自己的左肩，便心下了然，八成是与自己脱不开干系。

她旁若无人地上前，把枪递向齐骁："没跟住，跑了。"

众人见南絮回来也很惊讶，迪卡的牙咬得咯吱作响，就差吐出一口唾沫星子。迪卡在心底暗骂，安婀娜的手下就是一群废物，一个女人都抓不到。

廖爷见南絮回来，齐骁又递上那么重要的情报，敛去面上深沉，露出一抹悦色，缓步上前，伸手把齐骁抵在肩上的枪拿了下来："都是自己人，以后小心。"

齐骁并未料到南絮会回来，按理说她已经逃出他的势力范围，是半个自由之身。不过南絮回来是好事，如果她不回来，这一枪打在身上，迪卡也不见得会罢手。说不定她还会落入迪卡手里，后果不堪设想。

廖爷见南絮回来，那么迪卡指责齐骁放走南絮的罪名便不成立，于是把枪递给迪卡："都是兄弟，别伤了和气。"

迪卡接过枪，骂了一句，也没有他法，只能怪安婀娜的人废物。

廖爷把齐骁叫到一边，躲开所有人："赛拉那边的动作你盯着点，尽快查出那个三爷是何许人。"

"我尽力，但这个三爷身份隐蔽，不好查。"

"那我让道陀去查。"廖爷说着，拍了拍他的肩膀，目光瞟向南絮的方向，"盯紧了，如果真跑了，你不丢半条命都不服众。"

"廖爷放心，我自有分寸。"

廖爷摇了摇头，他可不信齐骁真看上了这个女人，至于为什么保她，只要人不跑，他也不会多问。齐骁办事得力，也不能太驳他面子。更何况齐骁救过他，只要齐骁不越他的底线，他不会要他命。

如果真碰到他的底线，就别怪他不客气，对付人的手段，他有的是。

廖爷往外走，迪卡没讨到好，只能跟上。

门外，廖爷用手里的拐杖碰了碰迪卡的腿，声音不大却带着狠劲："别以为我不知道你的小动作，你有他的一半能力，今天这里就没他。"

迪卡是廖爷养大的，自然信得过，就是这脑子啊……

廖爷摇摇头，上车便离开了。

等人走远，迪卡拿出手机给安婀娜打电话："你怎么搞的，让人跑了？"

安婀娜愤恨地跺脚，她派了几十个人四处围堵，却不见那个女人身影，直到迪卡打来电话，她还在等着活捉那个女人。

"下次再想办法，我要骁爷。那个女人，你爱怎么玩怎么玩。"

“你自己想办法！”迪卡挂断电话，暴躁地踢了一脚车门，旁边人一个个胆战心惊，生怕他发疯回头给谁一枪。

廖爷和迪卡走后，齐骁看了眼南絮，便让桑杰把那押着的人放了，还叮嘱桑杰，找人盯着点，别生出什么事端。

他往回走进了里间，南絮跟在身后，齐骁的人都担忧刚才的事，见他无事才放心下来，跟着齐骁总比跟着迪卡好混，齐骁只是管理严格了点，这不准那不允，但迪卡是疯子。

桑杰回来后，和南絮并排站在齐骁身后，南絮跑了半个小时，口有些渴，看她做了几次吞咽的动作后，桑杰拿过来一瓶未开盖的水递给她。

南絮不解，桑杰怎么突然对她的态度转变了些，转念一想，应该是她没趁机逃走，他对她放心了。

齐骁谈完事上车，南絮就在他旁边，能感觉到他周身散发出的寒意。

直到回到山里，车子停下后，她跟着齐骁上楼。

刚一进门，“砰”的一声，齐骁直接把她按在门板上，她后背撞了个结实，眉间有些愠色，却也不怒，咬牙道：“你干什么？”

“怎么没跑？”他问她，说出的几个字，几乎从牙缝里挤出来。

“我不仅没跑，回来还解了你的危机，你应该感谢我才对。”她说着，伸手去推他，掌心落在他结实的胸口上，他却纹丝不动，“所以呢，以后对我好点，别动不动就‘动手’。”

“为什么没跑？这么好的机会，你有可能已经逃出去了。”他依旧逼问着她。

“回来送死行了吧。”

“说，到底什么原因？”

南絮轻蔑一笑：“身后有人盯着，就是之前我追出去的那个人，明明是我追他，为什么他暗中跟着我？后来我发现有几个鬼头鬼脑的人影，我就知道这是个计。”

她说完，叹了一口气：“跟着你，我死不了，我知道的。”

他知道她聪明，这些眼线不见得逃得过她的眼，可这是她唯一能逃出去的机会。在那种情况下，人都会放松警惕，一心求生，她却能保持理智，聪明的丫头。

见他突然“扑哧”一声笑了出来，南絮知道他心底防线放松了些，她伸出指尖戳上他的左肩：“今天我要是不回来，你这里就要吃子弹了，也许不止一颗。所以，我们谈个条件吧。”

“敢跟我开条件？”他突然坏坏地去捉她的手，被她躲开，“你说，什么条件？”

“我知道你并非大恶之人，如果我有机会跑出去，你别拦我。”

“不行。”他敛起玩世不恭的笑，冷声道。

“为什么？我知道你肯定有你自己要做的事，但我不行。”

“跟着我，你死不了。你要是走，九死一生。”

“那我也要试试。”

“南絮。”他提高嗓音，咬字重且硬。

“齐骁，我不想死，但我也不能待在这儿一辈子，如果是这样，你还不如杀了我。”

她背靠着门板，他的身子几乎压制着她，她抬眼望见他眼底的冰冷，想起他用枪抵着自己的肩膀，心中突然有些不忍。

“算了，当我没说。”反正逃是她自己的事，他不能明着放她，但不知为何，她心里生出一种感觉，不想让他冒险，他救她护她，她记得这些好。

“今日之事是迪卡设的套，为的就是引你跑，然后抓你，所以你回到我身边，是最安全的。”

她猜到是圈套，没中计就好，不过他这话她不同意：“虽然我暂时安全，不保证哪天就被迪卡一枪打死。”

他不再纠缠这个话题，硬朗的面孔勾起一抹痞笑：“咦？你没跑不会是舍不得我吧？”

南絮真想一拳揍上他这张还算帅的脸，怒目圆瞪：“我神志清醒着呢。”

齐骁在眼底漾起笑意，不同于以往的冷笑、嘲笑，或者毫无温度的笑，而是像朝阳一样温暖，由心而发的笑。

他突然抬手，掌心落在她头顶，像给小动物顺毛似的摸了两下：“傻样。”

第 四 章

真 实 身 份

南絮在齐骁身边没有危险，齐骁偶尔贫几句，她回怼他。齐骁这个人变脸如翻书，上一秒晴空万里，下一秒电闪雷鸣。她知道，他压力很大，因为他心底有秘密，即使她不知道是什么，也能感知出危险。

她和他同进同出，同吃同住，他警惕性极高，即使在睡眠当中，也揣着十二万分的警觉。

这天夜里，她毫无睡意，盯着旁边的人有一会儿了，可他连眼都没睁，就听他开口：“睡不着？”

南絮抿了抿唇：“你睡觉都这么警觉，不累吗？”

“习惯了。”他依旧未睁眼。

她一时没开口，因为不知道说什么，金刚双爪握着栖杠，闭着眼睛也已经睡了。

“睡与不睡，都解决不了你眼下的问题，养足精神吧。”他说。

她浅浅应了一声。

“小心迪卡和安婀娜，廖爷心思缜密，他的眼线时刻盯着你，你想逃，没那么简单。”

他之前从未跟她说过这些话，最多告诉她不想死就别逃，南絮探究的眸光一直落在他脸上。突然，他睁开眼，目光精准地与她相交，他未开口，似在等她的应答，末了，她点点头：“我知道。”

齐骁知道她不会轻举妄动，心底正盘算着赛拉那批货的事。

次日一早，天还未亮，齐骁便找了个机会出来跟渔夫联络，一方面是为那批“四号”，廖爷也在找三爷。齐骁打算让渔夫去查真正的三爷，再送给道陀一个假的三爷。

另一方面就是南絮，得想办法让她离开。

傍晚齐骁带着南絮出来，她知道他担心迪卡会对她造成威胁。

是道陀约齐骁出来的，他们去的是廖爷划给齐骁的那间原本归迪卡的赌场，外面是破旧的门面，里面却别有洞天。

音乐吵得人耳朵发颤，穿得暴露的女人站在台子上扭动着蛇一般的身子，诱惑着早已鬼迷心窍的男人，不远处一个浑身抽搐的女人正往沙发上坐着的男人身上爬，被男人一脚踢开后，蜷缩在地上剧烈地颤抖着。

迎面走来的女人露着谄媚的笑：“骁爷您来了，来之前也没说一声，好给您腾个位置，今天要玩几把吗？”

齐骁用冷漠的眸子盯着面前的人，女人的表情渐渐变得害怕，急忙冲旁边人使了个眼色，就见两个小喽啰把那个颤抖的女人架了出去。

迪卡什么都做，毒赌黄样样都沾，这里被划到骁爷手里后，尽管明令禁止不许碰毒，但这里的客人都习惯了以前的模式，来的也都是人不人、鬼不鬼的瘾君子，一时很难控制。

那个女人看着齐骁的脸色，说话也是小心翼翼：“道爷在里面等您呢。”

齐骁没理面前的人，冲桑杰说：“一周时间，处理好这里。”

桑杰点点头。

齐骁进来，看见道陀坐在沙发上，地上一个头发散乱的女人，那女人苍白的脸上满是眼泪，道陀的手下正抓着女人的头发，女人不住地摇头，求着放过她。

南絮眉头一紧，垂在身侧的拳头捏得直响，齐骁自然留意到了，回头给她一个警告的眼神，她只好作罢。虽然自己性命堪忧，可也见不得那个女人遭到祸害。

道陀跟齐骁说话用的是缅甸语，她听不太懂，不过在这儿久了，偶尔一个字眼还能分辨出来意思。再加上齐骁混杂中文的回应，她多少能判断出，他们是在找一个叫三爷的人。

齐骁把知道的消息告诉道陀，又多递给他一些他和渔夫设计好的假消息。

道陀看起来很高兴，哈哈大笑地说着什么，然后突然抓过倒在地上的女人的头发，把她往桌边摆放的粉末里按。

南絮站在齐骁身后，看到这一幕下意识的反应就是求助齐骁，她的手直接搭在齐骁肩上，加重的力道，证明她此时的愤怒。

在她心里，齐骁即使身处毒窝，心底也有最纯净的一块净土。

齐骁看到那些粉末——这些量对一个未碰过毒品的人来讲，能够直接毙命，他突然身子前倾，伸手拢开女人的头发：“可惜了，长得这么漂亮的小脸。”

道陀嘿嘿一笑：“正是正，就是不听话。”

“这场子现在归我了，给我个面子吧。”

道陀“哟”了一声，抬起眼往南絮脸上瞟：“啧啧，老三，你玩你的妞，这个也想要？”

齐骁舔了下唇：“你那儿要什么样的没有，这个给我。”

道陀一听：“行吧，你给我那么大的礼，这女人当回谢。”他说着，嘿嘿一笑，吩咐手下，“楼上最好的那包间给骁爷收拾干净。”

齐骁捏着女人的下巴，伸手托着她的手臂把人扶起来，女人颤抖着反抗，就见他眸光一凛，回头冲桑杰使了个眼色。

那女人惊叫着：“求求你放了我，要钱要什么都行，求你们放了我，求你们……”

女人的惨叫声越来越远，身影消失在二楼楼梯口，然后听到楼上有谩骂声传来，齐骁又坐下来，像是对楼上的声音充耳不闻。道陀的目光往南絮这边看，笑着跟齐骁说：“楼上准备着呢，不行就用这个。”他说着，把桌上那包药推给齐骁。

“这东西我可不用，还没有我搞不定的女人。”

道陀挑眉：“被窝都暖和了，你还不动手？”

道陀的意思太明显，齐骁不得不起身往楼上走去，南絮不能跟道陀单独留在一个房间里，只好紧跟在齐骁身后上楼。

楼上有几间包房，桑杰就站在其中一扇门前，齐骁看都没看跟在身后的南絮一眼，径直进了房间，桑杰随手把门关上。

南絮站在那儿，上前也不是，不上前也不是，末了还是桑杰指了指他面前的窗边，南絮才走过去。

两人相对无言，这里的隔音很不好，是用单薄的木板隔出的房间，能起到的作用无非就是看不见罢了。里面很快传来女人的哭叫声、求饶声，还有女人的惨叫和床板吱嘎吱嘎的声音。

南絮脸色越来越难看，桑杰看了她一眼："不高兴了？"

她一怔，急忙摇了摇头。

"骁爷怎么待你大家都看在眼里。"

自打她昨日回来，解了齐骁的围，桑杰对她的态度有明显改变，她说："无所谓。"

桑杰笑了下，里面的声音持续了十几分钟，女人的喊叫声才停止，然后传来一些变了味的声音，南絮脊背挺拔，交叉握在身后的手紧了紧。

半个多小时，门打开，齐骁出来，女人跟在他身后，明显乖顺很多。

之后，齐骁上车，女人也跟着上来，南絮要坐前面，被齐骁阻止，她只好坐在后座，中间是齐骁，旁边还有那个女人。

车子开出去，南絮把目光转向车窗外，枉她觉得他可信，还不是把一个被拐来的女人吃了？不过在这魔窟，能奢望有什么好人？都是为了活命。

车子没走多远，突然女人靠进齐骁怀里，南絮的余光瞟见，两人的眼神你来我往。

南絮双手紧握，脸色冰冷。

突然听到女人一声娇笑："骁爷，她瞪我。"

"是吗？"齐骁玩味似的伸手拍了下南絮的胳膊，南絮转头看过来，眸光一凛，确实是在瞪她了。

女人吓得直往齐骁怀里钻："我好怕，她会不会打我？"

齐骁浅浅笑着，目光一直落在南絮脸上："会吗？"

南絮眯眼，捏拳："我想打的是谁你应该清楚。"

齐骁咂了下舌，冲怀里的女人说："惹了我的小野猫，晚上我得加倍补偿回去。"

南絮的脸色甭提多难看，那个女人却咯咯一笑，眸光落在南絮脸上："姐姐，我是被逼的，你不要记恨我。"

南絮觉得这两个人都有病，这女人进去前哭天喊地，出来后就变了个人似的，一对神经病。

她不再理旁边两个人，女人嘤嘤哭起来，只是这哪叫哭，撒娇还差不多，虽然她不会。

南絮真想拿东西堵住耳朵，但只能望着窗外，然后感觉到齐骁碰她，她甩开他的手，把自己紧紧贴靠在车门上。

几次下来，南絮没理他，那个女人像是被忽视受了委屈似的，似在抹泪，齐骁突然一声厉喝："哭什么哭？"

女人一怔，但眼底的笑却毫无收敛，齐骁瞪了她一眼，冲前边人开口："停车。"

车子就在路中间停了下来，齐骁打开车门，直接把女人推了出去："哭唧唧的烦死了。"

车子快速行驶出去，倒在地上的女人抹了把脸，好看的面容上勾起一抹精明的笑，目光搜索四周后，利落地爬起来消失在人群中。

车子一路狂奔，回到齐骁的地盘，南絮下车径直上楼，齐骁紧追了几步，伸手搭在她肩上，南絮推了下没推开，玉恩见南絮脸色不对，要跟上去询问，被桑杰阻止。

回到房间，南絮屈肘铆足劲照着他胸口击去，齐骁被撞了下，还是没松开。

南絮冷声：“别碰我！”

齐骁挑眉：“吃醋了？”

“骁爷没白出去一趟，捡了个便宜。”

“啧，南南这语气，吃醋，我喜欢。”

“骁爷，你想得太多了。”

“她自己愿意，你也看到了。”看出她不爽，齐骁继续装。

“谁知道你用了什么手段？”

“手段吗？要不咱俩也试试，到时可别哭着喊着要留在我身边。”看到她这副冷冰冰的样子，他就想逗她，逗得奓毛，然后再顺毛，特别有乐趣。

“你……你……”南絮被他这句话气得真想揍人，“你还真是个浑蛋！”

齐骁突然转换语气，一本正经道：“好了好了，别气了，我没碰她。”

南絮脚步一顿，抬眸看他，齐骁耸肩，又恢复那副玩世不恭的样子，逗弄着她：“谁有我的南南好，南南最乖、最温柔，不瞪眼不动手，还温柔得像水。”

南絮一口气提在胸口，抬腿照着他就飞起一脚，齐骁没躲，而是用手生生接下她这有十分力道的重击，他握着她的脚踝：“啧啧，好辣！”

“齐骁！”南絮怒吼。

齐骁就像拿她寻开心上瘾了，一口一个南南，南絮没觉得肉麻，反倒是一阵恶寒，特别是他那调笑的眼，她真想揍上一拳，还好，她控制住了。

玉恩送饭菜上来，齐骁见她气呼呼坐在床边，手里拿着筷子敲着桌面："南南，快来吃饭。"

玉恩听到这亲昵的称呼，嘴角扬起一抹甜甜的笑，快速离开了。

南絮不想理他，齐骁只好走过来："南南乖，吃饱养足精神和体力再跟我生气。"

"你走开。"南絮咬牙道。

"南南生气了，我错了，以后再也不碰其他女人了，救也不行。"

"你……曲解我有意思吗？"

"那怎么办，以后不跟别人演戏了。"齐骁觉得今天是这几年来，除了破了案子之外，最开心的一天。

"南南。"他继续叫她。

"南南。"

"南南……"

"闭嘴，不许这样叫我，你恶心不？"南絮知道他是故意的，拿她寻开心有意思？不知道她心情跌宕起伏吗？

"不恶心。"齐骁伸手去拉她，被她躲开，美眸喷火似的瞪着他。

南絮道："闪开，我自己会走。"

两人坐对面吃饭，齐骁不停地给她夹菜，南絮一口一口地塞进嘴里，恶狠狠地嚼着。

齐骁给她递水："慢点吃，小点口，我不抢，都给你。"

齐骁又夹菜："这个好吃。"

南絮剜了他一眼，齐骁立即闭嘴，委屈巴巴地看着她。这副表情是要给谁看？她“扑哧”一声笑了出来：“你‘精分’得厉害。”

“我就对你这样，是不是幸福得飘飘然了。”他凑近一张笑脸。

南絮决定，不能理他，这人没有一句正经的话。

齐骁这两天很忙，而且南絮感觉出他在紧锣密鼓地操作着什么，特别神秘，她摸不清，只是暗中观察。

可他行事依旧谨慎，即使带她出去，也会把她支开。

齐骁跟渔夫布下了网，让道陀往里钻，不过这次齐骁多带了一句话：“迪卡那边也收网吧。”

渔夫一听，不解道：“你不是一直说他有头无脑，除掉他容易遇到更难应对的人。”

“他多留一日，南絮就多一分危险，这次尽可能把她送出去，总要收网，迪卡不用再留了。”迪卡的存在对南絮造成的危险难以估计，不能留了。

“好，你也要注意安全，不到万不得已，不要冒险。你要的东西我派人送过去了，等你消息。”

南絮见齐骁出去有些时间没回来，就跟桑杰说了一声要出去透透气，桑杰知道她不会逃跑，便没管她。

她从后门出来，看到一个女人的身影，那身影过于熟悉，而且那女人身姿矫健，迈步的速度与姿态绝非普通人。

她一怔，这不是那日赌场里的女人吗？她曾经研发过一个针对人形感应的系统，所以对人的身形极为敏感，她断定，她不会认错。

这女人怎么会在这儿？她不是应该逃走了吗？蓦地，南絮脑中警铃大作，不会是道陀派来的人吧？那么，那日齐骁放她走，又演了一场戏……

“危险”两个字从脑海中浮现，南絮抬腿追了上去。

女人感觉到身后有人，一回头，看到南絮追了过来，她拔腿就跑，南絮紧追不放，并从纵横交错的胡同里随手抄起一根木棍，照着前方目标掷过去。

那人机警异常，身后像长了眼睛似的，身形一闪躲开木棍，南絮更加确定她不是好人，不抓到她，齐骁便会有危险。

她又随手抓了一根细长的树枝，甩鞭似的抽过去，女人躲开，但速度已经慢了下来，南絮不多废话，直接开战。

等齐骁回到接应的地点，发现没有人，他看着时间，不会是出事了吧。

他在周围徘徊片刻，正要往前走时，耳尖地分辨出不远处有打斗声，急忙跑过去，果然看到两个女人扭打在一起。

“住手。”齐骁的声音传来，南絮手上却没停，她伸手抠住那女人的肩膀，那人长臂伸过来，一拳击向她的腹部。

南絮侧身闪开，手上却没松。

见齐骁过来，那女人也没再反抗，而是突然变成柔弱的哭腔：“骁爷，姐姐打我。”

齐骁紧了紧眉头，再听几次，都要起鸡皮疙瘩了。

“南絮，你松开。”

南絮提着一口气，她一直在担心，现在他却让她放开，她说：“齐骁，你疯了，她在这儿出现，你不怕危险吗？”

齐骁依旧示意她松开，南絮没辙，一把推开那女人，那女人揉了揉肩膀，往齐骁身边靠，他后退一步说：“别过来。”

“我就要过来，我就要，我就要。”那女人撒娇似的往上扑。

南絮还没见过这么大胆的女人，之前说她是好姑娘，算是她眼光太差，她瞪了一眼那女人，然后凑近齐骁：“你就不怕她是道陀的人，如果是，你已经暴露了。”

齐骁身形顿了顿：“暴露？我暴露什么？”

“你？你跟我打什么哑谜，你把人放了，现在她又出现，你再看她这身手，哪是什么柔弱女子，那天分明是演戏给你看，引你上套。”

“我知道。”齐骁说。

“什么？！”这次轮到南絮瞠目结舌了。

那女人见俩人聊天没理她，非常找存在感地直扑向齐骁，齐骁闪躲不及，被她扑了个满怀，他暗骂，渔夫这是哪儿搞的人，简直就是个祸害。

那女人身手极快，从旁人察觉不到的角度里直接塞进他怀里一样东西，然后坏坏地在他怀里扭，嘴上忍不住地想笑。

齐骁推开她，那女人冲他眨了眨眼，快步向另一边跑开，南絮刚要追上前，被齐骁拽住胳膊。

“你被美色迷住了？就这么放她走？”

齐骁没办法，只好开口：“放心，我的人。”

“跟你演过戏的都是你的人。”南絮气得没细品他话中的含义，着重提着“演戏”俩字。

“不是我的女人，你搞错了，我的南南。”齐骁知道她担心自己，心情很不错。

南絮冷静下来，想起他隐秘的身份，这女人是他的人？他们是在商量什么对策，或是暗中进行着什么？

她转头看他，眸子里满是探究，更没开口去问，而是这样一直盯着他。他看得出她眼里的疑惑，也明白她多半会猜想些什么。

他伸手点了点她的小脑袋：“不要想太多，小心丢了性命。”

南絮不能不想，齐骁不再与她多说，拽着她的胳膊往回走。南絮盯着他的侧脸，心里有了一个猜想。

齐骁晚上有一个局，不能把南絮送回去，他要是不在，迪卡随时会去找麻烦，他只好带上她。

南絮看着他端着酒杯穿梭于一群穿得人模人样、看起来是上层名流的人中间，这些人明显不是什么好人。

这个酒局谈的生意无非是赌场上的事，她对这里的人毫无兴致。酒局结束已是后半夜，齐骁揽着南絮的肩，跟桑杰说：“今晚就住在这儿，楼上安排房间吧。”

她跟着齐骁走进房间，开始也没怎么样，后来齐骁躺在床上，她也躺下。但她知道，他毫无睡意。

两人就这样耗着，直到齐骁听到身旁人均匀的呼吸声，才悄悄起身出去。

关门声一响，南絮就睁开了眼睛，猛地翻身坐起，她在门口站了几秒钟后，悄声打开门。这里不同于繁华大城市的灯火辉煌，此时的夜里外面只有微弱的路灯亮着，她分辨不出齐骁去了哪儿，只能站了一会儿，悄声关上门。

齐骁在夜里谨慎前行，直到目的地，他从怀里拿出掌心大的小型飞行器，飞行器上有摄像头，可以把照下的画面以 3D 形式传送到连接的那一方电脑里。

他指挥着飞行器，把所有数据传送成功。

做完这些他从后窗爬上去，进入三楼，再往上走，回到房间，南絮躺在床上熟睡。

“你去哪儿了？”身边的人突然开口。

齐骁以为她睡了，显然，她的敏锐度绝不亚于他。

“泡妞。”

“别以为我没看到你怀里的东西。”

“你看到什么了？”

“我是破译人员，同时也是科研人员，外人看着像机械手表，不过那东西我搞过八百个了，每个机型我都熟，这款是最新研发的Fkj2.0。”

齐骁无奈。

“什么鬼一样的2.0、3.0，听不懂。”

她其实之前隐隐有猜测，但不敢确定，甚至觉得这样的猜想过于疯狂。如果是她想的那样，他岂不是每天蹚在雷区，稍有不慎，下一秒就粉身碎骨。

直到她晚上无意间发现这个东西，外人或许瞧不出端倪，但她可是机器研发的一员。她内心惊涛骇浪，不敢相信他是如何在这种情形下生存，又是如何一步步走到今天的位置。

她知道，他冒着枪林弹雨。她看到过他身上大大小小不计其数的伤，心底突然抽搐地疼——如果真是她猜测的那样，齐骁，你一定要好好的。

南絮见齐骁不承认，明白他们有保密制度。他是冒着怎样的危险才把她保下？她还几次要逃走，她如果逃了，会直接让他陷入最危险的境地，想到这里她不自觉地出了一身冷汗。

南絮一夜未眠。

而旁边的齐骁，也一夜未眠，他知道她聪慧机警，还有异于常人的冷静理智，被她发现他也只能一口否认。他怎么也没想到，就那么一个小玩意儿被她瞧出了端倪。

次日天空刚刚放亮，齐骁便起身下床，南絮睁开眼睑，眸光定定地落在他宽厚挺拔的脊背上，交握于胸口的双手紧捏在一起，男人宽厚的脊背似背负着一座层峦叠嶂的山。他需要有多大的毅力，才能立于此地，脊背不弯。

很快洗手间里传来水冲刷地面的声音，南絮坐了起来，他昨晚出去至少一个小时，那东西的用途她自然知晓，看来，是要有大动静了。

从酒店出来，刚过六点钟，齐骁指了家早餐摊，老板捡了几个包子和鱼粉汤，南絮吃不惯这种粉汤，咬了两口包子便放下了。

齐骁吃东西像他的性格，风卷残云很快扫光桌上剩下的食物，桑杰给了钱，几人起身离开。

路上，齐骁接了个电话，桑杰得到指令，转动方向盘，车子向另一面驶去。

驶出市区，走过蜿蜒崎岖的小道，来到一处崇山峻岭丛林环绕的山里，有一处僻静的村落，车子在一处佛寺前停下。

南絮不明就里，跟在齐骁身后，从正门进去，很难想象，在这三不管的地界，却有这样一座祥和安静的佛寺。

里面传来僧人念经和敲击木鱼的声音。

再往里走，便看到许多人把守，她看过去，最高的大殿内有一尊十米左右高的佛像，下面站了几个人，南絮走到门口便被拦了下来，齐骁已经走了进去。

里面的人站得整整齐齐，虔诚地拜佛，原来是廖爷让齐骁过来的，南絮心下冷然，拜佛诵经也洗涤不掉他们身上的罪恶，毒品坑害多少人，多少家庭破灭，多少性命消亡，这些人却在这儿假慈悲。

朝拜完大佛，廖爷走了出来，身后跟着道陀和迪卡，齐骁走在最后，南絮看过去，他的目光正扫向她，两人目光相撞，他的眸光清冷，看不出任何情绪。

南絮暗暗猜想，要有事发生。

一行人用她听不懂的语言讨论着事，后来廖爷把齐骁叫过去。

“听说蔺闻修要来，你留意着点，这几年各路生意都难做，赌场生意也要扩大，你自己接洽一下。”

蔺闻修，这个名字齐骁不陌生，以赌起家，手上有十几家大型赌场，不知他何时想把手伸到金三角地带。

蔺闻修与被瓦解的金三角前势力李将军有深交，这次是要有什么动作？

“我会尽快联络，您要不要见上一面？”

“看情况，你先留意。”

从佛寺出来，前面是浩荡的廖爷车队，齐骁的车殿后。他们出来后，直接往回走，路上在赌场停下，齐骁进去吩咐点事，十分钟后回到车上。

再往回走的时候，路中间突然出现一辆皮卡车，从车上下来几个人，手里拿着棍棒和枪，齐骁想都没想，从腰间拔出枪直接塞到南絮手里。

她目光落在他脸上，他的冷眸紧盯着车外，桑杰已经拿出枪准备应战。

对方率先开了火，南絮知道这又是遇上拼命的了，齐骁每日都在生死边缘打转，她没来得及多想，枪声已经响彻荒芜的蜿蜒小路。

桑杰回击，对方的枪看起来并不多，双方子弹很快打得所剩无几，对方十几个人已经冲上来，桑杰率先跳下车，与对方动起拳脚。

齐骁随即走过去，南絮把枪别在腰间也下了车。

对方显然没把一个女人当回事，直奔齐骁和桑杰。齐骁一人应对几人，南絮眼看棍子要抡到他身上，上前一脚踢在那人手上，棍子落地。

三人对十七八个人，混战中，后面有车行驶过来，车子慢悠悠地停在齐骁的车子后方，迪卡探出脑袋，咧嘴猖狂地笑着。

南絮突然被身后的人揽进怀里，转头，就见一根木棍正打在齐骁肩上，他吭都没吭一声，直接推开她，回脚照着那人狠狠踹去，那人发出惊天哀号倒在地上，捂着胸口不停打滚。

直到击退对方，迪卡在后面冲他们吹了个口哨，然后启动车子，绝尘而去。

南絮暗骂了句“迪卡这个畜生”，跟着齐骁上车。

回到齐骁地盘，三人都回了房间，齐骁进门后，去抽屉里翻东西，再回身，直接去扒她的衣服。

南絮急忙闪躲：“你干什么？”

齐骁不说话，几下把她的外套扒了下来，她的双手几乎被衣服半捆在身后，然后就听齐骁微微叹息：“下次遇到这种事你别出来。”

“我不出来，看你和桑杰被打？”

“这种事常发生，你不用管。”齐骁说着话，手上动作轻了些，把她的衣服脱下直接将她按在床边坐下。

南絮这时才看清他手里拿着一罐药油，他拧开瓶盖倒在掌心，然后拽过她一只胳膊，掌心搓热后，贴在她后手臂上揉搓着。

她微微抽息一声，齐骁问：“疼了？”

“不疼。”

怎么能不疼，小手臂处一片瘀青，她嘴硬，他多少了解些。

“我是个男人，保护不了自己的女人是我无能。”

“谁是你女人。”她咬字眼。

齐骁原本绷着的脸突然笑了出来：“这里所有人都知道，你是我骁爷的女人。”

“你就不能正经一点儿。”她懒得跟他耍嘴皮子。

齐骁没回应，但手上的力道轻了些，火热的掌心揉搓着她的手臂处，南絮问：“是迪卡下的手？”

“是谁不重要。”他语气淡淡。

南絮眸光暗了暗，小声说：“因为都是敌人。”

齐骁嘴角微微勾起一抹弧度，南絮突然惊叫一声：“啊，疼……”

他手上突然加重力度，她没控制住喊了出来，齐骁眸光紧逼着她，恶狠狠地咬牙道：“收起你所有的想法，这里都是你的敌人，包括我。”

南絮耸肩：“是敌是友我分得清，放心，你是我眼前最大的敌人。”

她从腰间抽出枪塞到他手里，学着他说话的方式：“以后别给我枪，你喜欢赤手空拳对敌，我也不是花架子。”

“我没小瞧你。”他只是下意识希望她不要有危险。他早已经将生死看淡，而且这种事情时有发生，习惯了。

南絮突然卸了怼他的情绪，轻叹一声：“谁也不是金刚之身，你也不是铜墙铁壁。”

齐骁被她发自内心的关怀暖住，这么些年，也只有渔夫会对他说这样的话。

齐骁的手搭在她纤细的手臂上，带着薄茧的指腹轻轻摩挲着那块细嫩的软肉。末了，他狠下心，收起不该出现的情绪，痞痞一笑，伸手扣住她的脑袋，笑脸凑近她：“南南真乖，知道关心我。”

南絮被他突然的靠近弄得一怔，待听到他拿她寻开心的嬉笑，屈肘靠近他的肩膀猛地一撞：“滚开。”

“滚开，滚开……”金刚突然开口，找存在感地学着南絮说话。

齐骁咂舌，指向金刚：“你这货不学好。”

金刚见齐骁发飙，又叫道：“南南，南南……”

这句话对齐骁十分受用，可南絮的脸黑了。

“南南，南南。”金刚叫着。

“闭嘴。”

“南南。”这次是齐骁。

南絮：“……你也闭嘴。”

玉恩刚一上来，就看到屋里的两个人打情骂俏，骁爷终于和南絮姐姐在一起了，她好开心。

晚上，迪卡那边有浩浩荡荡的车队发出，没过一会儿，齐骁起身往外走，很快楼下传来发动机启动的声音，南絮站在窗前，目光落在齐骁的车尾，越行越远。

她昨晚没睡，此刻也毫无睡意，危险，她脑子里所有字眼都是危险。

她一直忐忑着，却丝毫未动，目光落在窗外，等一切的未知！

直到凌晨四点钟，齐骁回来了。

他一上楼，就见她坐在椅子上。他没说话，转身进了洗手间，冲了个澡出来，南絮还坐在那儿。

“不过来？玩情趣？好。”他说着，上前几步，弯腰就要抱她，南絮急忙跳下椅子躲开。

她躺去床上，齐骁在窗边抽了根烟，然后倒在她旁边。

他侧着身子背对着她，借着窗外明亮的月光，她看到他背上深深浅浅的疤痕，刀痕、枪疤，她不自觉地抬手，反应过来时，指尖已经触碰到他的脊背。

齐骁身子一僵，猛然回身，速度很快，在她没反应过来之时，已经把她按在身下。

他勾着痞痞的笑：“想我了？”

她知道他是故意的，只是心里有点难受：“还疼吗？”

她的声音很轻，如轻羽撩拨，蕴含的力量却如层峦叠嶂般厚重，狂卷袭向他的胸口。

齐骁很想堵住她的嘴，真的想，她那张小嘴，千万别再说出这样的话，他怕自己会控制不住。

他松开钳制她的双手，翻身倒在一边：“睡觉，困死了。”

人心在冰封之时，被潺潺流水滑过，那种温暖没人能够抵挡。他也一样，他的心再坚如磐石，也会对温暖心驰神往。齐骁反倒希望她像以前一样，警惕地盯着他，没有一丝语言。

他抗拒温暖，拒绝温暖，那种感觉太容易让人变得懦弱，以至于沦陷。

南絮跟着齐骁出来时，天空下着蒙蒙细雨，潮湿的空气，草木与泥土的芬芳迎面扑来，干净的气息仿佛要洗涤掉这里的肮脏。

她跟在他身后，目光落在他挺拔的脊背上，不知从何时起，她总会这样盯着他。

他时而清冷，时而风趣，时而让人感觉他对生命看得很淡然，即使他在做的事让自己与那些恶人混为一类，但骨子里却像一把宁折不弯的钢刀，永远脊背挺拔。

齐骁先去买了一身衣服，直接换上出来。

南絮第一次见他穿得这么阳光，白色 polo 衫，米色休闲裤，头顶鸭舌帽，脚踩白色休闲鞋，整个人的精神劲都活跃起来。

齐骁走到门口，跟桑杰说话，南絮纳闷这是要做什么，今天桑杰开车，后面还跟了一辆车，车上坐着几个齐骁的手下。

看他的着装，明显是要去运动，那跟着这么多手下做什么？

车子驶出市区二十分钟，来到一处高尔夫球场。南絮侧脸看向齐骁，想要从他的眼神里一探究竟，可自从昨晚之后，他就一直绷着脸，对她像最初那样，冷言少语。

南絮跟着下车，服务生恭敬地引领，乘坐摆渡车往深处前行，她可没那么幼稚认为他是来玩的，果不其然，几分钟后，摆渡车在一处停下。

球场上七八个人，其中有一人正挥着球杆。

那人一身休闲打扮，三十多岁，身姿笔挺修长，转回身看到齐骁，停下手上的动作，齐骁上前，两人握了下手，她站在稍后一些的位置。

此人眉目间的笑意深沉，气质儒雅干净，南絮看得出此人气度不凡，定非普通人，这时听到齐骁开口，她便知道，这就是廖爷口中的藺先生。

南絮站在外围，看着两人相谈甚欢，明明不熟，搞得像多年老友似的，对于交际，她着实不在行，死宅一个，专心搞她的 IT 事业，鼓捣各种机器。

场上的两个人打了几杆，她没想到齐骁蹚着生死线，还会这一手，身姿、手法、挥杆，都极其标准。

那个藺先生，他身边跟随着几个人，三男两女，她冷眼一瞧便知道是保镖。

她小声问桑杰："你了解他吗？"

"藺闻修，被人尊称藺先生，十年前以赌起家，名下有大大小小几十间赌场遍布东南亚。"

南絮点点头，她只见过齐骁的赌场，有几间大规模的，其余几间也是鱼龙混杂，三教九流的人全都有。

她安静地站在远处，看场上两人一边打球一边聊些无意义的话。

齐骁与藺闻修两年前在公海的赌船上碰过一次面，简单聊过一些，做的同一行生意，但属不同地界，所以没有太多深交。

廖爷的意思他明白，全球禁毒后，只有赌场上的生意最容易向外延展，廖爷想在这上面吃一大块肥肉。

他此次的来意也是如此，意图是明显的，但话不能说得那么直白，齐骁打小就会玩高尔夫，只是近几年基本没怎么碰过，手有些生，输了两杆，也算是他有意为之。

打球的空当，齐骁目光望向远方，所有线已布下，只待道陀钻进去。他知道我方实力，但道陀是个亡命徒，还有一个赛拉，都是硬骨头，但他也清楚，没有我方嗑不下的骨头，再硬也要让对方粉身碎骨，化成粉末。

玩了几杆后他们到休息处坐下，服务生端上酒，齐骁刚要端杯，手机响了，他说了句抱歉，起身去接电话。

南絮看着他走向远处，自从猜疑他的身份之后，她的目光总会落在他身上，甚至他的电话每响一次，她都提着心。

突然，南絮感觉到周围肃杀的气息，她下意识地用身子撞开旁边的蔺闻修。

蔺闻修完全没受到冷枪的影响，只是将目光落在这个女人脸上。蔺闻修的手下已经追了出去，仅留两个保护他，其中一个保镖开口："蔺先生，您到里面吧。"

蔺闻修摆了摆手，还一直盯着南絮，而她始终望着前方，看向听到枪声后结束通话奔过来的齐骁。

"怎么回事？"

"有人放冷枪。"南絮开口，平静无波。

蔺闻修唇角含笑，开口道："刚才谢谢你。"

南絮听到道谢声，才把目光转向他："不客气。"

齐骁也分析出什么，冲桑杰使了个眼色，桑杰会意，人便快速追了出去。

很快蔺闻修的手下抓回来两个男人，南絮分辨不出是边境哪一国家的，他们都长得黑瘦，年纪不大，看起来也就十六七岁的样子。

两个人被按在地上，手被反剪在身后，侧着脸，漆黑的双眸，一副决然赴死的模样。

蔺闻修摆了下手，示意手下把人带走，让他们处理，他无奈一笑，眼底却不见丝毫温度。他抬手端着红酒杯，轻轻摇晃着，直到酒挂了杯，浅尝一口，对旁边的齐骁道："难得有时间出来清闲一下，也不安生。"

蔺闻修做的是赌场上的生意，赌徒、毒贩、绑匪，哪一个都想在他身上捞一笔。他手下皆是精锐干将，不过刚刚那一下，却是这个女人先反应过来，而且还是个很漂亮的女人，没想到她有如此身手和极高的敏锐度。

对于突发的射杀，蔺闻修没有对球场太过深究。从球场出来时，他突然走到南絮面前："南小姐，我欠你一个人情。"

"举手之劳，不必挂心。"她是下意识反应，不管他是好人还是坏人，在她眼皮子底下杀人，她都做不到视而不见，何况她也看到，他的手下其实已经伸手，只不过她快一步罢了。

他笑了笑，冲齐骁挥了挥手，便坐进车里。

回去的路上齐骁也没问她什么原因，只是面目清冷地望着窗外，她一直提着心，感觉有事发生，但问肯定是问不出的。

齐骁什么也不会对她说，只言片语也不会，他们有他们的行事准则，即使那晚她把话挑明，他也没吐一个字。她明白，只是心底升起的不安感越发强烈。

果不其然，晚上齐骁又出去了。

齐骁接到渔夫的紧急联络信息："四号"缴获，疯狗向山北逃窜，正在追击。

用秘密信号发出的消息，阅完会自行删除，再高的科技手段也查不到一丝痕迹。

齐骁之前查到迪卡有一处藏匿地点，他直奔那里，果然看到他。

迪卡受了伤，手里握着枪，看到齐骁出现，他并不意外，只是突然咧嘴笑得瘆人，鬼叫着："我早知道你有问题。"

齐骁没跟他多废话，直接拔出枪对准迪卡，他已经送出消息，行动组正在赶来的路上。

迪卡朝他放了一枪开始疯狂逃窜，齐骁一枪打在他腿上，迪卡惨叫拖着受伤的腿往前跑，齐骁上前抬脚把人踹倒在地，迪卡抽出压在身下的那只手，猛地开枪，子弹正从他左臂擦过，齐骁眉头一锁，挥拳狠狠打在迪卡脸上，瞬间那条疯狗的嘴里涌出鲜红血色。

迪卡被擒获，齐骁把他绑在树上，直到看到华国人员到场收网，他才悄悄撤离。

他的身份极其隐蔽，不能轻易露面。

卧底的含义，就是背着光，永远活在阴暗里，匍匐前进。

这次行动，"四号"缴获，迪卡被抓，赛拉被捕，道陀受伤被手下救走。虽然跑了道陀，但此次也近乎完美落幕。

南絮一直没睡，夜里三点多，齐骁回来了，一进门，她就闻到一丝血腥气，急忙跳下床，刚要开灯，被他制止。

借着月光，她看到他左臂上的血迹，她急忙去翻药箱，齐骁脱下外套坐在椅子上，她把药箱放下，拿出止血药、消毒液、纱布。

他的手臂上，血已经模糊了伤口，南絮的心揪成一团，前段时间的伤刚刚痊愈没多久，此时又受伤，她深吸一口气，消毒液刚碰上他的伤处，明显感觉到他身体的颤抖，而他却吭都没吭一声。

他是人，血肉之躯！

她抬眼看着他，漆黑的眸子，就这样紧紧地、一瞬不错地盯着他看。她恨，恨那些贩毒之人，也从没像现在这样恨那些买毒品的人，因为他们，才有像齐骁这样的人，拼着命去打击。

她强迫自己冷静下来，给他细心地处理伤口，再包扎。

等包扎完，他额头上已沁出冷汗，她心里酸得厉害，眼中泛起薄雾，强忍着情绪。齐骁直视着她颤抖的睫毛，卷翘的睫毛沾上一层细密的水珠，她的指尖冰冷，打结的手几次颤抖得脱扣。

他心下蓦地一紧，心里软得一塌糊涂。

他起身，南絮担忧地跟上一步，他突然转身，她脚步一顿身子向后仰，他急忙钩住她的腰，她的脸就这样撞上他结实的胸膛。她抬头，这样近的距离，两人的呼吸交织在一起，她一时分辨不出他眼底的情绪，清冷的目光又似一道强劲的旋涡，太过幽深。

就听他开口："我会尽快送你离开。"

第五章

换药风波

近几日南絮睡得特别少，每天睡不到两个小时，她一直担心着齐骁的安危，今日又受了伤，问他什么也不说。

他说送她离开，即使他不承认他的身份，也间接表示她的猜测是对的。

迪卡那边从他走后便悄无声息，好像突然死寂了一般。她毫无睡意，站在窗口望着那边，昏暗的灯微微闪着光，除了一班班的换岗人员，不见其余任何身影。

她看向床上的人，隐隐感觉，迪卡出事了。

齐骁在药物的作用下，睡了一小会儿便醒来，他分析事态，“四号”被缴很容易把祸端引到他身上，他已有对策，即使很难解决也不至于丢了性命，但他担忧的是，会不会把问题引到南絮身上，她在他身边，不安全。

天刚放亮，齐骁一个翻身从床上爬起，南絮睁开眼睛，就见他冲自己说："跟我走。"

南絮急忙起身，两人刚走到楼下，就听到外面行驶而来的车声，很快，车子停在院落外，齐骁站在一楼大厅中央，看着廖爷进来，后面跟着的人一个个举枪对准他，而最后，是坐在轮椅上被人推进来的道陀，显然他半条腿快要废了，包扎的位置在膝盖骨上，以后站起来也难了。

道陀看向齐骁的目光带着不弄死他誓不罢休的狠劲，他此时最恨齐骁，恨不得杀掉他再啃了他的骨头。

不，怎么能这么轻易放过他，他要剥皮抽筋，打毒针折磨他，让他活活被折磨到死。

廖爷手拄着拐杖，每敲击一下地面，声音的重量像打在人心上，让屋子里所有人都不寒而栗。他在正中的位置坐下，进来的手下全部用枪指着齐骁，南絮知道，真出事了。

她就站在齐骁身后，看着廖爷以往那老狐狸般的目光，此刻已经变成狼的阴狠，只要他张开獠牙，便能让人血肉模糊。

这时齐骁的手下闻声赶来，急忙举起枪对准其他人，齐骁摆了摆手："都放下。"

齐骁算到廖爷会找上他，佯装吃惊："廖爷，道爷这是怎么回事？"

道陀用缅甸语骂了一通，南絮听不懂，但随后说的中文她听得明白。

道陀从腰间掏出枪指向齐骁："老子看走眼，中了你的圈套，全被人给端了，齐骁，要说狠，没人比你狠，你来这儿四年，廖爷对你有半分不好吗？你有今天全仰仗着廖爷，不然你是什么，你连条狗都不如！"

齐骁一如既往地冷静，即使枪指在他头顶，也依然稳如泰山，这样的心态，他练了太久太久，久到自己都不知道什么叫怕死。

“廖爷，出事了？”

廖爷依旧没开口，道陀骂了句：“装模作样，狗东西！”

“廖爷，如果出事了，希望也知会我一声，我确实不知眼下这情况是为何意。我为廖爷卖命，这四年，我有哪里做得不周，至于这样兴师动众，这么多枪对着我？”

齐骁不卑不亢，越遇事越冷静，因为只有理智，才能克敌。如果他此时慌了，便是给对方送人头。

“他根本就是个假三爷，是华国军方的人。”道陀喊道，气得一枪打在地上。齐骁的手下此时吓得不敢上前，这是他们势力内部的事，他们不敢轻举妄动，不过真要火并起来，他们自然是站在骁爷这一边。

“假的？”齐骁蹙眉道，“廖爷，三爷这个人是道爷查的，我只是通过眼线得了这个消息递给您，赛拉那批‘四号’确实跟一个叫三爷的人接洽，如果您不信，可以问桑杰，他清楚一切。”

桑杰自然是清楚，但此时再说这些已无意义，道陀手里的货被缴获，几乎要了他身家性命，此时又丢了一条腿。

“当天的事廖爷您也知情，我的眼线送情报过来被人跟踪，后来那人被桑杰拿下。迪爷当天也在。”

“还有脸提迪卡，他现在是死是活都不知道。”道陀跟迪卡虽然也不和，暗中争斗，但齐骁，他只是条廖爷收回来卖命的狗。

南絮一听，迪卡不知所踪，那么昨晚齐骁出去，是不是因为迪卡？

她担忧，却也做不了什么，因为她不能表现出过多的关心，那样会暴露齐骁的身份。这时听齐骁说:“廖爷您信不过我。”

他这句话是肯定句,廖爷如果信他,就不会有现在对峙的场面。廖爷可能信他吗?他不过就是给他卖命赚钱罢了,毒枭贩毒坑害人命,这些人哪有良知,都是披着人皮的恶狼。

“齐骁,这四年,我待你不薄。”廖爷此时开口。

“是,廖爷。”齐骁恭敬回答。

“三爷的线是你牵的,消息是你给的,现在连赛拉都被端了,让我相信你?”他手上的拐杖狠狠地杵向地面,砰砰地砸在地上,连道陀都噤了声。

“消息是我给的,但人不是我找的,真假本就难辨,您让我给您一个解释,我也没办法解释,相信与否,取决于您。”他说完,张开双臂摊开手,冷笑道,“我来您身边四年,赌场得来的利润日益增加,昨天也跟蔺闻修碰了面。廖爷,我用四年时间替您赚钱,替您打地盘、收地盘,您要是觉得没功,我无话可说。如果说我有意对您不利,这四年,我把任何一个军警方面的人带到过这里吗?您不信我,我可以理解。但污蔑这话,我齐骁不接受。”

“齐骁,你当真以为我不敢动你?”廖爷抄起杯子,直接砸了过来。

杯子撞上他的左肩,南絮心底猛地一揪,打上的那处,正是他的伤口。

齐骁纹丝不动,脊背笔直挺拔。

“既然兴师动众地来了,不要个说法怎么能解您心头不快。”他看向四周对准他的枪口,“不用这么多,一颗足够。”

“你想死,没那么容易。”道陀能玩得他生不如死的招数多得数不尽，死，那岂不是便宜了他。

廖爷看出他态度坦然，也知晓他对生死毫无惧意，当年救下他时，齐骁身中四枪差一点丢了命，他才收下他做义子。这几年他的付出有目共睹，赌场利润翻了几十倍，且不断在扩大。

生意越发难做，迪卡那销金窟赚的钱不够他养自己的队伍，道陀又是现在这副模样，迪卡八成也折了进去。

廖爷不想丢掉齐骁这个得力干将，已经损了两员大将，此时只有他能独当一面。

大家见廖爷沉思，都屏息等着他开口，齐骁知道自己有筹码，廖爷再怀疑他，没有十足的证据也不会轻易要他性命。

道陀担心瘳爷被齐骁说动："廖爷，不能信他。"

"你闭嘴，三爷是不是你找的？"

"都是他给的信息。"

"你自己识人不清，被引诱上当，我说过你多少次，做事要谨慎。"他此次没让齐骁出面，是因为这批数目太大，怕的就是齐骁这边出事端，结果可好，齐骁没出面，道陀自己钻进了圈套。

"把你那个眼线找出来。"廖爷对齐骁说。

齐骁说："桑杰知道，这事你可以交给他办，他办您放心。"

"廖爷，不能信他，这人不能留。"道陀是记恨齐骁的，因为他风头太盛。所有人都信任齐骁，包括廖爷。

他被打压了几年时间，此时不翻身，更待何时。

"不能留他，廖爷。"

廖爷重重叹了一口气，冲桑杰使了个眼色。桑杰是他的心腹，对于齐骁的行动都会向他汇报，可以说是在齐骁身边安装的一个监视器，所以这次的事，齐骁就算有理由，也不能这样轻易相信他了。

桑杰走过去，廖爷从怀里拿出一颗药丸递给桑杰，桑杰倒了水回来，走向齐骁。

齐骁心下一惊，这比起死，更难让他接受："廖爷，您知道我不碰这东西。"

"在我这儿，只有你有这规矩。齐骁，想让我相信你，毒品，你沾也得沾，不沾也得沾。"

道陀一听，疯了似的猖狂大笑，齐骁垂在身侧的手捏紧。这剂量，一次定上瘾，他太清楚这毒品的性质了。

齐骁没接："廖爷，您知道，我不怕死，看在我为您卖命几年的分上，给我个痛快吧。"

"我并非不相信你，但你这个规矩必须破了。齐骁，这东西我们不缺，你想要多少都有。"廖爷扬了扬下巴，示意他吃下去。

道陀知道，这东西吃下去，齐骁可就不再是从前的齐骁了，道陀突然把枪指向齐骁身后的南絮："你要是不吃，就让她吃。"

桑杰把杯子往他面前送了送："骁爷，留着命，比什么都重要。"

齐骁知道，今日这道坎，躲不过了。他的命不值钱，别让南絮在他手里出了事。他冷冷一笑，看着廖爷："廖爷，您这是用这一杯买信任吗？"

廖爷眼底一片阴冷："信任需要互相付出，当初你救了我，我信你；今日出了这等大事，要我信你，你也需要给我表个态。"

"好。"齐骁接过杯子，南絮上前一把抓住他的胳膊："不要，不要……"

她的声音极小，像是在乞求，齐骁知道她担心，但必须硬冷地呵斥她："滚。"

他甩开她，抬手举起半杯水，直接把药全灌进喉咙里，没去品那是什么味道，想必也不好喝吧。

廖爷见他喝下，才长长舒了一口气，起身拍了拍他的肩："我会让人送以后的量过来。"

道陀发疯似的狂笑："齐骁，我已经想到你跪在我面前求我的场面了。"

等人走了出去，"啪"的一声，杯子被齐骁狠狠捏碎，瞬间玻璃破片扎进手里，血从掌心缝隙流了出来。

"齐骁。"南絮顾不上旁人的眼神，"热水，快拿热水。"

她拽着他往楼上走，手下人急急忙忙翻东西，热水很快递上来，南絮颤抖着双手把水递到他眼前："齐骁，快喝，快喝吐出来，快一点儿。"

"没用的。"他说。

她第一次看到他垂下的眼眸是那样无助，他一直都是铁骨铮铮，此刻却茫然失措，她颤抖的双手捧起他的脸："你看看我，齐骁你看看我，还有办法的，真的，有办法的。"

她的心脏从他被逼吃下药开始，就像被人紧紧捏着，连呼吸都困难："齐骁，齐骁，快点喝，喝下吐出来就好了。"

他还是一动不动，心如死灰般的沉寂，南絮眼底涌出的泪瞬间夺眶而出，她紧紧地抱住他，像是能通过这样的拥抱，让他挣脱此时束在他身上的枷锁。

玉恩哭着上前送药，她虽然不懂，但也明白，廖爷不会轻易放过骁爷，如果这药有得解，廖爷就不会轻易离开。

南絮从玉恩手里拿过镇静药，使劲掰开他的嘴往里塞，药塞进嘴里，齐骁才像找回神志，急忙接过水杯把药顺下去。

“不够，再拿一粒。”他说。

玉恩急忙跑下去，把药再拿上来时，齐骁就觉得不对，因为身体里的感觉，不像是碰毒之后的反应，他看过太多吸食毒品之后的症状，也从太多资料上详细分析过服药后的症状。

可是那些他都没有，如果是他猜想的那种药，不可能此时毫无反应。

突然，身体里钻出一丝热度，然后那热度直往身体的某一处发力，他锁着眉头，仔细分辨那种感觉，不对，越发不对。

是催情药，迪卡那边善用的手段。

廖爷？不对，是桑杰，他换了药。

“出去！”他冲着南絮吼道。

南絮不明白他为何这样，以为他是毒性发作，虽然不懂那是什么感觉，但她也见过，她猜测那种感觉应该很痛苦。她伸手紧抱住他：“没事没事，你要是难受，你咬我，我不怕疼，齐骁，没事的……”她一字一句，心都在滴血。

他用生命护卫一方净土，此刻却要遭受这样的痛苦，她心疼，疼得无以复加，眼泪顺着眼颊滚落下来，从她被抓那日起，她就没哭过，这一刻，她却因为他，控制不住眼泪。

突然扑过来的身体让齐骁越绷越紧，他急忙推开她，奔向洗手间，拿过花洒喷头，照着自己的脑袋浇去，冰冷的水流顺着头顶浇下来，瞬间湿了衣衫，南絮急忙扑过来：“你肩上有伤，不能这样，齐骁，齐骁，你听我说，再吃一粒药，控制住，你救过我，你一定能救你自己。”

她去抢他手里的花洒，水流胡乱地四处喷洒，突然间，他猛地靠近，带着危险且强烈的气息。

齐骁此刻已经被药力冲击得失了理智，没了思考。

他热得烫人，手上的力道让她身上疼，但心里的疼，比这些疼千倍万倍。

“齐骁，齐骁……”

她叫着他的名字，一声声地叫着，齐骁像是突然被那熟悉的低声呢喃唤回一点儿理智，他猛然退后，看到她带泪的眼，心下一紧，直接推开她：“出去！”

桑杰到门外送廖爷离开，又把事情经过讲了一遍，确定三爷的消息是眼线回报，齐骁昨天见了蔺先生，并未有异常动作。

他刚一上来，就见玉恩在门外急得团团转，欲推门的手被他拦住。

“桑杰哥哥，骁爷怎么办，他对我们那么好，他一定很痛苦，我听他疯了似的吼南絮姐姐。”

桑杰没说话，只是把玉恩从楼上拽了下来。

玉恩一边走一边哭，桑杰拿她没办法，这里之前就她一个女孩子，性子特别软，遇事就爱哭。“不会有事的，骁爷什么事情没经历过，这对他来讲，只是一道坎，在这种地方，骁爷不可能独善其身。”

齐骁把南絮推出去，回手抓了一个尖锐之物，照着肩膀就刺了去，南絮破门而入时，正看到他下手，她闯进来，握着他的双臂，眼底一片悲凉和心痛：“齐骁，别伤害自己。”她已经猜到他为什么会这样了。

“我再警告你一次，你再不出去，后果自负。”他一字一顿，几乎从牙缝里挤出来的狠劲，她就这样站在他面前，他体内的血液正疯狂上涌，每一次流动，都叫嚣着、疯狂着。

“别伤害自己，你掐我，让我来帮你，齐骁，你别伤害自己，你身上还有伤。”南絮仰着头，眼泪又在眼眶里打转，她的声音很轻，似呢喃般，却有着致命的魔力。

她知道，此刻的他已经在很努力地控制，即使身体机能先于头脑思维，他还是留有半分理智，但最后仍没能免去一番折腾。

齐骁冲澡出来，就见南絮坐在床上。

南絮抬眼看过去，目光交汇，他漆黑的眸子里，褪去刚刚的猩红，变得异常冰冷。她看着他拿出干净的衣服换上，然后迈步走向床边。

他伸出手臂，将她抱起来：“去洗一洗。”

南絮就这样被他抱着一步步走向洗手间，她觉得脸颊很烫，跟刚才发生的事是不一样的烫：“你好些了吗？”

他把她放下，她赤着脚踩在大理石砖上，然后身体被他拉至胸口，听到他强烈的心跳，感受到他胸腔的振动，他说：“对不起。”

南絮不知该如何去接这句话，他此刻一定万分自责，又悲伤，他活在刀尖上，他的苦，没人能体会。

她从他怀里退开，露给他一个笑脸：“你不用在意，我也不会介意，英雄儿女，不拘小节。”她学着他以前逗她的模样，挑了挑眉。

他知道，她是故意这样说来宽慰他。

她聪明睿智，双商极高，这样的女孩子，毫无预兆地闯进了他的心底。齐骁当兵入伍，再做卧底，知道自己身处凶险，也让心变得坚硬，可就是眼前的人，犹如一抹光，照进他的心底，把那块硬石暖暖包裹。

他对她来说，是危险的。她对他来说，是致命的。

齐骁下楼，所有的目光齐刷刷转向他，玉恩哭着跑过来："骁爷。"

玉恩是他两年前在迪卡销金窟里救出来的，那时她才十六岁，被人骗到这里，他心中不忍，便救下了她，这孩子十分乖巧，心地善良，就一直让她留在身边。

"别哭了，一直听你哭。"他冲桑杰示意，两人走到后院。

他在长椅上坐下，手搭着椅背，让桑杰也坐下。

齐骁从兜里拿出一盒香烟，抽出一支先递给他，桑杰接过，拿出打火机先把齐骁手里的烟点燃。

两人望着天，一起抽着烟，过了许久，齐骁才开口："谢谢。"

他们之间的关系，一直是上下级，桑杰是廖爷的人他清楚，但这次却帮了他，虽说男人之间大恩不言谢，但有些话，还是要说。

桑杰了解齐骁的性格，在他道谢的时候稍有些惊讶，不过他为人正直性格刚强，是条硬汉。

桑杰被晒得黝黑的脸上露出一抹赧然之色："我恨毒品，我爸爸一辈子戒不掉毒瘾，哥哥也吸毒死了。骁爷，我敬你是条汉子，不想害你。虽然我为廖爷做事，但这几年跟在你左右，我敬佩你的为人。骁爷，我也想成为像你一样刚正的人，但是我已经来不及了，我手上染了太多血……”

这是桑杰跟在齐骁身边的四年时间里，第一次说这么多话，第一次剖露心声。他被廖爷救下就一直当他的手下，为了活命，为了家人能够活得好一些，他必须这么做。可他不喜欢染血，不喜欢染毒，他痛恨和恶心那些害人性命之事。

金三角，就是一个魔窟，可以说是世界上最恐怖的地方，最大恶源之一。

缉毒，就是一个战场，有人为它出生入死，却有人甘愿为毒鬼迷心窍。

齐骁上楼时，南絮已经穿好衣服坐在床边，她的头发未干，滴着水珠，水珠顺着脸颊滑落，滴在肩颈处的片片红痕上……

玉恩小跑上来，端着餐盘，上面摆了几样菜式：“骁爷、南絮姐姐过来吃饭。”

南絮见玉恩看向自己的眼睛里露出的惊讶和羞涩，急忙拽过一件外套披在身上，玉恩的眼睛红肿一片，南絮知道她之前一直在哭。

不过此时玉恩眼底露出笑意，她脆生生地说：“已经中午了，早餐也没吃，肯定很饿，快来吃饭。”

南絮看着窗边的男人，他颀长的身形挺拔而立，坚硬如石，挺拔如松。他是经历过多少，才会练就如今这般钢铁的意志。

“骁爷，吃饭吧。”玉恩见齐骁迟迟不动，又叫了他一声。

齐骁依旧面向窗外，淡淡应了声。玉恩冲着南絮指了指齐骁，示意她叫他吃饭，她点头应下，玉恩才离开。

“吃饭吧。”她说。

南絮走到桌边坐下，没动筷，末了，齐骁走了过来。

两人各坐一侧，谁也不说话，闷头吃饭。

突然，南絮的碗里多了一块牛肉，她抬头，齐骁已经低下头。

整个用餐时间，两人谁也没有开口，她知道他在自责，齐骁吃完饭喝了点水后直接倒在床上。

南絮不知为何，就喜欢看着他的背影，他的肩很宽，有着厚实的安全感，但谁又能给他安全感？他每日都走在刀尖上，稍有不慎，便鲜血淋漓。

听到轻而又轻的一声叹息，南絮起来走到床边，把她刚刚换下的新被子摊开，轻轻盖在他身上。床上的人眼睑微动，然后才渐渐睡去。

南絮也是连续几日折腾，早上又似大干了一场硬仗，此时全身也脱力，于是倒在另一侧，抱着双臂闭上眼睛。

她睡了一觉，后来是被外面的车声吵醒。

此时醒来，身上盖着被子，而旁边的齐骁已经不在。

她翻身下床，站在窗边望去，此时门口停了一辆卡车，车上下来一个瘦小的男孩子，男孩子手里好像拿着什么东西，正跟门口站岗的人交涉，然后就见有人跑进来，很快又跑出去，带着那个男孩子往里走。

她转身飞奔下楼，看到那人送来一包白色粉状物，她知道那是什么。

齐骁坐在首位，手指轻点着桌面，那人把东西放到他手边。

他唇角勾起一抹讥讽的笑：“回去告诉道爷，我感激不尽。”

那个年纪不大的男孩子拱了拱手，说了句缅甸话后转身离开。

南絮走过去，伸手想要把那东西扔掉，却被他抓住手腕，齐骁甩开她的手，自己拿起那包东西，在手心掂量掂量，开口道：“有人想要吗？”

他明令手下禁止碰这些东西，但人多混杂，很难彻底清除。

有人的眼睛贼乎乎地瞟来，“砰”的一声，齐骁的巴掌拍在桌子上，震得桌面嗡嗡作响：“都给老子忍着！”

他一身冰冷的气息，所有人都不敢吭声，他拿起东西上楼，南絮见他回到房间直接进了洗手间，把那包东西都倒进马桶里冲掉了。

“这包东西在市面上值多少钱？”

他的眸光射向她，她说：“我好奇问问。”

“几十万吧。”他洗了手，而且多洗了几遍，即使隔着塑料袋子，他也觉得那东西脏，沾上连灵魂都会被染脏。

“你怎么办？”她站在旁边，一直担心他的状况。

“桑杰换了药，没事了。”

南絮提到嗓子眼的心，终于归了位，原来如此，难怪……她勾起一抹浅笑，随即捂嘴大笑，眼睛眯成一条缝，睫毛因憋着大笑而微微颤抖着。

齐骁被她愉悦的情绪所感染，也跟着笑起来。

“那条疯狗现在什么情况？”她问。

他眸光暗了暗，没说话。

“你昨晚出去，是不是因为迪卡？”

“不该你问的不要多话。”齐骁说完转身走出洗手间。

南絮瞥了他一眼，还装，看你跟我装到什么时候。

正想着，他突然回身，手伸向她，用衣襟把锁骨处的那块吻痕盖住。

南絮的脸上隐隐有些发烫。

齐骁没事了，被桑杰换了药，这个消息比她此时逃出去还让她快乐，齐骁让她好好睡一觉，这几日精神紧绷，谁都没休息好。

可她睡不着，想着齐骁说要尽快送她离开。她如果离开，齐骁定会被廖爷追责，一场凶险恶仗刚刚落幕，她不能一走了之让他陷入危险，可她在齐骁身边，也会给他带来麻烦，因为他要时刻保护她。

要怎样才能有一个万全之策？

齐骁出去了一趟，没走远，只是到迪卡那边，迪卡被捕的消息还没传来，廖爷也只当他暂时性消失了，不过时间久了，便也知道人是回不来了。

这边的肮脏事定会有人接手，他必然要时刻盯紧，以防出现一个比迪卡更凶残之人。

迪卡蛮干，脑子没那么精明，好控制好处理，如果换了一个聪明谨慎的就难把控了，眼下他必须想一个办法，彻底除掉这片肮脏之地。

齐骁之前一直犹豫不决，未送南絮离开，是担心他的身份被怀疑，此时，再被怀疑他也不能让她再在这肮脏之地受到半分威胁。

他点了根烟，下了一个决策。

南絮正在逗金刚，这金刚怕不是把刚才两人的过程看了个遍吧。南絮拿着树枝戳着金刚：“唉，把刚才看到的全部忘掉。”

“南南，南南。”金刚叫她，抬起爪子往树枝上抓。

南絮抽回树枝，继续哄骗："你要忘了，我就带你出去玩。"

"南南，呱呱……"金刚乱叫着。

"必须忘，听到没有？如果你不忘掉，小心我一枪爆了你的鸟头。"她学着齐骁的恐吓，但没什么威胁力度，一点儿也不吓人。

"骁爷，骁爷。"

"嘿，叫骁爷也没用，我告诉你，来看着我。"她拿着树枝在金刚眼前像钟摆一样来回摆动，口里念着，"我什么也没看到，我什么也没看到，忘掉了，忘掉了。"

金刚根本不受控制，爪子伸得老高，翅膀扑棱着，尖嘴里嘎嘎乱叫，又喊："骁爷，骁爷。"

齐骁半倚着门垛，嘴角勾着笑，这个傻丫头，鸟能催眠吗，当自己是神仙？

"南絮。"他叫她。

她一转身，就看到齐骁站在门口，看他那倚着门垛的样子，像是站了好一会儿，于是说："回来了。"

"跟我走。"

他让她走，她从不多问，她放下树枝，还威胁金刚："忘掉，听到没，回来给你买瓜子。"

话虽这样说，可她没钱。

出来时，依旧是桑杰开着车，驶过蜿蜒小路，来到市区。

车子在一间酒店停下，她跟着齐骁上楼，走到一半跟他说："可以给金刚买瓜子吗，我带回去喂它。"

齐骁没说话，桑杰随后上来把房卡给他，他推门进去，南絮不明就里，不过也知道他早上经历一场恶仗，此时定是心里憋着火。

推门进来后，齐骁说：“动手。”

南絮一怔，没明白他的意思：“动手？”

他向她伸出手：“来。”

南絮抬拳，不轻不重地在他手上击了下，齐骁屈指握住她的手，借力一带，身子猛地一推，“砰”的一声，南絮就撞在了墙上。

“你来真的，你疯了。”

“来。”他朝她招了招手。

“没空理你。”她把头转向一边，齐骁瞬间从腰间拔出枪，在南絮怔神之时，他已用枪抵在自己的胸口。

南絮一惊，知道扑上去肯定来不及，于是大喊：“你要是敢，我就从这儿跳下去。”

她瞬间明白了他的意图，他想用这一枪，放她走。六楼，摔下去不死也残，她性子硬，齐骁摇了摇头：“你傻不傻……”

她急忙上前，抢下他的枪，向他吼道：“你傻不傻？！”

她从没这样跟他大吼过，刚刚心底的惧意，比用枪指着她还要更甚，心惊胆战都过来了，他救过她无数次，她不能让他因她再受伤。

“你才傻，这么好的机会。”他要去拿枪，被她躲开，南絮说：“机会再找，我知道你身边有廖爷的眼线盯着，别硬碰硬。”

“那就打一架，让我痛快痛快。”他说着，单手扣住她的肩，一手抵着她腰际直接把人举起来摔到床上。

南絮知道他想发泄，从床上跳下来，箭步冲上前扣住他的手腕，回肘直击他的胸口。

齐骁没躲，硬生生吃下这狠狠一击。

“你为什么不躲？！”她转头问他。

“不想躲，你打我吧，越用力越好，使出你所有招式。”

南絮懂了，他还在为早上的事自责，她要是不打，他就继续自责。

她思考再三，拽住他的手臂，脚下一扫，“砰”的一声，直接把齐骁摔到地上。

她没动手，而是动脚，一脚接一脚地踢他，每一次都力道十足，齐骁没躲，就这样生生承受她所有力量。

南絮踢了几十下，最后脚下力量越来越轻，越来越轻。

齐骁一直闭着眼睛，不想让自己下意识去闪躲，当力道减轻，他抬眼，见她眼底已经模糊一片。

他不顾身上的疼痛，借助手腕的力量直接站了起来。

南絮转身不去看他，他就这样站在她背后，过了许久，他走到她跟前，抬手捧起她的脸，带着薄茧的指腹轻轻覆上她的眼睑。

这时，三道敲门声响起，两人同时看向门的方向。

齐骁过去开门，是安婀娜。

安婀娜笑着说：“骁爷，我手下说看到你来这儿，好久不见，一起吃晚饭好吗？”

廖爷很宠安婀娜，齐骁平日也不会跟她硬碰硬，见他没说话，安婀娜继续说：“早上的事我听说了，迪卡哥哥不知所踪，道陀又受伤了，哎，廖爷心里很难过。我知道你出了事，原本想去看你的，听手下人说在这儿看到了你，就上来看看。”

“我没事。”他说。

“我刚才听到里面有打斗声，是遇到什么人了吗？”门打开，安婀娜一眼就看到南絮。

“我教训我的人，你不会有意见吧。”

“那当然不会，要是没事，晚上一起吃饭可以吗？”

“我晚上约了人，下次吧。”

本以为拒绝了安婀娜她就会走了，结果她就在隔壁房间住下，晚上还送来一瓶酒。

好险，如果她真逃，估计也逃不出去，安婀娜的眼线都盯着齐骁，他到底身处多危险的环境，她难以想象。

夜里她躺在床上，齐骁在旁边，两人一时谁也没有开口。

就这样静静地躺着，身边人的气息太清晰，让她不自觉地往旁边移去。

“蔺……”一个字刚出口，就听齐骁反驳：“不行。”

他知道她想什么，她想试试蔺闻修：“离他远点，吃人不吐骨头的主。”

“我觉得还好，值得一试。”

“还好？说说。”他平躺着，双手交握于胸前，目光盯着头顶上的水晶吊灯。

她故意道：“有内涵，绅士，有魅力，可惜跟你一样，是个赌徒。”

“肤浅。”他轻斥着。

她微微勾了勾唇角，没再说话。

过了会儿，他突然翻身靠过来，炙热的呼吸撩过她的脸庞，四目相交，所有的光芒在夜色里都变得暗淡。

末了，他拽过被角，给她掖好：“睡吧。”

第六章

死里逃生

次日一早，安在赛拉那边的眼线塔陀被廖爷手下找去，齐骁赶到的时候，塔陀战战兢兢，眼睛不住地瞟他，齐骁当着廖爷的面，让塔陀把事情经过讲述了一遍。

塔陀原封不动地把那天递给齐骁的消息复述给廖爷，廖爷听完，与齐骁口述并无二致，便点点头。

然后又问了塔陀之前都递过什么消息，塔陀把自己卖给齐骁的消息都说了。

有些事情齐骁一手办的，不需要经他同意，但大事件确实也有，他也清楚，廖爷摆了摆手，示意塔陀可以离开。

好在塔陀没有卖过他太过保密的消息，否则此次定会露出破绽。

“怎么，突然住酒店了？”廖爷突然问他这么一句话。

齐骁知道身后眼线遍布，于是说：“上次与蔺闻修碰面后，知道他今晚有个酒会，邀我参加。”

廖爷一听，点点头："老三啊，并非我不信你，但事已出，你身边又跟了个华国军方的人，你让我怎么信，怎么服众，怎么给道陀那条腿接上。"

"明白。"廖爷突然打起了感情牌，齐骁自然清楚他这只老狐狸的阴沉心思。

"赌场要往外扩大，蔺闻修此次前来，必定与此有关，你细细探着，不管是哪一点，只要能跟我们合作，你就立下大功，也抹了此次所有人对你的疑虑。"道陀那批"四号"损失惨重，他们的经济来源切断大半，眼下利润最大的，便是齐骁管理的赌场。

"我尽力，只是蔺闻修此人，高深莫测，难以捉摸。"

"在他走之前，最好能把他搞定。"

蔺闻修此人不缺钱、不缺人，他来此，毒和赌这两样必定有一样是他所需，否则没人会来这不人不鬼的魔窟。

齐骁回酒店的路上经过商场，便让桑杰停下车，不出半个小时，他从商场出来，手里拎了两个袋子。

南絮不知道齐骁做什么去了，她不能出这扇门，服务生敲门她都没开，安婀娜就在旁边的房间，出去保不准一个冷枪要了她的命。

这时敲门声传来，她走到门口，问："谁？"

"我。"

是齐骁的声音，她急忙开门，齐骁进来后，把手提袋递给她，说："换上。"

南絮除非需要换洗，平时都穿着那身作战装，背心工装裤不离身，此时打开袋子一看，嘴角一抽，是一条长裙，还有一双白色高跟鞋。

她平日里很少穿裙子，不过他让穿，她就去换。

南絮在洗手间里鼓捣了有一会儿，才推门出来。

齐骁站在窗边，手上夹着一根燃了过半的香烟，听到开门声便转过身来，眸光微微顿了顿。

南絮身材高挑纤细，裙子的尺寸正合她腰身，一字肩把她颀长细白的脖颈显得更加优美，锁骨窝深得让人想掐上一把。

她把长发重新绾了起来，额头上垂下的刘海分到两侧，露出饱满的额头，五官衬得更加精致。

南絮被他打量的目光看得满身不自在："没有化妆的东西，我只能这样。"

"不用，这样挺好。"她一张脸素面朝天，但她眉并不淡，睫毛长而密，已经很加分，最为平淡的可能是唇色，近日来她被困于此，唇色不如刚见时那样饱满艳丽，但即使这样，也让人眼前一亮。

他掐灭手里的烟，一边向她走来一边脱下外套，南絮不解之时，就见外套已经披在她身上。

二人抵达三楼的酒会场，齐骁的手搭在南絮的腰间，他几乎把她半搂在怀里，他们穿梭于人群中，谈笑风生。

大家的目光不觉往这边瞟来。在这里，骁爷谁人不知，这又是哪来的女人？看那女人白的，看那腰细的，她还披着骁爷的外套，怕不是太激烈，看她脖子上还有若隐若现的吻痕，啧啧啧。

南絮充耳不闻，目不斜视，他走到哪儿，她跟到哪儿。

远处被簇拥着走进来的男人，不是别人，正是那日在高尔夫球场所见的蔺闻修。

有人迎上前打招呼，就见蔺闻修走向他们这边，与齐骁握了握手，松开手又伸向她："你好，南小姐。"

南絮抬手与他握了下："您好，蔺先生。"

蔺闻修内里什么样她不清楚，但外表绝对是个儒雅绅士，眉目间有深沉且和善的笑，很难让人联想到他会是以赌起家，但她明白，此人绝非善类。

握手的同时，南絮感觉到搭在她腰间的手掐了她一把，这个齐骁，掐她干什么，但她面上依旧挂着得体的微笑。

齐骁跟蔺闻修聊天，谈的话题与生意有关，她借口离开，站在远处。

她站在外围，目光环视酒会上形形色色的人，齐骁与蔺闻修两人明显与这里格格不入，那些人眼里的贪嗔痴都流于表面，只有这两个人，像是不染尘世。

安婀娜突然出现在南絮的视线里，她穿着长裙，胸口饱满得快要爆出来，大波浪的长发随着走路飘逸着。她径直奔向齐骁和蔺闻修，用化着大浓妆的脸笑盈盈地跟蔺闻修打招呼，然后转身就坐在齐骁身边，用身子使劲往他身上靠。

南絮嘴角微微抽搐。

安婀娜说着什么，直往齐骁身上挤。

几人聊了一会儿，就见蔺闻修起身离开，安婀娜已经挽上齐骁的胳膊，撒娇地说话，会场人多，南絮站在外围根本听不到。

她就见齐骁在笑，笑得还挺好看。南絮撇嘴，风月场所逢场作戏，他演得炉火纯青。

"南小姐，怎么一个人在这儿？"

声音传来时，她才发觉自己掉以轻心了，有人靠近，她居然没有察觉。

“是蔺先生啊，您好。”

蔺闻修冲她扬了扬眸，示意他刚才的问话她还未答，南絮脸上挂着得体的微笑，胡诌了个理由：“这里空气新鲜些。”

“我近日要离开，不知南小姐是否有什么需要蔺某人做的。”

南絮心下微顿，他这话什么意思？

他继续道：“我欠你个人情，有什么需要尽管找我。”

南絮嘴角扬起一抹不深不浅的弧度：“谢谢。”

她未说有事，也未拒绝，她不清楚蔺闻修到底为何意，但他此话的含义，是否是已经知晓她的身份了？

没有不透风的墙，廖爷势力范围内，太多人清楚她的身份，只要蔺闻修探得深一些，必定知晓一切。

她只是猜不透，因为她对他不了解。但齐骁说过，蔺闻修危险，她自然信。

蔺闻修从路过的服务生托盘中拿过两杯酒，递给她一杯，南絮接过道谢，两人碰了下杯，她浅浅抿了一口。

待他离开，她就转头寻找齐骁的身影，正撞上他直视她的眸光。他眸光暗了暗，似在警告。她依旧挂着笑，冲他举杯。

酒会结束时，齐骁的手搭在南絮的腰间，与蔺闻修握手道别。

蔺闻修把目光转向她时，她只是微微颔首算是打招呼，他点点头，便在保镖的陪同下离开。

人都走了，齐骁的手还没放下。

“可以了吧，你看安婀娜的眼神，快把我穿个窟窿了。”

她这样说，齐骁还真的动了下，不是放，而是更加用力地把她搂紧。

“故意的吧，你在给我树敌。”

“离他远点。”

“你以为我愿意啊，你再不放开，安婀娜快要拔枪了。”

“你知道我指谁。”

南絮知道，他指的是蔺闻修。但她不敢保证，也不敢确认，那人到底是个什么样的人。

上楼后，南絮刚要开口，突然齐骁把她推到墙上，整个身子压了过来。

他挑起她的下巴，嘴角噙着笑：“给爷笑一个。”

“你干什么？”她被他推的这一下，后背骨撞得生疼。

“怎么，不愿意？对他就笑，对我就板个脸。爷欠你的？”

南絮觉得他有病，她对蔺闻修是礼貌的微笑，还能怎样，臭着脸吗？

她余光一瞟，不远处有人，是蔺闻修和他的手下，原来他们也住在这儿？

南絮不得不佩服齐骁的警觉性，她居然才发觉有人。

她就当没发现蔺闻修一样，冲着齐骁勾起嘴角：“好看吗？”

“再甜一点儿。”

南絮嘴角继续往上扬，弯成倒转的月牙一般，眼底有笑，虽然不深，但也是晶亮的眸光。他单手撑着墙，一手扣在她腰间，身体紧紧地贴着。

她笑容渐渐凝滞，感觉到他贴近的呼吸，还有很强烈的那种心跳，他眼底的旋涡太深太深。

这时，齐骁忽然退开一步，脸上变成洒脱的不羁之笑，他像是刚发现人似的，转头与蔺闻修打招呼。

两人点点头，各自回了房间。

南絮理了理自己的衣衫，跟着他走进来。

“离他远点。”他刚才的动作，就是想让蔺闻修清楚，南絮是他的女人。

“已经很远了。”她说。

“不许打没用的主意，他会把你吃得骨头都不剩。”

“齐骁。”南絮叫住他。

他漆黑的眸子落进她的眼底，她说：“我在你身边，已经成了你的软肋。在不给你造成任何危险的前提下我必须走。”

“给我一枪，你再走。”他说。

“你明知我不会。”

“那你就别想，等着。我命大，死不了。我死不了，你就能活。”他烦躁得脾气已经上来，一字一句，字字带着狠劲。

“齐骁！”她低吼。

“你给老子闭嘴。”他声音冷得像冬日里骤降的暴雨，噼里啪啦地砸在她单薄的身体上。他冷着脸甩门离开，关门声极大，震得房间都跟着颤动。

南絮抓起身上披着的外套，照着门就摔了过去：“浑蛋！”

齐骁开车出去，找了个隐蔽的地方联络渔夫，渔夫一直在等他电话，行动结束的消息传来他就一直担心齐骁的安危。

好在惊险度过，对于此次同时截获两批大型毒品案，上级对白鹰给出了很高的评价。

至于评论、功勋，齐骁并不在意，只要能破案，少一克毒品流入华国境内，他的目的就达成了。

赛拉被捕，他手下暂时不会掀起风浪，但他手下有一个叫岩吉的人，是个狠角色，一直给赛拉做事，这个人要时刻盯紧。

说到南絮，他让渔夫尽快派人来营救，渔夫不同意，这太冒险，从齐骁手里抢走南絮，就是让他陷入危险。

齐骁不怕危险，多少危险都蹚过来了，不怕这一次，他想赌一次。

渔夫说："你是在拿命赌。"

他说："我愿意赌。"

渔夫沉默了，告诉他，他会想办法，一定等他通知，不允许他贸然行动。

与此同时，南絮提起裙摆在床边坐下，高跟鞋被她踢到一边，她气呼呼的同时，也在盘算着蔺闻修。

没过一会儿，敲门声响起，她以为是齐骁，结果开了门，是蔺闻修的手下。

"南小姐，蔺先生想请您共进晚餐。"

找上门了，南絮问："蔺先生是有什么事吗？"

"蔺先生明日要离开，想向南小姐上次出手相救表达一份谢意，希望南小姐赏光。"

她心底盘桓几许，末了便应了下来。

齐骁打完电话又到赌场停留些许时间才回来，上楼后他发现桑杰在走廊的休息处坐着。桑杰提供了一些信息给他，两人一边说一边往房间走，敲门没人应，叫来服务生，开门后发现南絮不见了。

桑杰瞬间警觉，从腰间拔出枪准备追出去，这时有人走过来，是蔺闻修的手下，似在等他。

“骁爷，南小姐被蔺先生请去吃晚餐了。”

齐骁一口气提了上来，刚刚的话她都当耳旁风了，敢背着他擅自跟蔺闻修出去，还有这个蔺闻修，他刚刚的警告态度已经足够明显，他还出手?

齐骁眼底涌起一抹危险神色，冷声开口:“带路。”

南絮还穿着酒会上的衣服，不得不把齐骁的外套捡起来披在身上，遮住身上那些吻痕。

想到蔺闻修请她吃晚餐，她一路上都在思考着如何应对，但此时处处危机四伏，除了齐骁没有人值得她信任。

她只能以不变应万变。

楼上偌大的餐厅里，只有蔺闻修和他的几个手下，她迈步往里走，心底暗道，蔺闻修着实谨慎，连服务生都由手下替代。

蔺闻修坐在餐桌前，见她来了，冲对面的位置做了个请的动作。

他的手下替她拉开椅子，南絮道了谢，坐下后整理下外套，把该遮的地方遮住。

“谢谢南小姐赏光。”蔺闻修开口，他的手下上前，替他们把已经醒好的红酒倒进杯子里。

南絮莞尔一笑:“谢谢蔺先生才对，那天之事举手之劳，您不必放在心上。”

蔺闻修拿起酒杯，冲她示意，她端起来与他碰杯。

服务生很快端上牛排，由蔺闻修的手下接过送上来。他说："我替南小姐做主，不知合不合胃口？"

"谢谢。"她依旧言简意赅，面上微笑，内心提高警觉。

蔺闻修端正着坐姿，腰板挺拔，修长的双手握着刀叉熟练地切下牛排："在这边还习惯吗？"

南絮微顿了下，露出一抹尴尬的笑，却没开口。

他应该清楚她的身份，她不开口，只待他下文。

"我说过，我欠你一个人情。"

南絮想从他的目光中分辨出他心底想些什么，可是没有，他始终带着温文尔雅的微笑，不深也不浅，没有给人任何压迫感。他从酒会出来后换了身衣服，白色针织衫搭了一件浅灰色外套，既休闲也不乏精致。她不得不说，如果不是此时此境相遇，她定会认为他是一个极具魅力的男人，成熟的目光充满睿智，像个谦谦君子。可惜，他并非善类。

她冲他笑了下，切了一小块牛排放到嘴里，咀嚼几口："味道不错。"

蔺闻修没再开口，而是专注于面前的七分熟牛排和香醇的红酒，他唇边漾开一抹浅浅的笑，似在笑她的谨慎。

两人心照不宣，南絮嚼着牛排，只要能顺利从齐骁身边离开，他便没了软肋，就可以放开手不用顾及她。

那日之后，她觉得眼下唯一的机会便是蔺闻修，没想到他会找上门来。可她对他知之甚少，齐骁的警告犹在耳畔，她不得不警觉他的用意。

两人各置一侧吃着晚餐，偶尔会举杯示意一下，但基本无话。

没过多久，外面传来脚步声，她背对着大厅门口的方向，她看到蔺闻修抬起头，冲来人微微颔首，后方的脚步声越来越近，她已经可以从脚步声判断出来人是谁——齐骁。

齐骁径直坐在她身侧的椅子上，修长的手臂搭到她肩上："蔺兄请我的人来吃饭，也不知会在下一声。"

蔺闻修示意手下倒酒："请南小姐吃饭，表达一下谢意，你不会不同意吧？"

齐骁轻笑了下："那是自然。"

"我不请自来，蔺兄不会觉得在下唐突吧？"齐骁端起刚倒的红酒，冲蔺闻修抬手，后者与他碰杯。

"需要点些什么？"

"不必了，只是回来突然发现南南不见了，过来瞧瞧。"齐骁搭在她肩上的手，一下一下摩挲着她纤细的肩头，似在宣示主权一般。

"看得这么紧。"蔺闻修半开玩笑地说。

"看得不紧，更不省心。"齐骁说着，手指轻轻抚上她的侧脸，目光看向南絮，他在笑，但眼底的警告她也瞧得见。

她勉强勾动下唇角，没说话。她能说什么，这桌上的人，哪个不是老狐狸。

蔺闻修看着两人的神色，唇角挑起一抹弧度，不深。

球场之后，他让手下去查南絮这个人，得到的消息还是个大料。

她能留在此处活到现在，还在廖爷手下最得力干将齐骁身边，这让他觉得此事大有看头。

南絮慢慢地切着牛排，切下一小块再慢慢送进嘴里，桌上三个人各怀心事，都在盘算着各自的心思，展着虚伪的笑。

她在思考自己接下来要如何应对，蔺闻修明日离开，她如果不趁这个机会开口，他离开后，她何时才能再有机会。

但她又不能开口，因为不清楚蔺闻修是何用意，为什么想要帮她，她没那么幼稚认为他真想谢她。

她微微抬首，撞上对面人的目光，他依旧含着那抹温润的笑，她勾起唇角回他一个礼貌的笑。

突然，蔺闻修开口道："缅甸的赌场，有五间。"

南絮怔了下，不知他为何说起这话。

然后他又道："你想入多少？"

齐骁原本的计划是跟他合作开发新赌场，走出金三角地区，没想到他直接扔出缅甸这五家。蔺闻修越是有诚意，他越不放心，但生意人，特别是他们这种生意人，看的是钱，他挑眉："蔺兄想给多少？"

"多少？"蔺闻修笑了下，"谈个条件。"

"蔺兄你说。"齐骁猜到他会说什么，只是装作若无其事地听着。

蔺闻修目光转向南絮："她。"

南絮的身子微微僵了下，搭在她肩上的手也蓦地一紧。然后身边的人突然笑了出来，那抹清冽的气息靠近她，在她颈间划过，齐骁嗅着她的气息，道："蔺兄看上南南了。"

"不知骁爷可否割爱？"

齐骁没回他的话，而是伸手捏着南絮的下巴，把她转向自己，他唇角噙着笑："蔺兄要你，你呢？"

他漆黑的眸子钻进她心底，南絮知道他生气，非常非常生气，他那笑，仿佛在骂她：你这个浑蛋、笨蛋、蠢瓜、白痴，甚至可能是更加不堪入耳的字眼，但她呢?

她微微张了张嘴，没说出一个字。她必须离开，一是为了自保，二是为了他。只要她离开他，脱困之后她定会想尽办法离开。即使蔺闻修那也是龙潭虎穴，她也要试一试，否则齐骁只会被她拖累。

齐骁就这样恶狠狠地盯着她，手劲之大，捏得她下巴很疼，他离她仅有几厘米的距离，他的呼吸就在她鼻息间，她熟悉，那是他爆发前的凛冽之风。

他突然发力直接把她从椅子上提了起来，南絮挣了挣，他回手直接把她推了出去。

南絮脚下高跟鞋不稳，直接摔倒在地，外套掉落，露出颀长的脖颈和纤细嫩白的手臂。

她刚要爬起，齐骁已经走到她面前，一拳挥了过来，她侧身闪躲，他的拳落了空，挥手又来，她急忙抬手抵挡，另一只手撑着地面瞬间站起，开始反手回击。

齐骁下了狠劲，南絮根本就不是他的对手，几个回合下来她已节节败退。在场所有人都看出骁爷真的动怒了，那招招之狠，一般人也架不住他那一拳，何况面前这个女人如此纤细，她每挡一拳，都能听到骨头被重击时的咯吱响声。

南絮脚上穿着十厘米的高跟鞋，被他一拳挥在左肩处，这十足的力道让她脚下一崴，身子霎时向后倒去，这时背后伸过一只手，稳稳地托住她，蔺闻修的手撑着她的背，起身扶她站稳。

齐骁咬着牙快速从腰间拔出枪，拔枪上膛的动作行云流水，霎时，黑洞般的枪口直对向南絮。

“你敢吗？”他问她。

南絮什么都明白，但已下定决心，她把目光转向旁边的蔺闻修，她知道，该做出选择了。

蔺闻修看到南絮转过来的目光，清楚他的提议让她动摇了，她在向他求救。

“百分之十。”齐骁说，“蔺兄，这是金三角，你在这儿跟我抢人？”蔺闻修再有势力，手也伸不到金三角来，这是齐骁的地盘，人来了，给他面子罢了。

“我是生意人，不做违法的事，这要取决于南小姐，如果她愿意，缅甸五间场子，入股百分之十，一年的利润不止一个数，骁爷自然清楚，想必廖爷也正有此意。”

“蔺兄已经知道她是什么人了吧？我不会让她活着离开这儿。”齐骁说得极狠，好像南絮如果敢离开，他必要她的命。

“金三角几大武装势力扎据，她能起什么风浪？！”

这三不管地界，不归华国管制，这都是缅、越、老三国的临界处，华国插不上手，齐骁最为清楚这一点。

这时外面急忙跑进来人，人未到声先到：“骁爷，这是怎么了？”

安婀娜跑进来，按着他手里的枪往下压：“骁爷，蔺先生是客人。”

她手下人向她汇报，齐骁跟蔺闻修正因南絮起了争执，她就急忙赶过来了。把那个女人搞走正合她意，她要推波助澜：“既然蔺先生都开口了，骁爷，你就应下吧。”

她靠近他耳边，小声说：“廖爷要的是合作，一个女人起不了风浪。”

齐骁烦躁地把安婀娜推开，他上前几步站到南絮跟前。

他抬手捏着她圆润的下巴，目光紧紧地盯着她，有不舍，也有担忧，还有不得不放手的决然。事情已到临界点，他只能顺水推舟。

他冷笑一声，直接甩开她："滚！"

南絮跟随蔺闻修离开，后面跟着他的保镖，她始终背对着齐骁，在拐出大厅时，她转头看向他，四目相交，她突然觉得心疼得厉害。刚刚那一场戏，他用了炉火纯青的演技。

齐骁看着她，直到她的身影消失在门后。

安婀娜和桑杰同时上前："骁爷。"

"走吧。"他收回目光，声音沉而冷。

南絮跟在蔺闻修身后，上楼来到他的房间，他吩咐手下拿些跌打药给她，南絮其实并不觉得身上哪儿疼，虽然已经出现了瘀青，但真的不疼。

另一边，齐骁让桑杰开车，带上安婀娜一同去了廖爷的住处。

把事情经过说明，廖爷自然清楚那个女人起不了风浪，但也对此有些不悦，不过蔺闻修答应合作，这个消息让他十分满意。

加上安婀娜和桑杰做证，安婀娜再多添几句好听的话，廖爷就没再计较南絮的离开。齐骁让人透风给安婀娜手下，目的就是为了这个。

次日一早，蔺闻修让手下拿来合同，与齐骁签下。

南絮坐上蔺闻修的车，车子一点点驶离这座人鬼未明的地狱，她目光微微往回转，即使看不到齐骁，也想再看一眼。

她没有离开的喜悦，而是一抹疼痛从心尖袭来。

一行三辆防弹车，前后两辆，她坐在中间蔺闻修的车上。

南絮还穿着昨晚那件长裙，齐骁的外套已经在昨晚的打斗中掉落，此时肩颈处的吻痕虽然不甚明显，但在她细白的肌肤上，还是一眼便能看出。

她其实无所谓，没心情拘泥这些小节，只是身边的人突然拿过一件黑色外套，非常绅士地披在她肩上。

她怔了下，说：“谢谢。”

蔺闻修坐在她的另一侧，她有些想问他为什么帮她，但她选择闭嘴，因为话多并非好事。齐骁说她在与虎谋皮，可能是吧，所以她对蔺闻修格外警惕。

离开金三角地区，车子驶上高速，她不知这是要去哪儿，她只能等。

经过城市、村庄，经过无数景致，最后他们进入“天使之城”，这里是一座繁华亮丽的城市，一路上从喧嚣到宁静，车子在一座庄园别墅前停下。

前面的人下来打开后车门，蔺闻修下车，然后有人上前，开始用她听不懂的语言交流。蔺闻修往别墅里走，南絮下来站在车旁，从后面车上下来的保镖是个个子很高的女人，她冲她扬了扬下巴，南絮只好跟着进了豪华的庄园别墅。

蔺闻修径直上楼，南絮在楼下。

门口由两个保镖把守，一楼宽敞的大厅内，穿着管家服饰的中年男人正忙碌着，没人会多瞧一眼突然多出来的女人，每个人都做着自己的事。

南絮站了很久，她不习惯穿高跟鞋，微微转动了几下酸痛的脚跟。她缓步走到门口，两个保镖伸手拦住她的去路，她只好退了回来。

有个女管家端来一杯水给她。

“谢谢。”南絮说。

“累了就坐一会儿。”那个女管家说。

“没关系。”

她谨慎地盯着水杯，叮嘱自己什么人都不能信，什么东西也不可以乱碰，任何东西都不能乱吃。

女管家再没管她，去忙自己的事。

南絮手握着水杯，后来把杯子放到圆盘处继续等着。

时间越来越晚，藺闻修下来后，身边跟着几个人，他们一边说话一边往外走，南絮上前一步，被旁边人挡了下来，藺闻修像是没看到她一样，在手下人的簇拥下准备往外走。

南絮急忙追到门口："藺先生。"

藺闻修停下脚步，转头看向她，末了转身上前，旁边人都退开，五米之内，仅有他与她。

南絮凝视着他，想分辨他话中的真伪，藺闻修微微勾了下唇角："凭你自己，你走不出去。"

"你不信我？"他目光直视她的眼底。

信与不信不重要，只要能活着出去，南絮道："藺先生……"

她刚开口，他突然靠近她一步，南絮下意识地后退，他突然笑了出来："我不是什么好人，但言出必行，我会安排人送你离开，在此之前你只有等。"

"多久？"她问。

"等。"他说。

她不知道这个"等"，代表着时间，还是代表着事态。

藺闻修走后，她被安排在三楼的客房里。她在房间徘徊，藺闻修高深莫测，再加上与他并不相熟，她难分辨他此意为何。

眼下，只能等。

对于此处，她只觉得陌生，陌生的城市，陌生的文字，远处灯火辉煌霓虹交错，这偌大的围墙内外由众多保镖把守，还有蔺闻修的保镖在楼下，她赤手空拳对付一两个还能应付，多了……

她叹息一声，在床边坐下。

出狼窝，入虎穴，不过南絮并未有太多不安，她离开齐骁，他会多几分安全，她觉得值。

蔺闻修乘车离开，吩咐手下按他说的去做，盯着点齐骁，既然是合作伙伴，他自然要搞清楚他这个人。还有那些尾随者，都要盯紧了。至于南絮——等。

没人会对一个陌生人突然伸出援手，他不是什么大善人，这次解下南絮危机，算是顺水推舟与齐骁合作。

当晚，庄园内毫无动静，只有远处传来闹市中川流不息的车流声，南絮没有睡意，日渐消瘦的脸颊上，浮上憔悴之色。

当晚，蔺闻修并没有回来。

南絮在偌大的庄园停留了两日，蔺闻修第三天夜晚才回来。

她从窗口望过去，车子停在楼下，他穿着与那天不同的衣服，下来时，身边依旧跟着三个保镖，他的贴身保镖几乎寸步不离地跟着他。

约一个小时后，门外传来敲门声，她过去开门，是蔺闻修。

他冲她示意，她便跟了出来。

在三楼的休息区，蔺闻修倒了一杯酒递给她，南絮接过来，他望向窗外，繁华熙攘的城市，在夜色下闪烁着通明的光。

她稍稍有一丝窘迫，因为她此时只穿着白色睡袍，赤着脚踩在地毯上。

他修长的手指把玩着红酒杯，指尖轻击着玻璃杯，发出轻而脆的声音，在这宁静的夜晚丝丝传入她耳底。她不懂蔺闻修，这一个月，她对每个人都要用所有判断能力去猜测对方心思，这是她这辈子活得最累的一段时间。

“明日派人送你离开。”

“谢谢。”她说。

她浅浅抿了一口红酒，香醇的美酒从味蕾中蔓延，她却觉得有一点儿苦涩，是味蕾的苦，而非酒。

他信守承诺，她将他言出必行的行为视为君子之约。只是这个人，到底是何人？

他突然上前，她后退一步背靠在阳台栏杆上，他站在她身前几十厘米远，把玩着手里的酒，似玩笑，似玩味：“以后别让我再看见你。”

他在警告吗？

她说：“祝蔺先生一生平安。”

次日傍晚，南絮换好自己原来的那条长裙，即使不爱穿，也要穿，因为她只有这一件衣服。

蔺闻修信守承诺，派两个保镖护送她从庄园离开，她没看到蔺闻修，不过这并不重要。她感激他的帮助，不管他是好人还是坏人，她都感激他救下了她的性命。

她坐在车上也不多问，蔺闻修既然答应送她离开，保镖必定是送她去该去的地方。

车子开出去二十分钟，在一段灯光昏暗的路上，前方停了三辆车，驾驶座的保镖警惕地从腰间拔出枪，车子一点点往后倒退，南絮心中暗叫不好，不知遇到的是哪路人。

前方突然开枪，在喧嚣的城市里，这枪声格外清晰。

四周冲出十几个人，每个人都拿着枪，南絮坐在车里，防弹玻璃挡住射杀而来的子弹。保镖落下车窗回击，车子迅速被包围，对方火力越来越猛，车子只能快速冲过围堵的人群。

前方保镖喊了句：“轮胎中弹，下车。”

保镖说着，直接扔给她一把枪，南絮接过枪，快速下车。

南絮靠着墙壁往最亮的闹市区跑去，一颗子弹射来，打在她前方的路上，她回头，四下无人。她转身拐进一条胡同，子弹霎时蜂拥而至，她朝子弹射来的方向开了两枪。

她踢掉高跟鞋，赤着脚缓缓往反方向挪去，转角露出的枪口被她一把握住，手上用力一拽，墙后的人被她一掌劈在脖颈上，那人一晕，瞬间倒地。

她慢慢把人放倒，谨慎地贴墙前行。她知道，她被人跟踪，不管是哪一路，目的都是要她的命。

四周传来多人奔跑的脚步声，脚步沉而重，并非普通人的脚步重量。南絮知道这是冲她来的，她屏息贴墙前行，在这笔直毫无遮挡的胡同内，如果有人冲过来，她就会立即暴露。

她手握着枪，做防御姿势前行，突然，有人一把拽过她，南絮转头的瞬间，暗黑的眸子里，迸发出极光般的亮。

“齐……”

“嘘……”齐骁做了个噤声的动作，把她拉到自己身后。

南絮跟蔺闻修离开，他便让手下盯紧，他不清楚蔺闻修此举何意，但他必须亲眼看着南絮离开，否则他不放心。

而且，眼线传话，道陀的人已经跟上，目的就是南絮。

他宽厚的手掌紧紧地攥着她的手腕，南絮望着他警惕地观察四周的侧脸，惊喜由心而生。

他一回头，她正望着他笑。

“傻了。”他说了句，拉着她往另一条小道上跑去。

她跟在他身后，望着他的背影，三日而已，她却觉得仿佛过了很久很久。

她以为那日的最后一眼，便是今生的道别，却不想，他再次出现在她面前。南絮心底划过一丝惊喜，但很快被她掩下。

因为她此时，正在逃命。

后方追击的人越来越多，即使身处闹市街区，但对于受过专业训练的两个人来讲，那沉重的奔跑声，与普通人跑步的声音完全不同。

余光瞟过去，一个个拿着枪，他带着她跑到闹市，穿过拥挤的人群。胡同里，有穿着短裙的女孩子，细腰、长腿、黑长直的发，还有高挑的留着大波浪头发的美女，黑纱下身材若隐若现，她们手里点着香烟，三五结群地冲身边走过的人伸出手，露着妩媚的笑。

不用想，南絮也知道这里是何场所。

身后追击的人越来越近，齐骁直接把她拽进一处黑暗破旧的矮房檐下，仅有几十厘米宽的位置，他挡在外围，她被他置于身前，她背抵着墙，前面便是他结实的胸膛。

齐骁谨慎地听着外面追击人的脚步声，南絮想要伸头去看，却被他推了回来。

“别看。”他说。

南絮抿了抿唇，没说话。只是望向他，偶尔他的目光转向她时，她就刻意错开，把目光转向四周。

这里并不安全，那些人随时会冲过来认出他们，四周全是贼头鼠脑的人，他知道此时逃不是办法，不能硬拼，对方人多。

等了几分钟，齐骁拽着她的手从躲避处跑出来，他没有往远处跑，而是走进旁边胡同的房子里，里面成双结队的男男女女进进出出，见他们进来，迎面走来一个上了年纪的女人，露着谄媚的笑说着什么。

齐骁没多废话，直接从兜里掏出钱塞到涂了厚厚一层粉底的老女人手里。

他拽着南絮往里走，随便掀起一个只够作为遮挡用途的帘布，里面的女人“啊”的一声尖叫，齐骁放下帘子又找了一个。

空的，他直接拽着她走了进去。

进了里间，南絮直接被他推倒，齐骁站在帘子后方仔细辨别外面的声音。

她刚要起身，他比了个制止的手势。

半开放的房子里，隔出许多仅有四五平方米的小间，其他小间里传来的那种声音，让人不自觉地面红耳赤。

她与他目光相交，她羞赧地急忙错开视线。

他突然轻挑唇角笑了下。

双拳难敌四手，外面熙攘中的沉重的脚步声越来越近，对方已经开始掀起布帘找人，尖叫声不绝于耳，南絮提着的心，跳动得像紧密的鼓点。

抹着厚重粉底的老女人咿呀地叫着，阻挡着来人，那些人拿枪指向她，女人只能噤了声。

当外面人掀开这间屋子的帘布时，就看到一个散乱头发的女人和一个男人结实的背影。

那人骂了句，扭头去其他隔间找，南絮见人离开，才长长地舒了一口气。

他与她紧贴靠在一起，四目相对，他眼底的光像火，炽烈灼人。他们同时错开彼此的目光，望向别处。

直到脚步声越行越远，他才起身抓过外套利落穿上，走到门口掀开一条细缝警惕地望着。

南絮整理好自己的衣服，从另一侧走到他身边，用极小的声音问他："那些人是谁？"

"道陀的人。"

"他不放过我。"

"没人想放过你，包括廖爷，没有一个想让你活着离开。"

"他没追责你吧？"

"面子上过得去罢了。"

表面不追究，背地里下手，齐骁冷冷一笑。

南絮靠着单薄的门板，这里的隔间只是用普通板材隔开，半米宽的门口拉着一条暖白绣花的布帘做遮挡，来来往往的人却非常多。

此起彼伏的声音不断钻进耳朵里，她第一次进到这种地方，难免有一些窘迫，他却像充耳不闻般坦然。

外面的吵闹和脚步声未断，两人只能暂时先躲在这里。很快那些声音渐远，旁边隔间里的人开始往外走，嘴上骂骂咧咧说着扫兴之类的话，两人等了会儿，门外那个女人的脚步走近，站在帘子背后喊话。

说的是什么她听不懂，齐骁应了声，然后拉着她出来。

他的手搭在她肩上，半搂着，用她听不懂的语言问那人话。

那人指了指一个拐角，然后把手伸向他，齐骁拿出几张钱扔给那女人，揽着南絮大步向后门走去。

后门出来是一条窄小的巷子，巷子里站着一个男孩子和一个女孩子，她看到那个枯瘦的男孩子向她伸出手，齐骁冷眼扫射过去，男孩子吓得瑟瑟收回手，暗暗垂下目光。

南絮心有不忍，如果条件好一些，或者生存的环境好一些，没人会来做这种事。

“你那天骂我了。”她突然说道。

没由来的这么一句，齐骁微怔，他揽着她的肩，微微低头看她。

南絮努了努嘴，学着他那句话：“你给我闭嘴。”

齐骁“扑哧”一声乐了出来，南絮也笑了。

那一句，是他们私下里最后一次对话，结束在他的暴怒中。她以为自己此次被蔺闻修搭救，他和她，便没了再见之日。原来，她还是逃不开廖爷手下的追杀。

旁边的破旧矮房有卖布料、衣裙的各种小摊，齐骁停下，从兜里拿出两张钱给了老婆婆，从用木板搭成的小摊上，拿起一双具有当地特色的绣着花纹的鞋子。

然后蹲下来，放到她脚边。

她抬起脚时，他握住她的脚腕，替她抹掉脚底的灰尘和碎屑。

南絮将眸光落在他的头顶，唇角勾起一抹弧度，不深，但眼底的光泽仿若这夜色下的灯火，把人心照得透亮。

两人穿过巷子，南絮警觉地一把拽过齐骁，一掌劈过去，拐角处的人身子一软，倒在地上。

齐骁给她一个惊讶的眼神，她挑了挑眉。

兜兜转转，天色暗了下来，霓虹交错的城市在夜色下显得极美，熙攘的人群里，他和她并肩前行，穿过人群车流……

街边一辆飞驰的车停下，车门突然打开，驾驶室里露出一个长发女人的脸，她冲车外的两人露出一抹笑，南絮一眼便认出，这就是齐骁口中的——他的人。

齐骁刚要推她上车，南絮用余光一瞟，霎时掉头就追，齐骁看到后，也追了出去。

那人低着头，依旧一身黑衣，棒球帽檐压得极低，很快隐匿于人群中。

南絮认出这个人就是那日引她追出胡同，后来又尾随她，让她差一点中了迪卡和安婀娜圈套的人。

这人是安婀娜的手下，让他看到自己此时跟齐骁一起，齐骁境地必万分凶险。

原来，不止道陀一伙，还有安婀娜。

他们都不希望她活着离开，南絮顾不上自己身处险境，她只有一个想法，必须抓住这个人，否则齐骁就暴露了。

她快速跑过去，前方的黑衣男人速度极快，不过南絮换了鞋之后更方便追赶，眼见那人手里拿着电话正要拨出去。

南絮随手抄起街边的酒瓶，照着前方黑衣男人精准地砸去。

那人脑袋被砸中，身子一个趔趄，差一点摔倒，仅几秒，南絮便到了他身后。

她伸手去抓，那人反应极快，转身挥拳砸向她，南絮闪身躲开时左手出击正中他下巴，黑衣人屈肘撞上她的肩，她硬吃下这一击，五指已抓上他手臂。

十几回合后，齐骁跟了上来，五指掐住那人肩膀，力道重如铁钳，那人肩上像被捏碎一般，瞬间落了下风。

齐骁拳拳下着狠劲，黑衣人被打得毫无还击之力，身子摇摇欲坠。虽然他对此人没印象，但南絮追，定有她的道理。

南絮冲他使了个眼神，齐骁捡起那人掉落的手机看了一眼，电话拨过去的那一方，正是安婀娜。

他把人带回车边，车里的女人扔出一根绳子，齐骁把人绑上，找了块布塞到他嘴里，直接把他扔到后备厢里。

齐骁对车里的女人说："交给你处理。"

女人点点头，通过后视镜，冲南絮挑了挑眉。

这个女人长得十分漂亮，大眼睛，瓜子脸，小嘴润润的，长发微微几缕卷着波浪，看起来十分美艳，却不想她隐藏的身份如此凶险，南絮打心底佩服她，甚至敬仰。

她回南絮一个微笑，很真诚的微笑。

此时，蔺闻修的手下站在他面前，负荆请罪般低着头。

端坐于深咖色真皮沙发上的男人，单手捧着一本书，他翻着书页，未置一言。

老板要送的人被人半路狙击，人此时还未找到，生死未明。不管是生是死，他们两人都逃不掉失职的罪名。

沉寂般的空间里，几不可闻的呼吸声，没人敢上前开口，因为任务失败就是失败，没任何借口。

过了许久，其中一个男人从腰间拔出枪，直接抵在自己肩上。

蔺闻修身后的保镖急忙开口："阿吉。"

“蔺先生，属下辜负您的嘱托，甘愿受这一枪。”

过了许久，蔺闻修合上书，淡淡开口：“算了，下去吧。”

命是她自己的，能在金三角魔窟里存活下来，他相信，她没那么容易死。

南絮坐在车里，车子快速驶离市区往偏远的市郊奔去，她和齐骁并肩坐在后座，位置稍隔出一些距离，他的手上还有一块擦破后留下的血迹。

她拽过自己的裙子，轻轻覆了上去，齐骁没动，目光定定地看着她的动作。

她的动作很轻，像是怕弄疼了他，其实不疼，他习惯了。

齐骁摸了摸兜，发现没烟，开口问前面开车的人要烟，那女人从旁边抽出一盒未开封的烟扔给他。

盒上画着的文字和图案南絮不认识，应该是当地的什么品牌，齐骁撕开抽出一支点上，车窗落下大半，夜晚的风吹过来，扫在她身上。

车子在一处安静的半山处停下，齐骁下了车，南絮也跟他下来。

他看着她，她知道，她要走了。

这种离开对她来说，应该是值得开心的，但心尖涌上的酸意却盖过喜悦，丝丝浸泡着，酸得厉害。

他将目光落在她肩上，那日的一拳，他下手不轻，此时已经留有瘀青：“还疼吗？”

南絮浅浅扬起一抹笑：“不疼。”

“你呢，还疼吗？”他身上的伤她知道，之前他脱下衣服时，她也看到，肩上包扎处有干涸了的血迹。几日过去，不用想也知道，伤口定被他无视，他身处最危险之处，稍有不慎便能被人抓住命门。

他没答她的话，而是说：“从这儿出去后，把这里所有的事都忘了吧。”

他的声音极低，沉沉的，像雨前的低气压，闷闷的，却又冰冷。

南絮眸光微微一闪，她张了张嘴，问他：“也包括你吗？”

他点点头，“嗯”了一声。

他的声音有着不容反驳的笃定，他让她也忘了他，她明白，什么都明白，她快速掩下心底溢出的悲凉，重重地点头：“好。”

“走吧。”

南絮说：“保重。”

“嗯。”他应声。

南絮跟在他安排的人身后往半山处走去，走了几十步，突然转头，齐骁还站在那儿，保持着原来的姿势，挺拔的脊背永远像钢刀一样，他在看她。

她冲他跑过去，站在他面前，再看一眼，就一眼，她说：“你要好好活着。”

他笑了。

“好好活着，答应我。”她语气重了几分，甚至有一丝颤抖。

他点头，算是答应她，一定会好好活着。

南絮转身离开，突然身后传来低沉的声音：“别让我再看到你。”

她身子微微一僵，强忍着心底抽丝般的疼，回头，冲他笑了下。

南絮跟着“黄莺”走了，齐骁黝黯的目光望着离去的方向，直到那背影消失，他抽了两支烟，烟蒂几乎烫上他的手，他才转身离开，身影消失在黑夜中……

第七章

再次相遇

无数的子弹蜂拥而至，打在那个脊背挺拔的男人身上。

“齐骁！”南絮大喊一声，霎时从梦中惊醒。

她一惊坐起，身上全是冷汗，细白的掌心撑着额头，这样的梦，不知做过多少次，每一次醒来都是大汗淋漓。

南絮从金三角回来已经三个月了，她被那个不知姓名的女孩带到接应点，有人送她回国，安排她做笔录。

肩上扛着四颗星的中年男人让她叙述过程，她说了一切，包括被齐骁救下，包括蔺闻修，包括廖爷的势力。

后来她问：“他是你们的人吗？”

那人说：“这个你不需要知道。”

她明白，保密系统严密，而此时她面前的人，正是白鹰的上线——渔夫。

齐骁通知渔夫安排人接应，渔夫感激白鹰，因为上级对南絮相当重视，她是少有的IT高精尖人才，且身手了得，虽然是个女孩子，却可以与男人一样上战场。

她出事时，上级便立即联络他，一定要想尽办法保住南絮。

白鹰的表现无疑是出众的，他在危机四伏的环境里，救下了南絮且把她安全送回。他提供的情报截获了大量的“四号”，成功阻止害人的毒品流入华国境内。

但他不能告诉南絮实情，即便她已清楚一切。

“忘了他，把一切都忘了。”这是渔夫最后留给她的话，也是命令。

她接受命令，决定忘记他。

可她忘不了，甚至每一天都会想到他。他是否安全，是否受伤，在生死边缘能否平安度过，廖爷会不会为难他，道陀有没有陷害他，安婀娜会不会对他下毒手……

南絮是个极其冷静、极其缜密的一个人，可自从回来，她觉得自己经常会发呆，会丢了冷静，甚至有时会有一些暴躁。

特别是每一次噩梦之后，那些血，浸染了她的心。

三声敲门声响起。

南絮急忙抹了把脸上的汗珠，收整疲惫的情绪：“请进。”

推门而入的中年男人端来一杯温水：“又做梦了？”

“爸，我没事。”来人正是南絮的父亲——南枫，宁海研究基地数字化系统总工程师。

南爸把水杯递过去，转身又拿来一条干净的毛巾，在她旁边坐下，替她擦拭额头上的汗。

“我自己来就行，还把我当小孩子。”母亲几年前去世，只剩她和父亲两人，此次她出事回来，发现短短几个月，爸爸苍老了许多，发间的白丝那么明显。

“南南，要不要找个心理医生看看，你总这样做梦，会影响你休息，时间久了，身体受不住的。”

她被困魔窟一个多月，心理定会有创伤，回来后，看似跟平常无异，但她越发消瘦，情绪明显不高，最初觉得慢慢就会好，可三个月过去了，还是这样，这让南爸越来越担心。

南爸已经不是一次两次听到她在梦里大喊一个人的名字，而是很多次。

她惊醒时，有时是深夜，有时是凌晨，有时刚刚入眠。他看着孩子脸上的汗和眼底的痛，心口痛得说不出话。

“我就是梦到一些画面，其实没事的，我的身体状况我自己清楚，您别担心。”她不怕，只是心里一直担心齐骁，她不想让爸爸担心，可做梦，她控制不了。

梦里，每一次他都是受伤，每一次都带着血，她撑着额头，尽量让自己缓解下情绪，当着爸爸的面，她不能这样低沉。

“那……找朋友逛逛街？看看电影，或者，你想做什么，爸爸陪你。”

南絮抬脸露出一个深深的笑，她抱着爸爸的手臂：“爸，您不用担心我，哎呀，我饿了。”

“那我去给你做早餐。”

南絮急忙跳下床：“不要，我都二十六了，不能总让爸爸给我做早餐，我还要做个孝顺的乖乖女呢。”

南爸无奈一笑，面上是在笑，心底还是止不住地担忧。

南絮煮了早餐，白粥、煎蛋、火腿、面包。

她原本自己一个人住，这次回来后，父亲担心就让她回家住。回到爸爸家一住就是三个月，三个月里她表面无异但实则状态并不好，爸爸不让她离开。

她知道，没回来之前，爸爸的日子不会有一天好过，可她现在的情况，更让爸爸担心。

她喝着粥，一边说：“爸，我住您这儿太远了，上下班都不方便，我想回家住。”

“不行，如果你非要回去，那我就去你家住，你那儿不是多出一间客房吗，我就住那儿。”

“爸。”

“吃饭，没得商量。”

南絮努了努嘴，没再说什么。

吃完早饭，南絮换上军装，开车出门。

刚进单位大门，就看到郑磊的车，郑磊落下车窗，冲她笑了笑：“今天状态看起来不错。”

南絮回了句：“那是，今天吃早餐了。”

“哟，我还准备一会儿去食堂拿包子喂你呢。”

南絮瞪他一眼，一脚油门驶了出去，郑磊看她驶离，叹息一声，这一次，她吃了多少苦，差点丢了性命。

虽然不是他的责任，但他作为队长没有保护好自己的工程师，而且还是个女孩子，无论从哪一点，他都过不去自己心底那道坎。

南絮知道郑磊一直想办法逗她开心，他心底压抑着，一直自责。她说过多少次，可他还是那样。

她下车向办公大楼走去，路上碰到同事就打个招呼。

她站在自己的办公室窗前，望着窗外的阳光。她比回来时白了很多，越是这样，脸色看起来就越发苍白。

郑磊敲门进来，被阳光下南絮苍白的脸色吓了一跳，他心底越发难受。

“送包子来了？”她故意道。

郑磊穿着笔挺的军装，迈步上前：“要不要去看看医生？”

“受重伤差点死了的是你，不是我。”

“南絮。”

南絮转身坐下来：“我说过多少次，你别自责。”

郑磊没说话，依旧站在她旁边。

“晚上我请你吃饭。”她说，这事得好好聊一聊。

“我请你。”他说。

“都可以。”

郑磊走后，南絮打开电脑开始工作，她的研发项目进展得很快，她都有些跟不上自己的进度，必须尽快恢复原有的精神状态。

下班后，郑磊发信息给她，问她要吃什么。

她说去喝点吧。喝上了，才能聊。

两人约了地点，找了一间环境优雅的餐厅，要聊的话题非常隐蔽，郑磊要了包间。

她进去时，郑磊已经到了，餐已经点完，服务生开始陆续上菜，菜品都是她平日里喜欢吃的。他们总在一起共事，她的喜好，可能他都记下了吧。

他们边吃边聊，啤酒、白酒、白兰地一起来。

南絮其实酒量没有多好，但平时跟男人在一起工作，他们喝她也喝，她要练酒量，真遇到事，不能让酒耽误了自己。

后来两人都喝得脸颊发红，南絮指着郑磊："郑队长，磊哥，我再说一次，我出事不是你的责任，我们是一个行动组，每个人都有自己的任务和使命。我作为行动组的一员，作为一名密码破译人员，作为一名优秀的军人，这是我的职责，也是我的荣耀。所以，你，能不能别总用那种眼神看着我，你没对不起我，没有，听到没。"

郑磊又灌下一杯酒："你还是怪我吧，这样我好受些。"

"为什么，因为我是女人？"她说着，抄起旁边的空酒瓶指向郑磊，"你瞧不起我，你看不起女人？"

"不是，我没保护好你。"昏迷的数个日夜里，他梦里全是她被抓，任务成功，但他心却碎了。

"我不用你保护，我也不用任何人保护。"她说着，脑海中浮现那个男人，他用身体、用生命，护她性命，护她周全。他一次次在最危急的时刻出现在她身前，替她遮挡刀枪。

"你什么也不说，只说一切都好，可看见你身上的伤，比我自己受伤还让我难受。"南絮刚回来时，肩上有伤，还有一些他无意间发现的痕迹，即便她捂得严实，那是什么他看得出来。

南絮突然笑了出来："这些伤，都不是坏人打的。"齐骁的每一下，都是为了她能活命，他不是坏人，他是英雄，最伟大的英雄。

"不是坏人？"

她点头："所以，你不用自责，磊哥，谢谢兄弟们都惦记着我，谢谢你们每天围着我转，总想逗我开心，我真的没有不开心。"

“你开心吗？”南絮是坚毅的，骨子里不屈不挠，可她毕竟是个女孩子。

“怎么不开心？我可是捡了条命，上帝眷顾着呢。”

两人说着聊着，郑磊一个铁血男儿，眼眶都红了，南絮拍了拍他的肩，反去安慰他。

郑磊一把握住她的手腕，想要开口说些什么，他心底的疼，她可能不清楚，他想告诉她，他想一辈子保护她。

可她醉了，甩开他，坐到一边傻乐。

郑磊叫来兄弟，开车先送走南絮。

南絮回到家，爸爸坐在沙发上等她，见她喝醉，急忙上前扶她。

她一直说今天很开心，跟磊哥喝得开心，然后打着酒嗝，回房间把衣服一脱，把自己泡在浴缸的热水里。

她是醉了，真的醉了，捂着脸，湿热的眼眶里全是泪，脑海里全是他。

玉恩上楼想给金刚添谷粒，发现齐骁就站在金刚身边，拿着树枝逗它玩。

金刚叫了两声，身子直躲，扑棱着翅膀，嘴里又叫着：“南南，南南……”

齐骁的手明显一顿，漆黑的眸子里，渐渐蕴出一抹极深的笑。他拿过谷粒摊在掌心，让金刚吃。

金刚嘴巴尖而锐，啄上去很痛，但齐骁却像一点儿也不觉得痛，他带笑的眼睛看着金刚。玉恩想，骁爷笑起来真好看。

他不笑也好看，笑时更好看，像阳光洒下，给人带来温暖。

有时齐骁会盯着窗外，一直不说话，玉恩几次看到，齐骁手里拿着一把匕首，那把匕首带着锋利的爪刺，碰一下很容易伤人，但他总是握在手里。

玉恩知道，那是南絮姐姐的刀，骁爷平日里清冷得生人勿近，只有在这片隐蔽的天地里，他才会偶尔露出真实情绪。

如果有机会再见，她一定要告诉南絮姐姐，骁爷虽然身处的环境不好，但在她眼里，他是英雄，是个真真正正的大英雄。

两个月后，南絮接到上级指令去见一个人，这人，便是渔夫。

十月，新加坡。

南絮轻装出发，身穿白色小脚裤，米色点缀着嫩黄碎纹的雪纺衫，脚上一双平底白色休闲鞋，头发随意地绾在脑后，大大的墨镜遮住那张精致的小脸，只余下高挺小巧的鼻尖和丰满润泽的唇瓣。

她从机场出来，打了辆出租车，直奔酒店。

换衣服，化妆，打扮后让她看起来更加精致靓丽，这时手机传来信息声。

她看过信息，回：十分钟，门口见。

林涵是她老师的儿子，在新加坡有自己的公司，做IT产品，几年内业绩不菲。今晚林涵参加一个慈善晚宴，约了南絮一同出席。

南絮十分钟后到门口，黑色矜贵的魅影上走下一位高大英俊的男士，他绅士地向她伸出手，南絮抿着唇笑，然后上前，来了个好友般的拥抱。

“南絮，你不穿军装，我差点认不出你了。”南絮此时身穿一件长裙礼服，高跟鞋，他们认识时，南絮念军校，穿着不是军装就是运动装，林涵从未见过她如此打扮，且多年未见，她着实亮眼。

“脱了军装，换成平常的衣服，也挺自在。”

“真退了？”

她点头。

上了车，车子向慈善晚宴酒店的会场行驶，林涵大南絮几岁，他们认识的时候他是二十几岁的年纪，刚念研究生，如今十年过去了，他已经成为一名成熟多金的成功人士。

她来之前跟林涵通过电话，他说今晚有晚宴，不能替她接风，后来就约她一起，她说没见过这等场面，怕给他丢面子。林涵笑着说，有这么一个智慧与美貌并存的美女在身边，求之不得。

两人在电话里互相打趣，南絮便应了下来。

在车上聊了近况，聊老师以及老师的身体状况，聊一些 IT 行业的高精尖话题。南絮是 IT 工程师，林涵有点想挖墙脚，可那道墙是铜墙铁壁，他有心却不敢，会被他父亲骂死。

慈善晚宴在希尔顿二十一楼的宴会大厅举行，觥筹交错，衣香鬓影。上流晚宴的格调，与普通宴会有天壤之别，每一位宾客都是矜贵名流，每一杯酒都隐藏无限可行性。

南絮穿着黑白拼接长款礼服，虽不是大品牌，但也精致修身，把她玲珑有致的高挑身材尽显出来。

她跟在林涵身边，看着林涵与熟人相聊，他只要得闲也会跟她聊些以前的事，说起上学时候被林老师训话，她还替他扯过谎，使他免于受林老师责罚。

南絮对这种场合并无兴致，林涵与友人交流，她就走到一边，站在窗边望着夜色下灯光通明的城市。

此时会场走进来一位男士，与现场每一位正装出席的人不同，他身后跟着五个随行人员，一身休闲装扮，显得与场合格格不入，即使这样，看到他的人，无不上前问候，彬彬有礼，寒暄攀谈。

那人路过林涵时余光一瞟，即使一个侧影，他已经认出南絮。

林涵正打算上前打招呼，这位赌场大亨，有钱有势，在新加坡也有着相当高的知名度。

与此同时，南絮听到身边有脚步声，玻璃窗映射的身影驻足在她身后。她下意识地回头，看到面前站着的男人时，瞳孔微缩，因吃惊而微张的薄唇渐渐抿在一起。她警惕地后退一步，那人见她这般模样，冲她笑了笑，一贯的温文尔雅、彬彬有礼。

他还在笑，笑得她脊背发凉。

“蔺……蔺先生，好久不见。”眼前的人，正是半年前，把她从金三角解救出来的蔺先生——蔺闻修。

蔺闻修似在观察她的细微表情，他的唇角一直噙着高深莫测的笑，南絮也笑，不过有些尴尬。

“嗯，活得挺好。”他来了这么一句。

她抿着唇瓣，勾起一抹不深却得体的笑：“没来得及感谢您的搭救。”

“现在也来得及。”他说。

南絮嘴角微微抽搐了下。

男人眉头微微皱了下，但眼底却毫无愠色，似在等她答复。

“要不，您说。”她把问题抛给他。

他笑了下，没再开口，转身便离开了。

林涵也诧异，等蔺闻修走远，就直接过来找南絮：“你认识蔺先生？”

她点点头。

“熟吗？”

她摇了摇头。

“你居然认识他，他以赌起家，在东南亚地区有多家赌场。”

“他是做这个行业的？”她装作不知情。

“别用这种眼神看我，做赌场的不一定是坏人吧。一般大型慈善拍卖他都参加，出手阔绰，说白了这种拍场就是捐钱给慈善机构。”

南絮笑笑没说话。

林涵“扑哧”一乐：“以你的工作性质，对那个行业确实会有一些抵触，我们是商人，只要不犯法，都以利为先。”

“我又没说什么，你为什么解释这些？”她挑眉，眼底有笑。

林涵也半开玩笑：“不是怕你误会我吗？”

“有钱是好，我第一次参加这种宴会，第一次看到来高端晚宴的都是什么人，好几个都是电视上才能见到的商业名流。”

晚宴结束后，林涵送她回酒店。

南絮没有直接上楼，而是在大堂的休闲区坐着。她要了一杯咖啡，即使是深夜，酒店亦是人来人往，她与旁人无异，端坐于沙发上，刷手机。

直到一杯咖啡喝完，又过了会儿，她才起身上楼。

她上楼后很快又下来，走到服务台：“麻烦您帮我补办一张房卡，我的卡不小心弄丢了。”

“麻烦您出示一下证件信息。”前台服务生用流利的中文跟她对话。

华人占比百分之六十的国家，出行就是方便，南絮便把自己的证件信息报上一遍。

这时值班经理和闲下的服务人员都齐齐向门口进来的人问好，经理更是急忙上前去打招呼。

南絮头也没回地跟服务生交流，她的声音不大，在深夜的酒店大堂内却格外清晰，特别是对于她声音有记忆的人。

走进来的男人脚步顿了顿，看着她的背影，唇角勾起一抹笑，信步向电梯间走去。

南絮补办完房卡才上楼，她是早上的飞机，晚上又站了几个小时，此时舒服地泡了个澡，脑子里浮现出蔺闻修的身影。

次日，她照常按作息时间起床，从酒店出来，打车去林涵的家，但看的不是林涵，而是林涵的父亲，她的老师。

林老师去年突发脑血栓，现在只能靠轮椅行动。为了方便照顾被林涵接到这儿一起生活。林老不想来，但身体状况不允许，不同意也同意了。

南絮陪林老师聊天，老师很开心，没想到南絮会来看他，南絮给老师带了一些书，随便翻翻打发时间。

中午林涵从公司回到家，和爸爸、南絮一起吃的午饭。

下午南絮自己四处转转，去观摩了一些当地的标志性建筑，晚上林涵忙完手上的事，和她一起吃的饭。

次日南絮还是随便转转，她坐在鱼尾狮广场的石阶上，拿出手机给自己拍了张照片。

晚上与林涵吃完饭，林涵请她去看音乐剧。

南絮开玩笑说："你连着三天陪我，不是没时间交女朋友？我看你就是不想找。"

"我们十年没见，三天而已，我还挤得出来，找女朋友也不用天天陪，我光陪她，不工作？"

南絮"扑哧"一乐："你这样真容易单身一辈子。"

"昨天我爸一直念叨，你就跟他学，我这耳朵都起茧了。"

"你都三十好几了，再不找，真想当一辈子钻石王老五？"

"再说吧。你明天就回去，真不考虑留下来？"

"不习惯，谢谢你的好意，也谢谢你这几天百忙之中抽时间陪我。"

其实两人虽然多年不见，但见了面，感觉像是回到最初的时光，有点像亲人的感觉。南絮拍了拍他的肩："不想找女朋友就不催你了，多陪陪老师，他现在这样，需要人陪。"

林涵点点头，没说话。

次日一早，南絮准备收拾行李去退房时，门铃响了。

她一开门，就看见面前的女人冷着一张脸说："南小姐，蔺先生要见您。"

她微微笑了下："蔺先生说见，我就要见吗？"

虽然是句玩笑话，既然蔺闻修要见她，她能不见？

她跟着那人出来，进电梯，上楼，她开口问了句："蔺先生也住这儿？"

那人没说话，来到总统套房门前，门打开，看见蔺闻修的几个保镖，她都记得，这些人话极少，目光始终带着警惕的侵略性。

她被带到里面，然后其他人便退开了。

她站在窗边，眺望这座城市的陌生景致，身后传来轻微的脚步声，不重，却很稳。

脚步声越来越近，人便立在身侧不远处，他目光与她一致，眺望着远方。

南絮侧头看过去，他穿得格外休闲，双手抄兜，脸上蕴着一抹浅浅的笑。

他没开口，她就闭嘴，跟聪明人玩心思，她必须谨慎。

蔺闻修越过她，从旁边的酒架处拿过一瓶红酒，又拿了两个杯子，倒了酒后递给她一杯。

南絮接过，道了谢。

他轻轻摇晃着酒杯，她端在手里，没动。

“敢喝吗？”他的声音低低的，却很轻缓，并没有压迫感。

南絮笑了下，没说话。

“谨慎是好，但也不是万事都要小心翼翼。”如果像她这样，他早就对生活无望了。

南絮举杯到他面前，与他的杯子轻碰了下，然后送到唇边，轻抿一小口。

蔺闻修似乎满意她的举动，自己也喝了一点儿。

“怎么来这儿了？”

“看望我的恩师，他病了。”

“你出国，没这么方便吧。”她的身份想出国需要层层审批，他不信她只是单纯地出国玩玩。但手下回报，她这两日确实只是四处转转，像个普通的游客，去一个高档园区，看望一位老人，这几天也一直跟林涵在一起，没有任何异样。

南絮一时没开口，他也没说话，似在等她的下文，过了许久，她才缓缓道："尿检不合格，我申请退役了。"她声音里的情绪有一些低沉。

蔺闻修一时没说话，过了会儿，她笑着说："不过好在，没上瘾。"她说了谎，演技应该不错。至于蔺闻修信与不信，她左右不了。

"有命活着就好。"他淡淡地道。

"谢谢你。"她说。

他突然轻笑出来："谢我什么，送到半路被狙击？"

"你说的，有命活着就好。"

南絮坐了会儿，说："我今天的飞机回国。"

蔺闻修眉间轻微挑动了下，搁在唇边的酒杯把暗红色的酒液送进嘴里："我说过，别让我再看到你。可你自己送到我门前来，南絮，你想走？"

南絮目光谨慎地盯着他："你什么意思？"

"字面意思。"他说完，转身上楼。

南絮当然想走，可外面有保镖挡在门口，她走不了了。

一个月后，南絮坐在蔺闻修的私人飞机上，去往邻国的首都，他走到哪儿，她跟到哪儿，不当保镖，当了他的工程师。

讽刺，她居然给他当起了工程师。

因为蔺闻修手上确实有棘手的问题，哪怕高价聘请各国 IT 精英，愣是解不了国际顶级黑客 Flying panda 的"不见"。不见意味着什么，就是所有东西都不见，任谁也解不开找不回，他的公司网络彻底瘫痪，南絮花了三天时间，才修复成功且做了加密。

她再想走，就真的走不了了。

飞机降落，他们乘车到酒店，蔺闻修让她换身漂亮的裙装参加酒会。

南絮的衣服并不多，休闲装多一些，他就让人按她的尺寸，送来几十套服装，供她出席各种场合。

她看出来他是真想把她绑身边了。不过他倒是大方，出的价码，她都不敢接。

到了酒店，南絮从行李箱里找出一件裸色长裙，蔺闻修好像知道她不习惯穿高跟鞋，让人送来的鞋子适合搭配裙装，却又不高，方便走路。

她换了衣服，又给自己简单地化了个淡妆。

酒会就在酒店楼上，南絮出来时，先敲了蔺闻修的房门，里面有人过来开门，是阿吉。

她走了进去，蔺闻修依旧一身休闲装，南絮清楚这一点，在蔺闻修眼里，这些场合都不算正式，且根本入不了他的眼。

她只见他穿过一次西装，裁剪得体的黑色西装，白色衬衫，打了个精致的领结，温文尔雅的气质，在一众上层名流中，亦是气度超脱。

她不知道这次是什么酒会，她基本不问多余的废话。走在蔺闻修身侧，他屈起手肘，她抬手挽上他的手臂。

蔺闻修无论出席什么场合，从不带女伴，有女的，那也是保镖。

这是第一次看到他带女伴出来，现场所有人的目光都聚焦在南絮脸上。

这时有目光转过来，看到那抹熟悉的目光，南絮心底陡然一顿，几乎在一刹那心跳仿佛漏掉一拍。

男人带笑的眼霎时升起一团黑雾，深邃的目光凝视着她，带着狂烈的冷意，大肆席卷而来。

南絮垂在另一侧的手紧了又紧，但挽在蔺闻修手臂上的手，却依旧保持之前的弧度与力度。

齐骁震惊之余快速敛去脸上阴霾，坐在沙发上，修长的手指把玩着精致的红酒杯，暗红色的液体在杯壁上轻轻滚动，他向蔺闻修做了个请的手势。

蔺闻修在他对面的沙发上坐下，南絮被他手臂细不可微的力道下压，只好也在他旁边坐下。

齐骁手拄着沙发扶手，食指抵在唇瓣下方来回细细摩擦，目光盯着南絮，眼底有笑，笑得很深。她无法忽视他的目光，那笑容似把凛冽的冷刀，恨不得拆了她的骨。

齐骁的目光始终带着深深的笑意，那目光盯在南絮的脸上，仿佛用视线一点点描摹她的眉眼、曲线，还有那抹诱人的红唇。

食指摩擦着唇边，那笑，似玩味，似不屑。

蔺闻修拿过酒杯，先递给了南絮。

南絮怔了下，接过酒杯，平日里蔺闻修并未把她当女伴，也从不在这种情况下刻意给她酒，此时的目的是什么，不言而喻。

齐骁放下架着的长腿，身子瞬间前倾，眸光微挑带着玩味：“蔺兄，看来南南倒是很得你的喜欢。”

南絮托着红酒杯，手指微微捏紧，半垂着眸光。她知道齐骁正在气头上，随了他。

“南南的好，你不是最清楚吗？”蔺闻修冲他举了举杯，齐骁收到示意之后，玻璃杯抵着唇边，微微扬起，唇上顷刻间划过了一抹暗红，和着他眼底深不可测的笑，让人心底打战。

齐骁放下杯子，冲南絮挑了挑下巴，她今晚第一次直视他，她微缩着瞳孔，眼底似警告，他却笑得得意，扬眉示意她也喝。

南絮深吸一口气，把酒杯送到唇边。

蔺闻修什么目的她不清楚，但两个男人在暗中较劲她看得出来，在场的人应该也感觉得到。

桑杰看到南絮也有些吃惊，这半年骁爷与蔺先生合作，见过几次，但都未见南絮。男人之间，争的不仅是生意场上的地位，还有女人。

当初南絮被蔺先生要了去，此时出现这种情形，骁爷想必心中也不痛快吧。

听到齐骁与蔺闻修谈起赌场上的生意，南絮这才知道，缅甸这五家齐骁都入了股，之后又继续开拓市场，泰国那边也已经跟蔺闻修合作，新开了两家。

廖爷的势力在金三角，有钱却没办法以一己之力开拓海外市场，赌场生意要的不只是钱，还有当地的势力和人脉，这些蔺闻修都有。

她不知道廖爷现在对齐骁是否信任，看到他此时平安无恙，这半年提着的心，终于放了下来。

有人过来找齐骁，他离开时，目光落在她脸上，有一丝打量的意味看着她。

她低着头，但那道目光太热烈，她想视而不见都做不到。蔺闻修唇角噙着笑，她不知道他在想什么，因为他的高深莫测无人猜得到。

如果他是一个简单的人，她就不会出现在这儿。

齐骁离开之后，蔺闻修身边就围上许多人，都想要与他攀谈。

南絮小声跟他说了句，便起身离开。

她在酒会的角落里，目光时而望向窗外，时而转回，搜索着那道身影。齐骁依旧高谈阔论、谈笑风生，他做足了戏份，把自己与那些人融入一起，他还是那样，一点儿也没变。

南絮嘴角微微勾了勾，笑很深，只是心底的情绪，旁人无法观察到。

她放下酒杯，从会场退出，来到洗手间门口，身后突然伸出一只手，猛地把她拉进另一侧的男洗手间。

她伸出抵抗的手被身后人制住，“砰”的一声，她被他抵在门板上。

“唔……”

来不及开口，已被他粗暴地吻住，那吻仿佛要吃掉她，连骨头都不剩。

她推他，踢他，却躲不开，奈何不了他。

唇被咬得生疼，口腔内已经泛起血腥的味道，双手被扣住，腥气蔓延，她蹙眉，心底却泛起一抹疼。

他放开她，漆黑的眸子带着肃杀的冷意：“南絮，你想死是吗？”

她轻轻摇了摇头，不想，谁会想死，没人。

“为什么回来？为他，还是为我？”他的声音里蕴着暴风般的怒意。

她摇头，倔强的眼底泛起粼粼波光，他周身寒气正盛，似要冻结周遭的空气。

她小声说：“别让人看到。”

“怕谁，他？”他冷笑着，再次堵上她的唇。

她挣扎，反抗，他无动于衷。

直到门外传来推门声，见推不开，有人在门外用她听不懂的语言说着什么，她急切地推他，齐骁狠狠地咬着她，血腥气息越来越浓，他才放开她。

她的头抵在他胸口：“快出去，快……”

齐骁抬手扣住她的下颌，眼角弧度变得更深，没有一丝笑意，坚毅狠决：“过了今天，别再让我看到你。”

他说完，转身离开。

南絮低着头，快速跑回自己的房间，肉粉色的唇上已经红肿一片，她急忙用冷水冲洗了一会儿，再涂上原来的口红色，整理衣裙，再次确认不会被瞧出端倪，才放心地回到酒会现场。

她回来时，就看到蔺闻修跟齐骁聊着什么，两人相谈甚欢。她找了个角落，隐匿自己的存在感。

过了会儿，阿吉过来：“蔺先生找你呢。”

她说了句“好”，深吸一口气向蔺闻修走去。

他看到她过来，冲她笑笑，南絮也笑了下，笑意不深，这是她一贯的表情。

她抬头看向对面的齐骁，他唇角噙着笑，冲她挑了挑眉，她微微叹气，末了在沙发上坐下。

齐骁递过一杯酒，她抬眼看他，眼神交汇时，她看不懂他眼底的情绪，她接过酒杯：“谢谢骁爷。”

齐骁的笑意更深了。

酒会结束时已经很晚，蔺闻修就住在酒店楼上的总统套房，南絮跟他上去后，被他留在房间。

他从未留她在他房间过，他那谨慎的头脑，她不信他会信任她，他太精明、太谨慎。

他扔给她一件睡袍，让她去洗漱，她抬眸看向他。

“去洗洗。”

她从他脸上看不出一丝别样的情绪，谨慎地向后退了一步。

他眉间微挑：“用我帮你？”

她脸上依旧是淡淡的表情，身体却又退了一步。他笑了：“去吧。”

南絮猜不透他在想什么，但凭她的身手，他也不会奈何得了她，大不了拼了。

南絮走进总统套房的夫人房，关门时落下锁，再进洗手间，看着镜子里的自己，原本清醒的脑子有一些混沌。

蔺闻修今天到底什么意思？他之前的态度可只是留她在身边，不管是名义上的工程师，还是女伴，他从未有过半分逾越行为。

她摇了摇头，打开水龙头，掬了一捧冷水泼在脸上，让自己混沌的脑子清醒一些。

她知道齐骁正在气头上，担心他蛮干，但也知道，他谨慎行事，应该不会出什么差池。

十分钟后，南絮穿着睡袍出来，睡袍稍长一些，没过小腿露出纤细的脚踝，头上擦得半干，睡袍腰带扎得紧紧的，衣领被她裹得严实，生怕多露出一丁点儿肉。

藺闻修没开口，当没看到她一样，目光落于手边的白纸黑字上，南絮未上前，黑眸紧盯着他。

半晌，门外传来门铃声，藺闻修头未抬，对她开口："去开门。"

南絮走到门口，门打开，门里门外的两人霎时都怔了下，门外的男人带笑的眼瞬间蒙上一团黑雾，他咬着牙，握紧的拳头磨得咯吱咯吱直响。

南絮没想到齐骁会来，瞬间明白藺闻修是何用意，试探她抑或是齐骁。

她震惊之后，快速收敛情绪，转开身，让出一些位置。

齐骁顷刻间露出一抹笑，抬手扣住她的下颌，推着她往里走："南南洗得真干净！"

南絮挣扎了下，他捏得更紧，眼睑微眯，扯出的弧度更显冷清且危险。他靠近她颈间，狠狠地嗅了一息。

她在他靠近的瞬间身子猛地一僵，她推开他，快速往里走，怕自己露了情绪。

齐骁进来，直接在藺闻修对面的沙发上坐下，他把手搭在沙发背上，架着长腿，两人聊着酒会上未结束的话题。

南絮坐在窗边，与他们隔出很远的距离，两个男人都露着老狐狸般的笑，虚与委蛇地探测对方的心思。

藺闻修看向她时，齐骁顺着他的目光看到窗边穿着睡袍的女人，他的眼神暗了暗，染上阴鸷的暗光。

齐骁走后，藺闻修也未让她离开。南絮第一次与他同住一间房内，不过她睡的是右侧的夫人房。

齐骁出来已经是凌晨两点钟，天空一片灰暗，路灯零星点缀着夜色，他拐进一条巷子，四下无人时，又从另一侧转出，找到一片隐蔽点，拿出特制的手机换卡，打给渔夫。

那边电话刚一接通，齐骁就骂道：“渔夫，你居然把她送来！”

“白鹰，收敛一下你的情绪。”渔夫开口道。

“我把她送出去，不是让你再把她送进来。她什么身份？那人不可能相信她，你让她这样涉险，你还是不是人？！”齐骁脾气上来，不管对方是不是他上线，不骂个痛快他心里堵得难受。

“我派去的几个人都打不进去，只有她做到了，而且就在那人身边，我们布了几年的线，都无果而终。”

“你指望她能得到什么情报？她拿不到的，你把她扔进来，就是把她置于刀尖上，与虎谋皮。”

渔夫沉默片刻：“南絮的身手我放心，而且她聪明且谨慎，你应该相信她。”

“我谁也不信，连你也不信。”

“白鹰。”渔夫加重了语气，“你不可以带有任何感情色彩执行任务。”

“我会想办法把她弄走，你最好别再打她的主意。”

齐骁直接切断电话，渔夫再打，已经显示无法接通。

他可以死，也做好这辈子不成功便成仁的决然，但他不能见她受半分生命威胁，白痴，脑子进水，非闯进这无底洞。

南絮一夜未合眼，这一切都是渔夫设的局，让她靠近蔺闻修，告诉她所有的危险，但她还是同意了，未加思索。她愿意为这份事业奉献自己的一份力，她亦希望，心里一直惦念的男人，可以平安归来。

次日，南絮跟蔺闻修去了一家高尔夫球场，她穿着运动装、休闲鞋，手里拿着球杆，可她不会打。

蔺闻修也没管她，旁边跟着人，他自己兴致不错，打了几杆。

没过一会儿，远处有摆渡车过来，就停在球场外围，明显是来这儿的。她盯着那边的人，心底微微叹息一声。

齐骁一身休闲装，大步走过来时，视线落在她脸上，眼底依旧含着笑。

南絮感受到他身后毒辣的目光。她抬眸，迎上安婀娜的目光，她依旧没什么表情，淡淡的，让安婀娜心底的怒意瞬间涌满。

安婀娜换上笑脸："蔺先生，好久不见。"

蔺闻修微微颔首，面上带着成熟男人彬彬有礼的笑。他冲齐骁说："好久没玩，上次还是跟你一起打的球。"

"蔺兄，距离我上次打球，也是半年前。"他平时不碰这玩意儿，闲情雅致的东西不适合他，他没那闲心。

安婀娜感觉到自己被蔺闻修忽视，心底又涌起怒意，目光转向南絮时，变得更为阴狠。

南絮压根儿没理她这个疯子，不能疯子咬你一口你就再咬她一口，与疯子没必要计较。

齐骁跟蔺闻修去打球，安婀娜跟南絮站的位置不远，都望着球场上挥杆的男人，安婀娜是真的喜欢齐骁，喜欢很久了，可无论她怎么示好，他也不为所动。

偏偏骁爷就对这个南絮上心。

安婀娜脸上带笑，目光盯着球场，用只有两人才能听到的声音对南絮说："小瞧你了，命真大，运气好罢了。"

南絮浅浅一笑："运气这东西是说给听天由命的人，我信自己，不信命。"

"别得意太早。"

南絮觉得自己此时心也大，对于安婀娜的笑脸黑心，只觉得有些好笑："你手下人身手太差，警惕性极低，跟踪和反跟踪这些手段我很早就学会了。这一点也印证，他的上级只是狐假虎威装装样子，空有其表罢了。"

安婀娜的手下大将半年前追杀南絮一直没回来，她渐渐也猜到，怕是回不来了。那是她非常得力的部下，身手绝对上乘，却不想，折在她手里。

安婀娜抡起手里的球杆照着南絮砸来，她身子一躲，横起球杆挡住身子后撤，球头卡住安婀娜的球杆，借力手一扬，安婀娜身子猛地向后退了两步。

两人的动作被周围的人看进眼底，安婀娜的手下呼啦啦冲上来，蔺闻修的手下看势也过来了两个："怎么了？"

南絮笑了下："没事，安婀娜小姐说要打球，试试球杆的稳定性。"

而正在打球的两个男人，也看到了后面的情况，蔺闻修动作没停，挥出一杆："你的朋友，好像对南南有些敌意。"

这是问话，但绝对是肯定句，甚至带着一些试探和警告。齐骁痞痞一笑："女人就爱争风吃醋。"

蔺闻修看着球落的位置，满意地收回目光，转头冲身边人说："叫南南过来。"

阿吉快步跑过来对南絮说："蔺先生叫你。"

南絮看了一眼安婀娜，脸上挂着淡淡的笑，走向蔺闻修。

齐骁单手拄着球杆，一手抄兜，唇角挂着一抹痞笑。南絮错开他的目光，看向蔺闻修："蔺先生叫我。"

"想玩吗？"他问她。

她摇头："我不会。"

"过来，我教你。"蔺闻修说着，单手扣着她的肩把人带到身前，她几乎半靠在他怀里。他的手掌握上她的手，放到球杆握把处，她手握的地方不对，他压在她手上的手微微用力，往下移了一点，才满意地拍拍她的手背。

她握得有点紧，他扶着她的手肘示意她放松，左臂伸直，双膝微屈……

蔺闻修所有的动作都被齐骁看在眼里，他唇角依旧噙着笑，南絮不用抬头，也知道此时他恨不得上来揍她两拳。

"打出一杆试试。"蔺闻修说。

南絮深吸一口气，铭记蔺闻修教她的要领，挥杆打出去，球打上了，位置偏离轨迹，往右后方飞了出去。

她站直身子，目光轻轻扫过旁边的两个人，蔺闻修是何用意，想用她做什么？她到他身边一个多月，每天同进同出，完全查不到他任何不法行为。但渔夫说过，五年前，那批军火丢失，一定与他有关。

而就是三个月前，丢失的那批军火中，有一支弹道完全吻合的枪支流通到市面，是军方在拿下一次毒品交易时，从毒贩手中缴获的。

毒品、军火，蔺闻修深藏不露，他到底沾了哪一种，还是两者都有？

蔺闻修是外国公民，在一些国家可以随身佩戴枪支，更何况，他能平安进出金三角，肯定没有表面那么简单。

“蔺兄亲自授教，南南可要认真些。”

南絮抬眼，看向齐骁，他笑，她也笑：“多谢骁爷提点。”

齐骁心里恶狠狠地骂她，这丫头居然挑衅他。这时安婀娜过来，挽上齐骁的手臂：“骁爷，你教我呀。”

“你不是会吗，还用教？”齐骁虽然在笑，但语气里没有一点儿温度。

安婀娜确实打得很好，南絮比不过，看她打球的手势，挥球的动作，样样都标准，打出的分也极高。

南絮站在旁边，蔺闻修见她望着场上，他微微一笑：“不高兴了？”

她一怔，摇摇头。

“那就学，我相信你会做得更好。”

南絮觉得自己可能识人本领太差，她接触蔺闻修一个多月，同进同出，他给人的感觉就是谦谦君子，但渔夫的话，她一直记在心上，凡事不能看表面，这一点她懂。

蔺闻修真的在教南絮，没有敷衍，南絮学得认真。另一边，齐骁突然把手搭在安婀娜的肩上，两人并排看着不远处的另外两个人。

“骁爷，你还惦记她？她现在是蔺先生的人。”安婀娜觉得齐骁对南絮再好，那也只是过去的事，南絮现在是蔺先生的女人，他对一个俘虏这样上心，可不是好事。

“叛徒罢了。”他嘴角的笑，像嗜血的魔鬼，安婀娜心底窃喜，“廖爷说要见见蔺先生，你安排了吗？”

南絮身边一直有人盯着，他跟她很难找机会私下碰面，齐骁心中想的是，在廖爷来之前，要把南絮弄走。

赛拉被捕后，他的手下岩吉接了他的班，这人心狠手辣，开始疯狂抢道陀的生意，还把手伸向迪卡留下的肮脏窝。

迪卡被捕的消息是一个月后发布出来的，道陀疯了似的要杀齐骁，被廖爷拦了下来。廖爷折损两员大将，此时只能靠他，齐骁需要这个位置方便收集更多情报，所以廖爷的势力近年他是不会动的。

打完球，蔺闻修和齐骁一起共进午餐，南絮坐在蔺闻修身边，安婀娜身子直往齐骁身上靠，齐骁也不躲，两人有说有笑。

吃过午餐就各自回了住处，她跟着蔺闻修，他偶尔接见客人，也不需要她刻意回避，她不知道他是太过自信，还是真的毫无隐藏。

南絮一直保持着紧绷的情绪，不管蔺闻修做什么、说什么，她只要听到看到，都在心里全部记下。

夜晚来临时，南絮终于可以回自己的房间。

她住的房间与蔺闻修相隔几层楼，他这层是总统套房，她住普通套房。

南絮警惕四周，平日里身后的眼线她会警觉，今天还好，没人跟她。

她环顾四周，午夜时分，走廊空荡荡的，她拿出房卡，“滴”的一声后，推开房门。

瞬间，一个黑影冲来，直接把她推进里间，“砰”的一声，房门关上，来人已把她压制在墙壁上，不用她去看，那气息太过熟悉。

她挣了下，压低声音：“齐骁，你干什么？”

“他摸你手。”他气息凛冽。

南絮没说话。

“你俩相处很愉快？”他咬牙。

“你不也跟安婀娜相谈甚欢吗？”她试图挣脱他的钳制，可他力道十足，她无能为力。

他突然笑了出来，低低的声音在她耳边：“吃醋了？”

“放开我。”她说完刚才的话就后悔了，她想他，不见时想，见了又不敢靠近，怕自己露出半分破绽，但她又无法抗拒他的靠近。

齐骁微眯着眼，压低着气息冷声道：“你走不走？”

她既然来了，就没打算无功而返，她摇头，态度坚决。

“廖爷要来，你走还是不走？”他加重语气，迪卡被捕，道陀丢了一条腿，让廖爷见到南絮，他不敢保证廖爷不会暗下杀手。

南絮的头抵在墙壁上，还是摇头。

“你是在找死。”他暴怒，却压制着情绪，每一个字，他都咬着狠劲。

她感觉到他的不安，挣扎的力道小了些，转回头时，撞上他猩红的眸子，她心底一疼，小声叫他：“齐骁。”

她的声音很轻，是鲜少流露出的软，甚至带着几不可闻的颤抖。

齐骁暴风似的气息突然变得炙热，他一口咬上她的后颈，南絮疼得猛抽一口冷气。

“疼。”她挣扎，即使她挣不脱他的钳制。

“疼”这一个字带着几乎从牙缝里挤出来的狠戾，他掰过她一只手，往身下按去，她手上一惊，想要逃走却被他狠狠按住，带着热度的唇在她耳边：“你知道不知道，我想你想得这儿都疼。”

他说着，不顾她的反抗，“刺啦”一声，下午刚换的一席长裙在他手中被撕成了两半。

深夜，齐骁放了一缸热水，把南絮抱进去。

她随手抓过可以扔的东西纷纷砸向他：“这个浑蛋，大浑蛋。”

齐骁没来得及多说什么，只是警告她必须离开，然后便走了，因为廖爷到了，他必须过去。

廖爷刚到，道陀坐在轮椅上，一条腿已废，他这辈子也没办法像正常人那样行走了。打那之后，道陀变得像迪卡一样狂暴，处处找齐骁麻烦。

“我想与蔺闻修见一面，你去安排。”廖爷说。

“他还能停留几日，廖爷怎么来得这么急？”

他不想让南絮被廖爷和道陀碰上面，可那死丫头说什么也不走，虽然她身手了得，但明枪易躲、暗箭难防。

“昨天，岩吉对道陀下手了。”

齐骁手里夹着烟，目光看向道陀，道陀骂骂咧咧，说双方手下都损失惨重，好在他没受伤。

他可不想管道陀死活，毕竟道陀恨不得他死。

次日一早，蔺闻修派人前来，说听说廖爷来了，有时间可以碰一面。

廖爷心中畅快，他主动约见和蔺闻修派人前来是两码事，蔺闻修给他面子，让他十分受用。

齐骁陪同廖爷到酒店楼上的餐厅，蔺闻修已经到了，南絮也站在他身边。

他眸光暗了暗，廖爷看到南絮有些吃惊，随即笑了，这个女人果然有点本事，不仅齐骁看上了，连蔺闻修都要把她留在身边。

道陀看到南絮时，暴怒得要从轮椅上跳起来，南絮淡漠的面孔看着对面像疯狗一般的道陀，走了一个迪卡，道陀把“疯狗”这个词承揽了下来。

蔺闻修起身：“廖爷，久仰大名。”

“蔺先生，久闻不如见面。”

蔺闻修自然不会忽视道陀的眼神，他笑着回手，揽过南絮的腰，把她按到自己旁边的位置。

南絮坐在他旁边，道陀的目光变得复杂，而最无法忽视这些的就是齐骁，虽然他表情没有任何变化，但南絮仿佛能感应到他心底的愠怒。

蔺闻修与廖爷闲叙，道陀的目光像是把她当成枪靶子，齐骁倚着沙发，手抵在唇边，似笑非笑。

后来道陀突然把话题拐到了南絮身上，蔺闻修夸赞一番，廖爷随着他笑笑，转头时目光变得冰冷，给道陀警告让他闭嘴。

齐骁一直都清楚，蔺闻修不信他，即使合作，也多次试探，甚至用南絮试探他，这几次他的用意齐骁看得出，南絮也看得出。

南絮端坐着，突然感觉到对面人的异常，齐骁手里的酒杯在抖，他的手在抖，薄唇紧紧地抿着，唇色苍白一片。

道陀突然疯笑出来，南絮心里像被锤子猛地击中，他不会是？

放在身侧的手紧紧捏着，她不能妄动。就见齐骁紧紧握着拳，指节因用力而泛起透明之色，仿佛透出皮下白骨。

他控制着手抖，把杯子放下，起身时，脚下一个趔趄差一点摔倒。道陀还在笑，蔺闻修很平静，没有过多的情绪。

南絮面上冷静至极，但心底已慌乱不堪。

她趁蔺闻修与廖爷聊天时，悄悄出去，她知道齐骁就在这层楼，她拐了回来去找他，每走一步，都谨慎地盯着四周。

她太担心他，坐立不安，心慌得厉害。

她看到他的背影正走进消防通道，四下搜索没有可疑的人，便迈步跑过去。

推开消防通道的门，就看到靠着门板的男人。

南絮急忙扣住他的手臂："齐骁。"

他不说话，她更加担心，看他额头一层细汗，身子还在抖，南絮心底灰暗一片，他一定是被廖爷逼迫或被道陀坑害的。

她心痛得直接冲进他怀里紧紧抱住："没事没事，忍一忍，你还有我。"

靠着门板的男人盯着怀里人的头顶，唇角噙着一抹笑。

他抬手扣住她的小脸，把她的脸抬起来，她眼底一片惊慌，却撞上他带笑的眼，南絮一怔，他的唇已经落了下来，狠狠地吻上她。

南絮知道自己被他超高的演技骗到了，绞痛的心终于回归平静，她猛地推开他："骗子。"

齐骁被她含嗔薄怒的样子弄得心情大好，差一点不想放开她。

他无恙，她心安，南絮唇角上扬，细白的指尖在他胸口连戳几下，才快速从消防通道出来。

没走多远，她看到一个身影，急忙闪躲开，等那人推开消防通道的门，她才快步返回。

来人是道陀的手下，推开门，就看到地上燃了一些粉末，齐骁靠着墙壁颓废地坐在地上，他垂着往日高傲的头颅，紧捏的拳头掐着掌心。

“骁爷。”

齐骁摆了摆手，示意那人离开，那人走后，快速回去向道陀汇报，道陀疯子般地大笑。

齐骁坐了会儿，然后利落起身，大步向楼下走去。

桑杰在一楼大厅等他，见他出来，跟在他身后走出酒店。

齐骁没再回去，这种事，他们信也好，不信也罢，样子得做，做给所有人看，包括廖爷、蔺闻修和道陀。

想到南絮担心他，还扑进他怀里，齐骁唇角挑起的笑也不同往日那样带着危险。

自从上次桑杰帮他换了药后，两人闲聊的话也多了些，他做事依旧隐蔽，但桑杰也快成了他的心腹，但即使是心腹，也仅限于让他知道那些可以让他知道的事而已。

南絮拐进洗手间，急忙给自己唇上补上一些淡淡的颜色，才快步回到餐厅。

道陀见她回来，睨着眼，从眼里迸出的光恶狠狠地直视她。南絮目不斜视，在原来的位置上坐下，蔺闻修还在和廖爷闲叙，目光未往她身边落下一寸。

至于蔺闻修那高深莫测的脑子里想些什么，南絮猜测不到，她也不想去猜他，跟他玩套路，太累。她只做好她该做的，渔夫说过，这次的任务需要时间和敏锐的观察力，她要做好长期暗战的打算。

廖爷从酒店出来，冷眼盯着道陀："收敛起你的猖狂，你要是有齐骁半分的敏锐度，就不会落得今天这个下场。"

"那个女人我要是不弄死她，难消此恨。"道陀拿齐骁没办法，把所有怨恨都放在了南絮身上，谁让她是华国的人，他这条腿就是折在他们那儿，活该她倒霉。

"她现在是蔺闻修的人，你别惹了他。"

"不就是个玩物，蔺闻修真拿她当心肝宝贝？"道陀龇着牙，露着森森的鬼笑，"岩吉让齐骁去收拾，谁死了都解我心头恨。"

"道陀。"廖爷回手就是一巴掌。

道陀被他打得脸歪到一边，眼底愤恨的情绪似要吃了面前人。

"好好培养你的手下，在没有一个可以替代齐骁的人出现之前，我警告你，你敢轻举妄动，别怪我狠心。"

道陀低下脑袋，头上的刺青像只野兽般发狂。廖爷沉着脸，上车离开。

道陀扶着轮椅的手越来越紧，他猛地站起身子，把轮椅甩到一边，他一条腿也能站："把拐杖拿来，以后别再让轮椅出现在我眼前。"

蔺闻修还要停留两日，南絮跟他去了赌场，这间赌场不是他的产业，里面杂乱不堪，再往里走，有人在赌拳。

他站在外围，盯着场上用拳头拼生活的两个男人，南絮不知他来此何意，她也不去猜测。

有个穿着正式服装的中年男人跑过来："蔺先生，不知您驾临，我给您腾个座。"

蔺闻修摆了摆手，转头问她："看好哪个？"

场上两个男人身材魁梧，赤着上身露着结实的肌肉，只是身高上有些差距，一个约一米八，一个一米七的样子。打眼一瞧，可能高一些的有胜算，南絮盯着场上的人观察。

个子高的仗着身高优势，出手迅猛，个子矮一些的那个男人，身手矫捷，看他出拳的动作和方向，又快又准，拳拳命中那人软肋。

“穿黄裤子的那个。”她说。

蔺闻修点点头，突然说道：“赌十万块，赢输都算你的。”

南絮嘴角抽搐了下：“我没钱。”

“我没给你开工资？”他笑着，对阿吉说让他去下注。

在这里赌博是合法的，上赌场前都签生死状。她之前看过电影，黑市的赌拳就是拿命在拼，拼的是谁命硬，丢了性命只能怪技不如人，南絮喜欢自己的国家和平、安逸，每个人都生活在平等的环境里。

果然，如南絮猜测，个子矮一些的男人后面开始占上风，场下围着厚厚的人群，把拳场围得水泄不通。

六七米宽的铁栏里，最后个子矮小的那个男人一击重拳，正中高个的面门，那人当场鼻血飞溅，身子踉跄几步，个子小的男人又补上一拳后，那人应声倒地。

裁判比着数字，赌场里的人疯狂吼叫着，有胜利喜悦的人，也有即将面临输得倾家荡产而愤怒的人。

南絮盯着场上最后的几秒钟，身边的蔺闻修突然靠近一些：“你和他比，胜算有多少？”

她转头看向他，面色平静，眼底直视着他温和的眸光。

蔺闻修早已习惯她的言简意赅，谨慎的女人，心灵剔透，他说：“试试？”

“你让我试，我便试。”

藺闻修摇了摇头：“把他抓住。”

“为什么是我？”南絮一怔，这些事藺闻修从没让她碰过，“藺先生，我不是你的工程师吗？”

“抓一个，一百万。”他嘴角噙着笑，一百万一个人，价码着实开得够大。但南絮为的不是钱：“我可以选择说不吗？我不做这种事。”

他抬手挑起她的下巴，指腹轻轻在那处摩挲着：“乖，去吧。”

南絮抿着唇，既然选择靠近他，她就没得选择。

她起身，身后跟着阿吉和莉亚，三个人一道向出来的男人走去，那人赢了比赛，脸上却没什么表情，眼睑处渗着血，鼻梁瘀青。

那人也极其警惕，看到有人过来，转身钻进人群。

南絮不知道藺闻修为什么要抓这个人，她在他手下办事，就要听他的。她拔腿跟上，拥挤的人群中她只能看到最为明显的光着膀子的背影。

莉亚跟阿吉交换了一个眼神便从两侧散开，百十米宽的场地周围，等南絮冲出来，那人已经从后面小门跑出去了。

南絮快速追了上去，拐了两道弯，看到那人正和一个男人在打斗，不是藺闻修的手下，还有其他人追捕？他到底是何人？

南絮没有轻举妄动，就站在不远处紧盯着，对方快速冲上来几个人，把那人团团围住。

这时迂回而来的阿吉和莉亚冲过去，与对方的人打了起来。

南絮急忙上前，去抓那个男人，那人转身便跑，南絮紧追上去。

在逼仄的胡同里他们动起手，南絮见过对方身手的套路，于是改变自己的攻击点和躲避方向，两人打了几个回合，身后突然有冷枪放出，南絮急忙闪躲到旁边，贴着墙边谨慎地盯着子弹的方向。

那人要逃，南絮紧追，身后枪声不绝于耳，根据脚步声分辨，身后追上了几个人，上手要来抓她。

她回手解决一个，另一个冲上来，南絮抓住那人的胳膊，脚下发力，照着那人膝盖处狠踹一脚，那人捂着膝盖倒抽几口冷气。又上来一人，拿着刀捅向她，她闪身躲过，顺着那人冲上来的手臂一把抓住那人胳膊，只听“咔”的一声脆响，那人的胳膊直接被卸——脱臼了，骨头摩擦的声音，听得旁边人周身发麻。另一个没敢上前的男人，吓得直往旁边躲去。

四个男人，没解决掉一个女人，还被她骇人的气场吓得慌张逃窜，那个被卸掉胳膊的人惨叫着，晃荡着手臂边跑边号。

这几个人是冲她来的。谁的人？

还有，蔺闻修让她抓的人又是谁？

她再想追，已经没了方向，于是往前跑去，跑到拐角处看到光着上身的拳击手，正被一个人带进车里。

她快步追了上去，车子刚要关门时，被她扣住，里面的人抬脚踢向她，南絮双手按着车门，腾空翻起。

她跳上皮卡车，两人动起手来，显然这人的目的也是抓拳击手，因为拳击手并没有上来帮助任何一方，他用被绑的双手撑起身，跳下了车。

南絮与对方不约而同停手，顺着那人逃窜的方向追出去，那人穿过满是车流的街道，南絮紧跟其后。

拳击手钻进胡同，两人同时追进去，再往深处时，突然出现一个女人，那个女人长发飘逸，脸蛋精致得美艳。

美人冲她笑笑，伸手就朝她旁边的男人攻击。

两人心照不宣，没有说话。

南絮追着拳击手，突然被人一把扯到矮房下。南絮不用看，这熟悉的气息，她无法忽视。

“趁这个机会，走。”

“相信我。”她说。

“我谁也不信，连我自己都不相信。”谁也不信谁能活到最后，他要她活着，平安地活着。

南絮抬眼看着他，目光坚决：“我信你，你也要信我。”

他拽着她往另一边走，南絮挣着他的手，压低声音说：“相信我，我不会拖你后腿。”

“别废话，滚，滚得远远的。”

“齐骁。”她知道他担心自己，但她不能走，她既然接受这个任务，不完成她不会离开，她也希望可以帮助他快一些完成他的工作，她希望他能平安回去，有一天，和她一起站在阳光下，堂堂正正地穿着军装，她想看到那一天。她记得他以前总望着月亮，他总坐在阴影处，后来她才明白，他是把自己活在了没有阳光的阴暗里。

“我活得挺好的。”南絮说。

“你再说一次？”她活得好？她在激怒他。

“真挺好。”她没时间跟他多说话，目光盯着拳击手的方向，转身要去追，齐骁一把扣住她胳膊：“南絮，你要是不走，我见你一次碰你一次。”

瞬间南絮脸上的颜色都变了，不知是臊的还是怒的。

“浑蛋。”

这时有脚步声传来，是两个人，她推开他："阿吉和莉亚来了，快走。"

南絮转身往另一边跑去，齐骁气得踹了一脚破旧的门板，嘎吱嘎吱的门板晃荡荡地掉了下来。

阿吉和莉亚追过来，路过时看到地上的枪和刀，再看到南絮时，见她无恙，稍稍放下心，毕竟是老板身边的人，不管出于哪一点，他们都不会让她出事。

"跑了。"南絮冲他俩说。

一共四路人马，另外三方势力到底为何人？南絮失败而归，等蔺闻修责罚。

蔺闻修一时没开口，似在想着什么，末了来了句："你少赚一百万，可惜了。"

第八章

线索出现

人跑了，蔺闻修未见怒意，想必他心里有数，或者，这个人他势在必得。

南絮从拳场回酒店的路上，一直在思考拳击手到底是什么人，为什么同时被几路人马追。

目前看来，不单是四路人马，还有一人——齐骁。

齐骁也在追那个人，她不会问蔺闻修，但如果有机会一定要向齐骁问清楚，不明不白的，她心里没底。

她像往常一样跟着蔺闻修，连续两日并没有见到齐骁。

蔺闻修没有要走的意思，这两日阿吉和莉亚神神秘秘好像有什么行动，时不时就不在。

她在想，他们会不会是去找拳击手的下落了。

齐骁确实也在找那个人，那是个非常重要的人。三个月前一场毒品交易被截获，当场缴获的枪支里，有一支来自是五年前丢失的那批军火，这人——正是那场交易势力范围内的核心人员——班猜。

毒品被缴获，人也被抓，小势力瞬间瓦解，只有班猜逃了出来，流窜到此地。他行动隐蔽，很难被发现。班猜出现在拳场，想必是生活所迫，没了经济来源出来打几场，结果场场胜利，风声就传了出来。

这风声传到了不止一处，而且明显有多方人马在寻找这人。齐骁抓不到，也不能让其他势力把人抓到。

齐骁找了两日，行动隐秘，翻遍能翻的地方，都没有班猜的踪影。而蔺闻修在找班猜，必定是与那批军火案有直接关系。

齐骁带着桑杰和一众手下到与蔺闻修合作的赌场，赌场管理者看到他，急忙上前："骁爷来了，今天玩两把吗？"

这间赌场规模不小，来玩的也不像平常小赌场上的那些混混，来这里的人非富即贵，穿得人模人样，其间谈笑风生、美女环绕。

齐骁向后伸出手，手下急忙递上一支雪茄给他点燃。

他没应声，目光环视赌场，经理狗腿地赔着笑，齐骁迈步径直上二楼。

二楼休息区，齐骁前倾着身子倚在围杆上，经理说："蔺先生也来了，在楼上。"

齐骁眉间露出愠色："不早说。"

"蔺先生手下说不要透露，骁爷和蔺先生都是老板，跟您说应该没问题。"

"算你识趣。"

他转身上楼，身后跟着四五个手下，三楼会场人极少，有几个大的包间供客人娱乐，蔺闻修的手下有几个人站在外面把守，见齐骁走来，打声招呼："骁爷。"

齐骁点头，推门进去。

蔺闻修坐在宽大的真皮沙发上，手边一杯红酒，手下正跟他小声汇报工作，见他进来，蔺闻修唇角微挑，齐骁直接过去，在他旁边不远处坐下："蔺兄来玩也不知会一声，自己多无趣。"

这间豪华包厢有两百平方米左右，齐骁的手搭在十几米长的沙发背上，余光瞟见南絮在另一边的角落里坐着。她穿着一身白色衣裤，长发披肩，看起来柔柔的十分温婉。

不过她那双警惕的眸子，正锐利地盯着所有人。

齐骁转头："玩两把？"

"玩什么？"

"比大小。"他说。

蔺闻修点头，手下便说出去叫荷官进来，蔺闻修摆了摆手："南南过来。"

南絮平日里与蔺闻修相处很坦然，只要碰上齐骁到场，她总怕他蛮干，也怕自己露了情绪。她整理情绪，起身迈步过来。

高跟鞋踩在柔软的地毯上，没有一丝声音，她的步子很轻，人到时，没半分响动。

她走向蔺闻修，余光里齐骁的目光在她身上划过，便错开眼睛，与蔺闻修说话。

"你来掷骰子。"蔺闻修对她说。

"我？"她对这东西一点儿概念都没有。

蔺闻修扬了扬下巴，示意她可以开始了。

南絮拿过骰盅，目光在面前的两个男人脸上流连，末了在手里摇晃，她没玩过但见过，只要不讲技巧，随便摇晃几下便放下。

他们采用最简单的玩法，三颗骰子，由她掷出，他们直接选择大小便可。

这种玩法快且输赢较大，只要掷骰子的人不是自己人，那输赢就难分胜负。

第一局，齐骁叫了小，那蔺闻修便选了大。

南絮开盅，三三一。

齐骁赢。

蔺闻修笑笑，让她继续。

第二局，齐骁依旧叫了小，蔺闻修还是大。

南絮摇晃几下，放下后开盅，四一六，大，这一局蔺闻修胜。

平局，两人也没拿钱，干玩？南絮不管这些，她掷了第三次，两个男人好像不需要分辨，齐骁一直选小，蔺闻修一直选大。

她刚要抬手时，蔺闻修从沙发上起身，径直来到她身后，她回头时，他已靠近她，她几乎被他半环在怀里，他的手握住她，手把手教她如何掷骰子。

南絮没敢去看齐骁的眼睛，她怕被他盯出一道窟窿来。

蔺闻修言传身教后，微微低下头，靠近她耳边："第一局一万块，第二局两万，第三局四万，依次递增，最后的结果你来计算。"

南絮抬眼看向他。她一边要听两人的说话，一边要掷骰盅，一边要分析，还要躲着根本躲不掉的目光，还要替他们计算赌资。

心累，她只好点头，继续掷骰盅，第三局，六二一，齐骁胜。

齐骁手里夹着雪茄，没抽几口，一边等她开盅，一边跟蔺闻修谈生意场上的事，偶尔夹着几句她听不懂的语言。

第七局，第八局……第十一局，十二局。

第十三局，六六六，南絮被自己掷出来的数字惊到了。

两人都没看向她掀起的骰盅，就听蔺闻修说："你也在找他。"

其实齐骁找班猜并没有什么理由，但蔺闻修就是知道他在找，多方势力，有他一席。齐骁也不惊讶于他知道，混在金三角，找一个毒品源头的人，必然有自己的理由。齐骁唇角挂着痞痞的笑："那就看，我和蔺兄谁先把人揪出来。"

两人虚与委蛇地笑了笑，然后像是发现新大陆，齐骁咂舌："南南，你这骰子，怕不是换过了，这么心疼蔺兄的钱。"

南絮应他话："骁爷，我没动过。"

蔺闻修拍拍齐骁的肩："多少？"

齐骁心里有数，但嘴上却说："我可没那心思记这个，南南算着呢。"

两人齐齐看向她，南絮被心里默算出来的数字吓到了，抿了抿唇瓣："蔺先生赢，如果我没算错，应该是四百七十四万。"

齐骁最初赢得多，但最后一局蔺闻修胜，且递增数目庞大，一局几千万，南絮的太阳穴突突跳着。

"输这么多。"齐骁嘴上说着，但表情上完全不在意，他笑着端起酒杯，"当送给南南的礼物。"

南絮想让他别乱说，但齐骁有自己的打算，当初南絮跟蔺闻修走，他便带着一肚子怒气，再碰面，目光盯着她，就是让蔺闻修看出来，他对南絮有想法，很明显的想法。这种想法是种玩味、不屑，又是撩拨，那目光像 X 光机一样，把她一寸不落地看得精光。

女人嘛，越难掌控的越念念不忘，何况还是个更呛口、更难啃的硬骨头。

齐骁让桑杰拿来支票，直接开出四百七十四万的数额，冲南絮招招手。

南絮站着不动，齐骁貌似有些怒意，目光冷了几分："还让我请你过来？"

蔺闻修轻挑唇角，冲她扬了扬下巴，示意她过去。

她走到齐骁身边，齐骁把支票举到她面前，她伸手去接，被他反握住："你值多少钱？"

南絮冷静开口："我值多少，骁爷不清楚吗？你当初拿我换多少。"

齐骁一听，爽朗大笑出来，手捏着她的手没松，转头对旁边人说："蔺兄，你把她养得小嘴开始反击了，南南这是不高兴了？"

南絮用力抽出被他捏着的手腕，他的力道捏得她手腕处红了一片，她没理会，直接走向蔺闻修，把支票递过去。

蔺闻修看着她的手，没接支票，倒是抬手轻轻覆上她的手腕，细细摩挲着泛红的那片肌肤。

南絮觉得手上火辣辣的，每次那两人玩心思，都会把她牵扯进来。南絮面上依旧淡漠，开口的声音也毫无起伏："这个我不能收。"

她说着，试图抽出被蔺闻修摩挲的手腕，却感觉手腕上的力道加重，腕骨生疼，就听他声音温和地说："不收，岂不是拂了骁爷面子？"

南絮第一次感觉到蔺闻修那不动声色的狠劲，紧抿着唇瓣，抬眼撞上齐骁微眯着的眼，她不知他是担忧还是生气，管不了那么多，只好说："那……南絮谢谢骁爷。"

蔺闻修似乎对她听话的表现很满意，轻轻捏了捏她的指尖，然后才松开。

南絮莫名多了一张支票，但这个她肯定不能收。回到酒店时，莉亚跟蔺闻修汇报，说发现拳击手踪迹要去查找，南絮想了下，问蔺闻修，她可否参与，因为她记得那人的身形，蔺闻修看向她，末了同意了。

南絮换了身便服，跟莉亚和阿吉一起出去，阿吉开着车，她跟莉亚坐在后座。开始莉亚对她有些敌意，她不清楚原因，后来才知道那日送她半路被狙击，任务失败，阿吉差一点受伤。她理解，她对他们来说只是个外人。接触一段时间后，莉亚看她的眼神才不再那样刺目。

车子行驶不到半个小时，在一处贫民窟停下，这是片杂乱的矮房，窄小的胡同里遍地狼藉，借着昏暗的灯光，三人小声快速前行。

来到一间院落时，三人同时一怔，里面传来打斗声。

三人同时破门而入，就见一个身影跳窗而逃，南絮和莉亚径直追了上去。

到一处路口，莉亚说："分头追。"

南絮从左边路包抄过去，那人跑得极快，没有路灯且被砖瓦遮盖的小巷里，漆黑一片，只能从声音辨别那人逃窜的方向。

南絮听到莉亚和阿吉在前面，此外还有另一方势力，就是刚才打斗的人也在追。

再往前跑去时，路口站着一个人，他手里夹着根烟，昏暗的窄巷里路灯接触不良地忽闪着，手里的打火枪"啪"的一声，火苗霎时蹿起，南絮脚步一顿。

对面的人向她走来，然后站在她面前，他嘴里叼着烟，直接抓过她的手，用力，非常用力地蹭着，像是要把之前她被人摸过的地方全部蹭掉。

她的手腕被他蹭得生疼："不能轻点吗？"

"他比我温柔。"

"幼稚。"

他靠近她耳边，小声说："班猜，与五年前那起军火案有关。"

南絮一听，点点头："明白了。"

"小心些。"他说。

他没再推她走，她很高兴。南絮追了出去，在拐角处回头看他一眼，他还站在那儿，烟火星星点点地闪着微弱的光。

南絮笑了下，转身消失在夜色中。

班猜被抓，不知是哪方势力，几人回去复命，蔺闻修没说话。

莉亚怕阿吉受罚，知道解释没有意义，但还是要解释，几方势力同时围捕班猜，他们很少失利，但此次碰上硬茬，对方不知什么来路，被抢先一步。

南絮和莉亚下楼，她看得出来，莉亚对阿吉的感情不一般。

他们做的工作是拿命在拼，谁也想不到明天会怎样，他们要做的，就是忠心于蔺闻修。

莉亚的房间跟她的相隔几间，她安慰莉亚："别担心。"

莉亚笑了下，有些尴尬："谢谢你刚才替阿吉说话。"

"蔺先生相信阿吉，即使我不说，他也不会被责罚。"

刷开房门南絮回到房间，开灯，顿时脚步一滞，窗边沙发上坐着的男人，嘴角正噙着笑看向她。

"你来干什么？不要命了。"她压低声音。

他起身，大步向她走来。

南絮觉得齐骁真是个疯子，他就这样大摇大摆地出现在这儿，楼上楼下布满蔺闻修的眼线，一不小心就被人发现。

何况就在与她相隔几个房间之处，还有蔺闻修的私人保镖——身手极好的莉亚。

南絮又羞又恼又担忧，抬手去挡他伸过来的手："疯子！"

齐骁反手扣住她的手腕，直接把人带进怀里，贴近她耳边："忘了我说的话，嗯？"

南絮被他炽热的气息烧得有些窘迫，眸光愠怒："别玩了，快离开。"

"去哪儿？"掌心扣住她的脸，捏得她那小嘴嘟嘟着，他低首，狠狠吻上她，南絮挣扎着，手推他，脚踢他，可他就死命地吻着她。

她太清楚他的习惯，每一次他亲她，都带着暴戾与凶猛。

狠戾的吻和手上的力道，让她的身体感受到细微的疼痛。

这时，门口传来敲门声，南絮周身猛然紧绷，齐骁咬着牙，骂了句。

她用力推他，他按着她的肩，一刻不停地进攻。

门外传来女人的声音："南絮，睡了吗？"

是莉亚，南絮大惊，转头恶狠狠地瞪着齐骁，而他像是不受任何影响，还冲她挑了挑眉。

"浑蛋。"南絮咬牙低骂他。

她越骂，他越用力，南絮反手掐着他的手臂，她越用力掐，他使的力道越重。门外又传来两下敲门声，声音不大，在寂静的深夜里尤为清晰。

"南絮。"莉亚小声叫她。

南絮周身紧绷，手狠狠地扣着墙壁，齐骁像是丝毫不受影响，还贴近她耳边笑着。

外面人等了会儿，不见开门，便离开了。

听到脚步声越行越远，南絮已是大汗淋漓，回首照着他的肩膀上咬去，她用了狠劲，齐骁大抽一口冷气，结果换来的是他更加肆无忌惮的动作。

南絮全身汗涔涔地被他抱进洗手间。

"浑蛋。"她骂他，他却笑。

"浑蛋。"她骂，他还在笑。

南絮缓了半晌："是你抓了班猜？"

齐骁点点头。

"问出什么了？"

这个时候她还有心思去想这些，看来他还是手下留情了。齐骁愤恨地抬手，扣住她的脑袋一把按到水里。

南絮猛地呛了口水，气得只想揍人，她低声咳着，他却在笑。

笑，笑，笑，欺负她好玩吗？

她拽着他，下了十分力气把他往水里按，齐骁也不挣脱，任她按，可手却不老实地在温热的水下划上她的腰……

南絮气道："浑蛋。"

齐骁"扑哧"一乐，伸手在她脑袋上揉搓两下："明天我会把人给蔺闻修送来。"

"给蔺闻修？为什么？"她不解，他抓到人肯定有他的用处，为什么会给势不两立的蔺闻修。

"我要他个人情。"他说。

“那批军火与蔺闻修有关吗？”渔夫跟她说，那批军火案与蔺闻修有关系，矛头都指向他，但没有确凿的证据，最终不了了之。蔺闻修身份太特殊，且行动非常隐蔽，国际刑警和军方都盯着他，却都无功而返。

齐骁把手中的毛巾扔到一边：“这个要你来告诉我，与他有没有关系。”

五年前那批军火消失，各方矛头都指向了蔺闻修，但没有拿到确凿证据，没人奈何得了他，且其中一支枪此时流出市面，南絮也是无从下手。蔺闻修这边风平浪静，毫无破绽，她觉得一个头两个大：“你和他较劲的时候，能不能不要每次都殃及我。”

齐骁在她唇上落下一吻：“走了。”

南絮拿起手边的毛巾照着他离开的身影砸过去，浑蛋，大浑蛋，坏痞，野蛮人……

次日，齐骁真的派人把班猜送来了。蔺闻修没有吃惊，因为昨晚，他便猜测到此人定是落入齐骁手里，阿吉和莉亚的身手他信得过，办事很少出差池，被齐骁截了人，不算丢人。

不过他在这件事情上，着实欠下齐骁一个人情。

南絮站在蔺闻修身后不远处，她盯着场地中央的一身破布衣衫的班猜，他双手被捆在身后，低着头，头发长度盖住眼睑，看不出他是否畏惧。他一声不吭，身上有伤，想必是被逼问过，定是齐骁动的手，齐骁问出什么了？

蔺闻修端坐在沙发上，态度温和，正常人完全没办法把他与万恶之人联系到一起。南絮也不想去分辨无意义之事，她要找的，就是他身上能被发现的漏洞。

他手里端着精致的茶杯，杯子里是刚刚沏泡的毛尖，他不喝咖啡，只喝红酒和茶。红酒必须是最好年份的，他能精准说出哪一年份的葡萄最适合酿制红酒，哪一年厂家并未生产。南絮看得出，他是个活得很精致的人，与齐骁又糙又冷痞的性子截然相反。

蔺闻修把杯子凑到唇边轻轻嗅了一口茶的香气，却没喝："不用我多问，你应该知道找你为的是什么，说吧。"

班猜抬起头，嘴角的血结成痂，眼尾眉骨已经青紫一片，看起来有些骇人。他被几方势力围攻，为的是什么他最清楚，为的是那批军火。

"苗伦。"他自知死扛无效，落到任何人手里，都讨不到好。不是万不得已，他不可能出来打拳，却不想掉以轻心，这么快就被盯上，那次交易，死的死，被抓的被抓，帮派解散，他再顽抗也毫无意义。

蔺闻修没开口，班猜继续说："苗伦这两年有些名堂，金三角的人基本都知道他。"

金三角的人，蔺闻修无奈一笑，淡淡开口："他的军火来源在哪儿？"

班猜摇头："都是一些走私货，哪国的都有，我们不问出处，不哑火就行。"

蔺闻修没再问话，知道这些已经足够，摆了摆手，阿吉走上前拎起班猜带下去，具体带到哪儿，南絮只明白一点，肯定不会放人就是了。

蔺闻修嗅着茶的香气，突然笑着说了句："又被齐骁抢先一步。"

南絮不知道他这话是否是说给她听的，齐骁确实抢先一步，先抓了班猜，他的势力又来自金三角，想要找上这个苗伦，也得是齐骁了。

她没说话，只是安静地站在一侧。

而齐骁，此时已经离开了——他回到金三角，找苗伦。

他带着手下驱车五六个小时，才回到自己的地界。

他让桑杰去查苗伦，想办法联络上他，以买军火的名义，而蔺闻修这边，也已经动身前往金三角，即使知道晚了齐骁一步。

齐骁回到自己的院落，玉恩见到多日不见的齐骁很是高兴，见骁爷脸上有着不同往日的愉悦之色，她也很开心。

桑杰没回来，玉恩问齐骁：“骁爷，桑杰哥哥呢？”

齐骁脚步停了下，转头看着小丫头：“哟，回来第一句话就是问桑杰，想他了？”

玉恩被齐骁调侃得脸颊通红，眼底的光闪闪烁烁，露出少女的心思被戳穿时的窘迫：“骁爷，你不要开玩笑。”

“他去办点事，晚些能回来。”

“哦。”她低着头，脸颊红扑扑的。

齐骁“扑哧”一乐，迈步上楼。

推开自己房间的门，金刚看到他，立马扑棱着翅膀，呱呱叫着“骁爷，骁爷”来欢迎他回来。

齐骁走过去，用手指去碰金刚的爪子：“啧，教你多少遍，叫爸爸，听到没。”

“南南，南南……”金刚只会叫这两个名字，一个是骁爷，一个是南南，后来玉恩想教它说其他的话，被齐骁阻止了，说不用教了，嫌它烦。

玉恩以为是真的，不过每次看到金刚叫南南的时候，骁爷都会高兴。她又不傻，骁爷总拿她当小孩子，她快二十岁了好吧，才没那么笨。

虽然叫南南会让齐骁心情舒畅，但他还是锲而不舍地教这俩字——爸爸。

金刚扑棱着翅膀，呱呱叫了两声，听不出什么东西。

“就会呱呱乱叫。”他恶狠狠道，指尖戳着金刚的脑袋，“叫爸爸。”

“南南，南南。”每次感觉到威胁，它叫南南都会有好吃的，金刚学聪明了。

齐骁眼底有笑，拿着谷粒放在掌心，摊开在金刚面前，金刚看见吃的，用尖嘴巴去啄，齐骁也不觉得疼，还笑着夸它：“金刚真乖。”

他知道，蔺闻修一定会来金三角找苗伦，苗伦势力兴起得很快，但他相信，他背后一定有一个更加隐藏的势力，那批军火流失，市面不可能只出现那一支，他手上还有多少，来路是哪里？

他算着时间，蔺闻修晚上应该会到。

他喂完金刚坐在椅子上，从兜里拿出支烟点燃，狠吸一口，脑子里想着事，目光却落在通体雪白的金刚身上。

他眸光一亮，眼底顿时出现浓浓笑意。

傍晚出发时，齐骁拎着装金刚的笼子上车。

桑杰不解，骁爷带金刚出去干什么？

南絮半年前离开金三角，再回到这里，感觉有些微妙。当时拼死拼活逃离，此时自动走进这人间地狱。

蔺闻修来找苗伦，这个人与她要查的那批军火有关，她拿捏不准蔺闻修的态度，他不信她，却偏偏带着她，他到底在想什么？南絮明白齐骁的担忧，因为她自己也感觉到了，她想要什么，都在蔺闻修那精明的头脑里。

她只能谨慎地迈出每一步，谨慎说每一句话，加倍谨慎地留在他身边。

到达金三角已是傍晚，落日余晖把建筑物的影子拉得细长，街边有站街的人，看到好车就伸出手，妖娆地摆弄着身姿。枯瘦的瘾君子，弓着背，瘦得眼眶全凹陷下去。

有些是曾经走过的街道，还路过一间齐骁手下的赌场。齐骁，不知他找没找到苗伦，是否打探到可用消息。

齐骁派人找到了苗伦，约在苗伦的地方见面。

苗伦行事隐蔽，生存在这儿的每个人，背后都有无数双眼睛，被无数支冷枪对准，想活命，必须谨慎，特别是那把枪流落出去之后。

齐骁带着手下来时，苗伦正在西郊隐蔽的山里窝着，他从仓库出来，迎向他："骁爷，有段时间没见，你可是做了大生意。"

"什么生意都缺你手里那玩意儿。"

苗伦嘿嘿一笑："来个套餐？"

齐骁嘴角一挑："看看你还有什么宝贝。"

苗伦跟齐骁合作多次，要是换了旁人，苗伦绝对不见。那支枪出事后，他就听到风声，虽然没什么人知道那批货是他送出去的，但保不准被抓的人吐出货源，他自然就暴露了，只好隐藏起来。

齐骁跟着苗伦进到仓库里面，仓库一百多平方米，枪支弹药摆在木头搭的板子上，罗列整齐有序，重型武器也有几枚，苗伦这两年一直倒卖军火，却不想，其中有我方正在找的那批。

齐骁随意拿起一支最老的五四，笑了笑：“这东西你还当宝贝。”

“什么都有，给你看看新的。”

齐骁刚要再拿一支，苗伦就说：“那些都是拼装的，骁爷你里面请。”

他跟着苗伦往里走，目光落在一处，走过去，从墙上拿下那支枪，这枪他摸过很多次，是我方的配置。

“哪儿搞的，以前没见过。”

苗伦一看，急忙从他手里拿走枪扔到一边：“半年前弄来的。”

“怎么还宝贝上了，不让碰？”

“不是，哎，不提这个。”

“被盯上了？”

苗伦猛然看向他：“骁爷，你怎么知道的？”

“没有不透风的墙。”

“你敢要？”

“我有什么不敢？”

也对，齐骁是谁，金三角势力都对他闻风丧胆。苗伦骂了句：“哎，真点背。”

“来路不明，你正撞枪口上，活该。”齐骁冷笑，但话却是向着他苗伦的，苗伦听得出来。

“那东西哪儿来的？”他漫不经心地随口一问。

苗伦看着齐骁，瞳孔暗闪了下，眸光变得精明，眼神毒辣：“骁爷，你是来看货，还是要问来路？”

齐骁拍了拍苗伦的肩膀：“防备心别这么强。”

“别怪我把话说前头，我们合作归合作，我的事你别插手，别怪兄弟不讲情面。”

“呵。”他冷笑了下，“你手头上的货没人敢买吧，不问清来路，谁敢买你的货，安生日子过腻歪了？”

苗伦心里也不踏实，但齐骁又直接挑明很直率，不像有阴谋，可他知道手里这批货，留着早晚要出事：“你要多少？”

“五百支，还有几只重型武器。”

“这么多，这是准备大干一场？”

“重整部队罢了，碰上硬茬总要磕一磕，最近不安生啊。”齐骁刚要去摸烟，想想这地方，就把手抄到兜里放着，目光环视四周。

“军方的你敢要吗？”苗伦对齐骁还是放心的，合作多次且他在金三角的名声不错，他信得过。

“哪国？”

苗伦用手比了个方向，齐骁明白这个手势意指哪国，他摇了摇头。

“这……”苗伦没那么多货。

“给你两天时间，货不到兄弟可就找其他卖家了。”

想跟齐骁合作的比比皆是，他如果能拿下这一笔大生意，紧张的资金流就能得到回转，可他又不敢轻举妄动。

“如果你不行，就给我牵个线，钱你肯定不会少赚，我急用。”

苗伦还在犹豫。

“信不过我？”齐骁说完，转身便走。

苗伦在身后追了上来："骁爷，我哪是不信你，我牵线倒是可以，这批货数量太大，一般卖家是拿不出来的。"

"你拿不出来，有人拿得出来。我是看在合作多次的分上，给你赚钱的机会，这次不成，那下次再找机会吧。"他说完，带着手下往院外走。

苗伦跟在他身后，桑杰把车门打开，齐骁上车，苗伦按着车门："骁爷，你……要不这样，我明天给你消息。"

"行。"

"那批你真不要？价格好说，不出金三角，绝对安全。"

"再说吧，明天等你消息。"

齐骁坐车离开，金刚在旁边发出咕咕的声音。

"骁爷，骁爷……"金刚叫了两声。

齐骁伸手去碰了碰金刚的羽毛，解决廖爷，还要解决岩吉，还有那个隐藏在苗伦背后的军火贩。

手下汇报，傍晚时岩吉和道陀又火并上了，这次是道陀先挑起的，直接派人去炸岩吉的车，岩吉受了轻伤，道陀的人也没吃到好果子。

廖爷跟他通过电话，但电话里并未提起这件事。

齐骁捏了捏眉心，疲惫感袭来，他在等，等苗伦的消息。

他没有十足把握，如果生擒苗伦，也不见得会问出什么来，而且他不会那样大动干戈，容易暴露自己。

他只要稳妥地与那边人接洽，蔺闻修，齐骁轻抿着唇瓣，他也在找苗伦，他对这批军火的心急程度，应该比他还急。

齐骁走后，苗伦跟心腹商量这件事，最大的问题就是，齐骁信不信得过。

说白了，金三角齐骁的名声在外，除了那几方老大，其他人谁见了不叫上一声骁爷。他混金三角多年，替廖爷打天下，治理赌场，又扩大规模，多少人向他伸出橄榄枝，给多少他也不为所动。

信不信得过，苗伦有疑云，但在心底，还是信他的。

商量之后，苗伦开车出来，找了个有信号的地方，拨通上家的电话。

蔺闻修已到达酒店，派手下去探风声，南絮坐在房间里，如果他不叫她，她就始终保持沉默，甚至在刻意隐匿自己的存在感。

这间酒店正是她与齐骁最后一次分别的那间，当地最豪华的顶级酒店，楼上的套房是整座酒店的最高配置。蔺闻修上次来也住这间，从窗边望去，城市最繁华的夜景尽收眼底。

“看什么呢？”蔺闻修从卧室出来，就见南絮站在窗边看外面。

“随便看看。”她说。

蔺闻修走近看着窗外，夜景真称不上好，但在此地，已是最繁华之处。

“出去转过吗？”

她摇头。

“要去吗？”他忽然问她。

南絮怔了下，摇头：“不安全。”

蔺闻修笑了出来：“哪儿都不安全，你看这玻璃，如果有一支枪在对面，一颗子弹，我们俩就得死一个。”

南絮觉得他挺看淡生死的，记得第一次见到他，那枪是冲着他来的，他脸色都没变一下。

“你说这儿有狙击手吗？”她问他。

“没有。”他说。

“为什么？”她不解为何他如此肯定。

“如果有，我应该已经死了。”他眼底有笑，像是在逗她一样。

南絮也笑了：“你说得有道理。”其实进门前，阿吉他们已经在外围布好防控，每一个点都精准地探测过。

“你看那边挺热闹的。”他扬了扬下巴，指着远处一片灯火辉煌的区域。

南絮也看到那边，目测在两千米开外，灯火通明，人头攒动，但看不清那里是什么，只瞧得出很热闹的样子。

“莉亚，你过来看看。”蔺闻修叫着身后不远处的保镖。

莉亚走近些，拿着望远镜往那边看，然后说：“是夜市，吃吃喝喝的摊位，人很多。”

蔺闻修点点头，然后突然说道：“阿吉和阿杰出去探消息，估计今晚见不到人，走吧，我们出去转转。”

逛夜市，南絮面部肌肉抽搐了下，蔺闻修真不怕死？

“蔺先生，不安全。”莉亚阻止他。

蔺闻修越过莉亚往门口走去，转身回头叫南絮：“别愣着，走。”

南絮只好上前，蔺闻修抬手从莉亚腰间抽出枪，放到南絮手里：“以后你也配一支备着吧。”

她接过枪，别在腰间，用外面的薄衫挡住。

蔺闻修的三个保镖，加上南絮，一行五人乘电梯下来。

十一月的夜晚已经充满了凉意，南絮跟在蔺闻修身后，她穿得不多，白日光照充足，夜里就冷了下来。她抱臂跟在身后，其余几个保镖警惕地盯着四周。

蔺闻修余光瞟见南絮，末了把外套脱了下来，直接披在她身上，南絮一怔，抬眼看向他：“我……我不用。”

“穿着吧。”他说。

齐骁嘴角噙笑，一路上逗着金刚，不知南絮见到金刚会不会开心，她一定会吃惊，然后又装得风平浪静，她凡事都隐忍。

车子停稳，他拎着装金刚的笼子正要下车，就看到不远处的这一幕，笑意渐渐凝滞，咬上后槽牙，眼底似笑非笑。

这里的夜生活还算丰富，路边摆着各色摊位，最多的是烧烤。

南絮跟在蔺闻修旁边，穿行于夜市中，他明显与此地格格不入，精致的衬衫白得发光，在橙黄的灯光下晃人眼，招来无数侧目。

有些老板不停招手，蔺闻修看着摊位上的食物，指了一家，让大家坐。

莉亚一直很谨慎，但老板要出来，她只能提高万分警觉。几人在中间一家摊位边上坐下，南絮坐在蔺闻修左手边，正对烧烤摊的老板。

阿林点完东西回来，除了蔺闻修，南絮知道即使在这样平庸的夜市中，所有人也都在警觉四周。

很快美女老板拿着烤熟的食物过来，然后冲她笑了下，说了句她听不懂的话。

南絮微怔，蔺闻修说：“她说你是美女。”

大家吃东西，南絮吃了几口，吃得不多，蔺闻修突然对她说：“放松，你一直绷着情绪不累吗？”

他太精明，什么都逃不过他的眼睛，南絮自知跟他玩心思自己段位太低，只好扯出一抹不尴不尬的笑。

“我担心蔺先生的安危。”

蔺闻修“嗯”了一声，南絮笑笑没说话。

她手里拿着钢质的叉子，叉了一块烤熟的羊腿肉，送到嘴里细细嚼着。南絮的目光有意无意地落在他的侧脸上，他到底是个什么人，她自己要被搞晕了。恶吗？也许是。善吗？也不像。

蔺闻修又毫无破绽，南絮觉得自己已经快要贴身二十四小时跟在他身边，居然一点儿可疑迹象都没有发现，现在只能等齐骁找到苗伦，从那人身上下手。

没过多久，阿吉和阿杰回来了，他们与莉亚通过电话，直奔这边。

阿吉在空位上坐下，一时没开口，蔺闻修让大家吃东西，莉亚有些着急，问他：“怎么样了？”

“回去说。”

蔺闻修手里拿着叉子划着羊腿上的佐料：“说吧。”

南絮低着头，但她感觉到阿吉瞟了她一眼，就这一眼，她便知道，阿吉是防着她。她放下叉子：“我去转转。”

“坐下。”蔺闻修开口，声音里透着不容抗拒。

她轻抿着唇瓣，又落回到椅子上。

阿吉见状，开口说：“骁爷找到人了，这两天会与苗伦的上家碰面。”

他的声音不大，嘈杂的夜市里，不仔细听根本听不清他在说什么，何况他说的是中文，这里大多数人听不懂。

南絮心下一惊，齐骁被阿吉盯上了，如果蔺闻修抢先一步，或是暗中使计，他有可能见不到苗伦的上家，就查不到那批军火的来源。

但此时，蔺闻修明显是有意让她听到这个消息。她要怎么办？

她漫不经心地嚼着切成两厘米左右四四方方的烤牛肉粒，她联络不上齐骁，如果不通知他，他的计划有可能泡汤；告诉他，蔺闻修定会怀疑她。

她低着头，眉间微蹙，突然面前的碟子上出现几块羊腿肉，蔺闻修细白而修长的手指进入她的眼底。

她抬首看向他，他依旧挂着温和的笑。

“谢谢。”她说。

他没说话，同时也错开了目光同阿吉交谈。

南絮余光瞟向别处，突然看到一个鬼鬼祟祟的男人经过，那人袖口处有一抹锃亮的光闪，南絮不做多想，身子瞬间扑压向蔺闻修，手里的叉子直接飞了出去，正中那人手背。

只听男人一声尖叫，莉亚和阿吉已经追了出去。

南絮要起身时，才发现整个身子都压在蔺闻修身上，两人离得很近很近，能清晰地感觉到对方的呼吸，他的手，正扣着她的腰，另一只手扶着桌子，稳住两人身形。

她急忙从他身边错开，拔腿跑过去。

莉亚和阿吉的身影消失在拐角处，南絮顺着胡同追过去，她知道有阿吉和莉亚在不用过于担心。

很快，看到阿吉拎着那个鬼鬼祟祟的男人回来，那人的血顺着手背往下流，淌了一路。

蔺闻修和手下已经往回走，路过胡同时，也没多话，直接往酒店方向走去。

回到酒店，那人被按到地上，阿吉一脚踩在他背上，让他招话。

可这人咬着牙，什么也不说。

蔺闻修看起来很不高兴，沉着脸，他很少有这样的情绪。平日碰到再多袭击，也只是笑笑，说句无妨，好像狙击的目标不是他一样。但今天，他确实生气了。

“好好一顿饭给搅和了。”他突然来了这么一句。

南絮盯着地上人的目光瞬间落在蔺闻修脸上，他居然只是因为吃饭被搅和才生气的？

“说吧，你想怎么死？”蔺闻修的声音褪去温和，却也听不出太多情绪，他说出这几个字，就像问你，你今晚想吃些什么一样平静。

这是她第一次见到他开口要去解决一个人的性命，是不是再有人触碰他的逆鳞，他便会露出更多破绽？

那人突然尖叫出来，南絮转头看过去，发现阿吉踩在那人流血的手背上，用力地碾压着，估计这手是废了。

那人痛苦地抱着手在地上打滚，然后说了句缅甸语，南絮听不懂太多，但是她在金三角一个多月，这个名字她再熟悉不过——道陀。

那人又说了一通，全都招了。这次的目标不是蔺闻修，而是南絮。

蔺闻修的脸色沉了下来，是鲜少有的狠戾，他突然冷笑出来：“阿吉，明天约廖爷见面。”

次日一早，南絮跟着蔺闻修，坐在他车上，向某一处驶去，她不清楚目的，但也猜得出八分，不是与齐骁有关，就是与廖爷有关。

果然，这次来的地方是廖爷的地盘，而蔺闻修敢只带着五个手下出现在廖爷势力范围内，胆子着实够大，或者，他有这个能力与实力，即使在金三角也没人敢动他半分。

廖爷坐在大厅里，笑着站起来。

蔺闻修走过去，两人握手，廖爷让了座，两人闲叙些有的没的。有些话她听不懂，但看起来两人相谈甚欢，不过南絮知道，这都是露着虚假表面的千年老狐狸。

“廖爷，此次前来，确实有一事。”蔺闻修招了招手，阿吉出去，打开吉普车的后备厢，从里面拎出一个男人，这人走路踉踉跄跄，浑身上下到处是血迹。

廖爷大概猜到是何事，难道有人找蔺闻修麻烦？不应该啊，哪个不长眼的敢惹事。

“蔺先生，这是何意？”

蔺闻修伸出手，环上南絮的腰，把人带到身边：“廖爷，道爷的人冲我的人下手，害得南南差一点受伤，我怎么也要讨个说法吧。”

他环着她的腰，把她几乎是半搂在怀里，这样的姿势明显是在告诉廖爷：南南是我的女人，你的人敢动她，跟动我一样。

廖爷一听，再仔细去看地上受伤的人，抄起手边的茶杯，照着那人砸过去。

茶杯精准地砸在那人脑袋上，瞬间额头上滴出血来。

“你是道陀的人？”廖爷恶狠狠地问。

那人不说话，血顺着额头流过眼睑。

“说。”廖爷手中的拐杖狠狠戳向地面。

那人没说话，却点了点头。

“把道陀给我找来。”廖爷发话，手下麻利地跑出去。

道陀的住所与廖爷相隔不远，十分钟不到，就见一辆车停在院内，车门打开，道陀拄着单拐，一瘸一拐地走进来。

廖爷指着地上的男人："道陀，你派去的？"

道陀装作不知此事："我派什么了，没有。"他不傻，矢口否认。

"这人说是你手下。"廖爷怒火攻心，多次警告道陀别惹蔺闻修，他却偏偏不听，非要动手对付那个女人。他也有气，但蔺闻修找上门来，他也不好过于袒护道陀。

"我手下，我怎么不认识？"他走过去，用拐杖在那人身上碰了碰，"你认识我吗？"

那人抬眼，见道陀阴狠的目光，顿时吓得浑身发抖："不是，不认识，我什么也不知道。"

"看吧，跟我有什么关系。"道陀一瘸一拐地走向廖爷右手边下方第一位，叉着双腿，大大咧咧地坐下。

廖爷一扬手："拉出去。"

"等等。"蔺闻修开口，"我带来的人，还是由我来处置比较好。"

廖爷一听："蔺先生，金三角势力范围内，我们敌家众多，这次不知又是哪方来挑拨我们之间的关系，别因为这事伤了我们的友谊。"

蔺闻修冲阿吉使了个眼色，很快车上又带下一个二十多岁的男人，那人进来后，道陀的眼睛立马变得阴狠，这人是他手下，经常跟他一起出入各种场合。

这是阿吉连夜抓来的，威逼利诱，反水道陀。

这人出来做证，事情明了，道陀气得抽出枪，直接打在那人胸口。

这时，门外突然传来车声，很快有人进门，是齐骁。

齐骁听到手下来报，说蔺闻修带着南絮一众人去找廖爷，具体事情不清楚，他不放心，快速赶过来，没等进门就听到枪声。

看到有人倒地，蔺闻修的手正环在南絮腰间，他看向廖爷：“蔺兄来了，这什么情况？”

见齐骁也来了，廖爷心底重重叹气，这个道陀，自从出事后，越来越疯狂，做事一点儿也不带脑子。

蔺闻修嘴角噙着冷冷的笑：“廖爷，骁爷与我合作很愉快，我也敬重廖爷。合作是双赢，为的是钱，可道爷对我的女人动手，这不就是在打我的脸吗？”

这一句话，齐骁就听明白了，道陀这疯子又对南絮下手了，齐骁没表现出什么，在旁边坐下：“蔺兄，会不会搞错了，咱们合作愉快，道爷怎么会对南南下手？”

“要不，你去问问那个快要断气的人。”他语气平静，还带着一丝调侃的笑意。齐骁看着地上奄奄一息的人，这人是道陀的手下，他见过无数次。

齐骁咂了下舌，看向廖爷，表示他也无能为力。

“廖爷，我尊敬您，但尊重是相互的，不能因为此事伤了和气，对吧？”蔺闻修先抑后扬，把难题推向廖爷。

廖爷此时虽然恨道陀惹是生非，但也不想真的解决他，他再不济也是独当一面的干将。

蔺闻修来讨说法，这面子给也得给，不给也得给，廖爷混金三角多年，一切都是拼出来的，讲的是胆识和能力，对合作伙伴必须讲义气，道陀先出手他控制不了，事没办成让人找上门就是他自己蠢。

廖爷拿起枪，照着道陀的腿上，“砰”的就是一枪。

道陀惨烈的尖叫声响彻整座房屋，惊得四周人纷纷躲远，唯恐被殃及。

这一枪，给足了蔺闻修面子。南絮看向齐骁，昨晚她得到的消息，该怎么传给他?

“廖爷，这一枪，有点重了。”这句话，所有人都知道，客套罢了。

廖爷脸色也不好看，自己的义子，自己亲手打一枪，恨，恨道陀不长心，恨自己此时要与蔺闻修合作打开封闭在金三角的势力。等他可以顺利把产业挪出金三角，再对付蔺闻修也不迟。

每个人都有自己的打算，蔺闻修精明着呢，他笑了下："道爷受了这么严重的伤，廖爷，蔺某不便久留，先行告辞。"

两人客套几句，蔺闻修带着手下走了出去。

齐骁感觉到南絮有话要跟他说，他跟廖爷说了几句，便走向即将上车的蔺闻修："蔺兄，这事吧，兄弟有责任没尽到地主之谊，午饭我来做东，给你赔个不是。"

“骁爷，我们之间不用客气。”

“餐厅就在你楼上，一顿饭的事，给兄弟个薄面。”

话说到此处，蔺闻修点点头："骁爷前面请。"

一行几辆车从廖爷处出来，廖爷已经让人去找医生，医生是他的手下，多次处理重伤，这点事不在话下。

道陀恶狠狠地骂着，廖爷站在他旁边，叹了口气："别怪我，下次做事谨慎点，找几个顶事的，你看看派去的那几个废物，一个南絮都对付不了，更何况她还在蔺闻修身边。"

道陀疼得说不出话，咬着牙，恨意越来越浓。

齐骁订的是他们酒店楼上的餐厅，吃的是西餐，席间讲些客套话，骂几句道陀。蔺闻修笑得精明。他知道齐骁的心思，一是稳住他；二是齐骁本身就跟道陀不对盘；三是他也有自己的打算。

南絮惦记昨晚的事，齐骁跟蔺闻修一直在喝酒，她跟蔺闻修说要离开一下，便走到走廊的窗边透气。

站了会儿，她又走向洗手间，出来时，就见齐骁在旁边抽烟。

他冲她挑眉，眼底含着笑，上前直接把她推进洗手间，他把她搂在怀里："要说什么？"

她小声贴在他耳边："阿吉盯上你了，知道你要跟苗伦的上家见面。"

"他们的下一步计划我不知道，你盯着苗伦，别被他们截断，他们甚至有可能直接把苗伦抓来，咱们线索就断了。"

突然门外传来脚步声，两人同时警觉，齐骁推着她进了一间隔间，随手落上锁。

这时洗手间的门被推开，是莉亚的声音，正跟外面的阿吉说话。

两人屏息，她抬眼看他，他低着头冲她笑。

他掐她脸，她瞪他，用唇形告诉他，别闹。

莉亚就在外面，她都紧张死了。

他挑眉，猛地在她唇上啄了一口。

几分钟后莉亚出去了，南絮才长舒一口气，齐骁小声说："下次别冒险。"

"他有意让我听到这个消息，定是在试探我，你想办法解决。"

"我知道怎么处理，你自己小心。"

蔺闻修有意让南絮听到，他就不能改变行动计划，否则南絮就会暴露。他只需拿出相应对策，阿吉的速度着实够快，短短半天已查出他要通过苗伦找他上家。

还有，道陀不能留了。

次日，齐骁按约定，与苗伦在外面碰面。苗伦带着手下，两辆车，齐骁也是两辆车跟在他后方。

他坐在后座，目光盯着他处，阿吉应该已经跟上他了，他派人盯着苗伦，没有丝毫风吹草动，那么蔺闻修的想法他便明了，利用他直接找到苗伦上家，这是最为简洁的途径。

想坐收渔翁之利，蔺闻修想得一手好计。齐骁嘴角噙着不咸不淡的笑，架着长腿，悠闲地听着车内播放的音乐。桑杰跟在他身边之后，也习惯给他放些中文歌，他还是喜欢这样的音乐，听着熟悉的语言和旋律，就像那些年，他在国内的惬意时光。

几年过去，他几乎快要忘记自己原来的生活是什么样，父母见不到，连通电话都不敢打，有时夜里睡不着，想着当时他说自己被部队开除时，母亲的伤心和父亲的失望。

他故意惹恼父母，大吵一架，从家里出来，这一走就是五年。

他在父母眼里，是个逃兵，失望的眼神和话语，都出自滴着心尖血的亲人。他愧对父母，但他无愧于天地。他不知道自己会为这份事业奋斗多少年，也许，一辈子吧。

车子行驶在蜿蜒的山路上，再经过笔直的大道，大道四处无遮挡，一眼望向后方，几千米外是否有车辆经过，都尽收眼底。

他让桑杰放慢车速，没过一会儿，后方出现一辆普通皮卡车，他打电话给苗伦，让他停车。

苗伦停车后，下车走向他：“骁爷，怎么停车了？”

齐骁从兜里拿出一支烟递给他，自己也点了一支，一个车里，一个车外，两人抽着烟。他没开口，苗伦谨慎地盯着后方的车，那车速度不快，时速三十千米左右。

“有人？”苗伦说着，手已经摸在腰间。

齐骁面上平静无波，推开车门下来：“走，撒泡尿去。”

苗伦一时不解，但目露凶光盯着后方的车，齐骁抬手搭在他肩上：“走啊。”

苗伦刚要吩咐手下警戒，被齐骁拽开：“屁大的事。”

没过一会儿，那辆车驶了过来，一点点越过停下的几辆车，阿吉把自己化装成当地运输工人的模样，脸上抹得黑漆漆的，看着几辆车旁，每个人都端着枪，只好把车正常驶向前方。

齐骁和苗伦从坡下上来，他叼着烟，信步走向苗伦的车，手在车尾下摸着，环了一周后，摸到一个指甲盖大小的亮片。

苗伦骂了句，又指责手下废物，被人在车上安了追踪器都没警觉，这要是谁背后给他一枪，他是不是早死了。

手下只能认骂，确实没人发现有人靠近这车。

齐骁让苗伦坐他的车，手下的人和他的人挤一挤，一共三辆车够用了。他让自己的得力部下去开苗伦那辆车，车速每小时六七十千米就好，开到指定的某一处，把车交给那里的管事便可。

苗伦见齐骁如此警觉，又替他安排后续，原本对齐骁还存在警惕，此时更加确定俩人是一条道上的。

他们的车在下山时拐向另一边，行车时间长达四个多小时，终于到达苗伦上家的地盘。

阿吉知道齐骁谨慎，担心自己不好隐藏，所以做了两手准备，人没跟上，莉亚那边的追踪器派上用场，他按指定地点跟过去，只看到苗伦的车停在那儿，是一间修理厂，工人已经把车架起来，准备维修。

阿吉急忙去摸追踪器，还在原位。他急忙回话，说跟丢了。

莉亚跟蔺闻修汇报消息，南絮站在远处，耳尖地听着她的声音，但辨别不出说的是什么，心一直提着，生怕齐骁那边出事。

齐骁终于见到了苗伦的上家，一位中年男子，身材微胖，啤酒肚，头发半长垂过下颌，笑容像尊大佛，这人名叫泰格。

泰格带着齐骁去看仓库里的军火，他的仓库比苗伦的大出三四倍，重型武器也有几十架。大军火贩子，国际刑警的案头上都有他一笔。

“骁爷，想要多少，想要什么，我这儿全能满足你。”泰格嗓音粗哑，之前受过伤，声带受损，还能看到脖子下面的伤疤。

“RPG 火箭筒、迫击炮。”

泰格咂了咂舌，一时有些犹豫。

“没有？”齐骁开口。

泰格看向苗伦。

齐骁说：“钱不是问题，只要有好货。”

“跟我来。”既然是苗伦信任之人，泰格也希望促成交易。

齐骁跟他向里走，里面摆着一排排迫击炮和火箭筒。齐骁的目光巡视过去，似漫不经心地挑选满意的货，他一步步走过，然后拎起一个火箭筒：“这个还不错。”

“俄罗斯货。”泰格手下给他介绍。

齐骁把玩了会儿，放下，向前面走了一些，又拎起一个："这个够新。"

"型号不新，但东西绝对是好东西。"他比了个手势，齐骁早看出，这就是他要找的那批货。

"不要。"齐骁把东西一放，转头看其他的。

苗伦知道这批货是半年前泰格进的，一进就是大批量，现在买家一听是军方的货，谁也不要。"骁爷，只要不出金三角，这货绝对没问题，而且真的是好东西。"

"那也不要。"齐骁斩钉截铁道。

苗伦看向泰格，他们在电话里商量过，苗伦对齐骁了解，他的势力范围不出金三角，这次要的货也是大批量，正好符合他们手上的货源，两人说好，争取把这批堆了大半年的货出手给齐骁，否则压着，资金链也是一大问题。

泰格笑着说："骁爷，做事这么谨慎？"

"不谨慎哪能活到现在，咱们做的可都是刀尖上舔血的生意。"他挑眉一笑，眼底的光精明睿智。

泰格点头："真不考虑吗？价格好说。"

"价格再好说，被盯上也是玩命。"齐骁盯向其他武器，心里盘算，从他进门没一会儿，泰格和苗伦就打算让他消化掉他们积压的货，这次他们定会想尽办法磕下他做成交易。

齐骁点了一批货，让人从车上把钱提来，说这些是定金，货齐后一手交货一手交钱。

这一大批货出手，泰格狠赚一笔，心下高兴得很，就吩咐手下备酒菜，跟骁爷痛快喝一场。

泰格酒量大，齐骁也没少喝，但他心底清明，这些年酒量越练越大，不说千杯不醉，但也时刻保持头脑清醒。

泰格见齐骁毫无保留地跟他喝酒，一边喝一边聊着闲话，然后苗伦提到最近听闻岩吉对廖爷势力下手，齐骁就借话往下说。

“重新配置武器，就是为了这事。一个小崽子胆敢惦记起廖爷的生意。”

“听说岩吉前段时间也进了一大批军火。”苗伦说。

“跟谁交易的？”

“蝎子。”苗伦说。

齐骁冷笑了下，从桌上拿出根烟点上，身子向后靠去，长腿展开，一派悠然。“岩吉现在也就敢动动道陀，俩人杠上了，因为上次失利的毒品案。这事你不也被牵连，上次交易搞得人心惶恐，这小半年，咱们这地界，哪见过一次大动静。这俩人窝里横，没出息的东西。”

泰格说：“骁爷，武器我这儿有的是，你想要什么，以后说一声，有好的我也给你留着。”

齐骁点头，佯装微醺，伸手搭在泰格肩上：“泰爷，不是我说你，那批货现在真不是时候，等风头过了，老弟给你收了。”

泰格喝得满脸通红，眼睛笑得眯成一条缝：“骁爷，那货绝对是好东西。”

“好东西我现在也不要，我想过几天安生日子，被盯上谁也没好果子吃。”齐骁狠吸了口烟，然后笑了出来，“我齐骁没怕过谁，咱们在这道上混，就得讲些规矩，不能碰的不碰，该谨慎的时候必须谨慎。”

通过短短半天的交流，泰格发觉齐骁头脑敏捷，条理清晰，胆大却细心，这样的人，值得深交。

“骁爷，我交了你这个朋友。”他说着，给齐骁面前的杯子满了酒，齐骁端起，手劲很大地撞向泰格的杯子，杯子晃动，酒洒了出来，两人哈哈一笑，一饮而尽。

酒过三巡，夕阳西下，齐骁带走几样武器，剩下的等他电话再约时间一起交易。

齐骁坐在车后座，桑杰开车，苗伦在他旁边，他拍了拍苗伦的肩膀：“放心，以后跟泰格交易，都少不了你那份。”

“骁爷，讲义气。”

“咱们合作多次，兄弟我什么时候差过事。”齐骁把车窗落下来，夜晚的冷风吹进，酒气散了些，脑子更加清明。

这件事不能急，跟泰格搭上线，慢慢才能套出话，一次不行就两次。这批军火泰格是从他上家进的货，以泰格的背景，他的上家多半会是个大人物。此地不归华方管辖，且泰格有军方背景，如果好动，早就被端了。

回到自己的地盘，齐骁直接到了廖爷住处，昨日的事，廖爷心头窝着火，道陀那个不长眼的东西，此时正在家养伤，哪怕见齐骁来，瘳爷脸上也没好颜色。

“岩吉最近惹事，我进了一批军火，准备给军队配置上，道陀那边用不用换一批？以前的家伙太烂，只能小打小闹。而且岩吉前段时间刚从蝎子那儿买了一批武器。”

廖爷一听：“岩吉几次挑衅，齐骁，你说说你的想法。”

“岩吉只是对道陀那边动手，想必是因为上次交易失败记恨道陀，要么谈，要么处理。”

“你有把握吗？”

“我？”齐骁只说了一个字。因为这是道陀的事，廖爷一直清楚，势力范围内，互不干涉，这事理应由道陀去办。

“道陀现在这个样子……”廖爷叹了一口气。

齐骁摇头：“廖爷，此事交给我，不合适。”

廖爷没说话，示意他继续。

“这是道陀的心头刺，这根刺，应该由他自己拔。”

廖爷点头，齐骁此话在理，想必道陀也不想让齐骁插手，而他也不想让齐骁功高盖主，这才一直设法打压他，又让他为自己赚钱。

“道陀这边生意越来越难做，这半年金三角都没有大动作，他要换一批武器，也需要资金。你淮清的几间场子，给他如何？”

明着是商量，实则只是吩咐。

齐骁一时没说话，廖爷也没开口，两人心里明镜一般。

齐骁脸色不好看，但也无法反驳：“那几间赌场进账不错，给道陀让他好好打理。”

廖爷满意地笑了笑：“你现在主抓外面的生意，多结交人脉，等一切妥当，你就可以放手大胆自己做。”

他应了一声：“我去看看道陀。”

“去吧，把这事跟他说一下。”

齐骁去找道陀，道陀正躺在床上，嘴里骂骂咧咧，没一句好听的话。

齐骁把来意跟他说明。道陀早想弄死岩吉，几次挑衅又派人攻击他，窝了一肚子的火，想彻彻底底发泄出去，廖爷把赌场给他要来，一是打压齐骁，二是给他钱让他帮忙放手大干。

岩吉进了一批武器，想必有一部分是冲着他来的，那么他必须立即准备应对，不得半分拖拉。他把这件事交给齐骁，让他帮忙进一批武器，又挤出假笑，说怎么好意思收他那几间赌场。齐骁心里冷笑，嘴上却说："都是廖爷的生意，谁打理都一样。"

他会从泰格那给道陀进一批武器，会收一小部分他出不了手的积压货，泰格就会更加信任他，后面的事就更加好办。

以岩吉的狠劲和手段，道陀根本不是他的对手。不过谁生谁死他不管，都是狗咬狗，真火并起来，损失都不会小。

一举三得，齐骁要的就是这个。

阿吉低垂着头，近来几次任务失败，都折在齐骁手里，他没有任何理由，也无法辩解。

蔺闻修站在窗边，傍晚时分，夜市又亮起通明的光，在这片萧条的景色里，只有那处彰显着仅有的生机和繁荣。

这里是金三角，他在琢磨一个人——齐骁！

南絮站在不远处，此次失利，虽然没人说什么，但偶尔向她扫射过来的目光，每一束都带着猜忌和警示。

按阿吉所述，齐骁的对应计策做得滴水不漏，很难怀疑他是刻意为之，但再合理的对策，在这风云翻涌的地方，都不存在单纯的合理性。

齐骁是故意的，所有人都知道南絮不可信，只不过没有证据罢了。

所有人都保持沉默，过了许久，莉亚见蔺先生一直不开口，很是担心阿吉，怕他受到严重责罚，她说："蔺先生，跟踪不上，那就把苗伦抓来。”

阿吉说：“抓苗伦不是最佳之策，他的上家定不是普通军火贩，我们不能贸然行事。”

“骁爷已经跟苗伦上家碰面，我们晚了一步。”

“骁爷。”另一个保镖阿威着重地提到了这两个字。

大家把目光转向南絮，南絮不在他们其中，站得远远的，但这些紧迫的目光她没办法忽视。她看向众人，对面投射过来的每一道目光都有着明确的含义。

她是最有机会接近齐骁的，因此没有人会相信她。

“南絮，你是蔺先生的人，是否该为蔺先生办事？”莉亚说。

“计算机方面，我是行家。”她淡淡回道。

“我指的是什么你明白。”莉亚的想法所有人都有过，他们不信南絮，想让她拿出有力证据证明她与他们一条心，但蔺先生在想什么，大家猜测不到，蔺先生不让动她，还留着她，到底是为何？

“你们怀疑我？”

没人说话，但每一道目光都充斥着对她的不信任。

蔺闻修摆了摆手，示意大家别再纠结此事，他让所有人出去，却叫住了南絮。

南絮站在那儿，看着他向她走近。

他单手抄兜，右手指尖捏着她的下巴，抬起她的脸，他低首，四目相对，他眼底有着一丝玩味：“你对齐骁不一般。”

蔺闻修早看出南絮和齐骁之间明争之下暗涌的情绪，这两个人有点意思。

他的呼吸很近，近得他的唇快要贴上她的鼻尖，他眼底依旧温和，毫无怒意，但她就是感觉到，他平静的眸子里隐藏着汹涌的波涛。

她屏息着，开口："他救过我。"

"英雄救美女。"他唇角噙着笑，别有深意。

"骁爷救过我，蔺先生您也救过我，我感恩于你们的出手相救。"

他指腹轻轻抚上她的下唇："懂得感恩，是个懂事的人。"

蔺闻修什么也没说，但她知道蔺闻修对她从未有过信任，只是她摸不准他为什么把一个不信任的人留在身边，她对他，一定有用，具体用途是什么，她一时猜不到。

次日下午，阿威盯着齐骁的车向这边驶来，报告给蔺闻修，没过一会儿，齐骁上来了。

他进门，就见屋子里气氛压抑，蔺闻修倒和往常一样，不见半分愠色。

南絮见齐骁来了，就往大厅最远的角落处走去，齐骁跟蔺闻修说话的同时，盯着南絮的方向，玩味道："蔺兄，我发现南南总是躲着我。"

"她一直这样，喜欢静罢了。"

"也对，以前南南跟在我身边，也是这样安静。"他这话说得像极了吃醋的男人。

蔺闻修笑笑，他不清楚齐骁是真吃醋，还是假吃醋。总之，齐骁这个人，让他想要更深地挖掘他的底细。

他的声音不小，南絮听得到，何况她几乎竖起耳朵去听他们两人的谈话，从中判断出自己的下一步对策。

齐骁像是老友一般，毫无保留地说自己进了批武器。最近不太平，赛拉倒台，上来一位他的得力部下岩吉，这人惦记廖爷的生意，最近不能太过照顾生意，要麻烦蔺兄多费心。

蔺闻修自然不会去问苗伦的事，心照不宣地越过这个话题。

按以往，齐骁不会停留超过半小时，南絮算着时间，走过来跟蔺闻修说，要回下自己房间，一会儿再回来。

蔺闻修点点头，同意她离开。

齐骁的目光盯着南絮的背影出门，他总觉得南絮今天有一些反常，很像刻意做出一些事。而且他也担心阿吉失利之后，把火苗引到她身上。

齐骁喝了最后一杯酒，起身告辞。

他出门后，几个保镖目光交汇，然后快速按计划行动，两人出去，其他人走到里面，打开监听器。

南絮往自己房间走，速度不慢，但也不快，她猜测，齐骁不出意外会跟来。果然，她下了电梯后，走到自己房间门口刷开门，就耳尖地听到电梯响声，然后脚步声出现。

她回头，齐骁嘴角噙着笑，冲她挑眉。

耳机里，阿威与莉亚对话，小声说：“骁爷是去找南絮了。”

莉亚说：“就知道他们有问题。”

“你那边仔细监听。”

“好。”

南絮看着齐骁走近，她想了想，像往常一样开口道：“骁爷。”

齐骁刚要抬手，被她躲开：“抱歉，骁爷有事吗？”

齐骁咂舌，一把钳住她的手臂把人扯近：“怎么，跟了蔺兄，见我就躲？”

“没有。”她说，声音一贯的淡漠清冷，不卑不亢。

齐骁的手顺着她的手臂上划，钩起她垂在侧肩的一缕发丝，攥在手里把玩，南絮转身快速向左侧走去，齐骁上前一步，直接把她按在墙上，紧紧地压制住：“跟爷玩欲擒故纵？”

“骁爷，我现在是蔺先生的手下。”

“拿蔺兄压我，呵。”他冷笑，抬脚踢开房门，直接把人推了进去。

门“砰”的一声关上，齐骁的表情瞬间变成一抹柔和，南絮冲他摇头，使了个眼色，齐骁立马明白过来。

他抬手过来，南絮急忙挡住，声音起伏不大，但也能听得出语气中的不悦：“骁爷，你非要这样动手吗？”

齐骁撇撇嘴，一拳打在旁边的门板上，力道大得震得门框都跟着颤。南絮闷哼一声：“我谢谢你曾经救过我，我现在……”

“你给我闭嘴。”齐骁说着，一把压住她，她的腿绊上旁边的瓷器摆件，哗啦一声，传来瓷器碎裂的声音。

他把她的外套拽下来，她嘴上说着：“骁爷，你救我一命，我感恩于你，希望你别把我对你的所有感激消磨掉。”

他把外套扔到一边，伸手去摸她的腰，她转了一圈，什么也没有。

再往下，裤子，鞋子，后来在裤子兜的最里边，发现一个极小的不易被察觉的监听器。

他手还故意摸着，嘴角噙着笑，南絮瞪她，可嘴角却忍不住上扬，用唇形告诉他，你个浑蛋。

他贴在她耳边，做出亲密的姿态，她推他，他进，她躲，两人发出大打出手的声音，砰砰声不绝于耳。

突然，齐骁从腰间拔出枪，咔的一声上膛声传来，南絮耸肩，嘴上说着：“骁爷，我感谢当初你把我从迪卡那儿救下来，也谢谢你没为难过我。可现在，至于这样吗？”

“呵，我喜欢这样。”

他说着，枪从她腰间划上手臂，再划到颈间，南絮说：“骁爷，子弹不长眼。”

齐骁凑近她，在她唇上亲了一下，几乎没有声音，她拿手戳着他肩膀，用唇形告诉他，这个时候还闹她。

他亲了一下，又亲了一下，唇贴着她的唇瓣，细细研磨。她屏息，生怕自己露出破绽被发现。

“别板着脸，你也知道，子弹不长眼。”

“骁爷，威胁对我没有用，你要是想，就一枪打死我，解了你的怒气，南絮这命是你和蔺先生救的，谁要拿去我都不会眨眼，但你可否对我留有一丝尊重？”

“爷睡过的女人，现在跟了别的男人，南南，你让爷这气，往哪儿撒。”他说着，身子紧紧地压着她。

南絮愤恨咬牙，这个坏痞。

齐骁像突然反应过来一样，咂了下舌：“啧，南南今天怎么突然离开蔺兄，平日你不是寸步不离吗？”

“我也有自己的空间。”南絮掐着他的手，示意他手别太放肆。

“我还以为，你要向我暗示什么，爷自作多情了？”

南絮一时没说话，似在思考着什么。

“不说话，脑子里在想什么，苗伦吗？”他呵呵冷笑，“南南要问，也许我一高兴就告诉你了。”

而监听器另一边，当听到“苗伦”俩字的时候，所有人都竖起了耳朵。

南絮不可能顺着他说，齐骁更不可能告诉她，如果她问，那就证明她是故意的：“骁爷，你当我是三岁小孩子？”

“三岁小孩子可没你那脑子，跟爷玩心思，嗯？找上蔺兄就从我手上跑了，南絮，你说这笔账，要怎么算？”

“你想怎样？”她声音冷了几分，比平日里的淡漠语气多出几分寒意。

“想怎样，你不是最清楚吗？”

“骁爷，您不怕丢了命？”她的身手，想要在床上弄死他，也不见得是件难事。

“牡丹花下死，做鬼也风流。”他猛然吻上她，这次是真的吻。

“唔……”南絮被他猝不及防地深吻，控制不住地发出声音，但这也是齐骁想要的，故意让对方听到，南絮也配合着，伴随着推搡的声音源源不断地传出去。

喘息声，打斗声，撞到东西的砰砰声，枪口对上她时，南絮微喘着气：“骁爷，把枪拿开。”

齐骁眼底尽是笑意，她脸颊红红的，让人特别想咬一口。

他抓住她的手，一把按向她身下：“枪上膛了。”

南絮气得想揍人，这个时候他居然来真的，她用眼神警告他，他也不放手，她抬脚去踢他，齐骁反手扣住她的肩直接从后背抱住她，唇在她脸颊上亲了一下。

她回肘击向他下颌，齐骁搂紧她的腰，在她耳边用极小的声音，小得不能再小的声音说:“真想吃了你。”

南絮心底一软，回身捧起他的脸，目光望进他深邃的眸子里，她轻轻在他唇上印下一吻，她冲他笑，眼底一片温柔。

而监听器的另一边，几个人屏息着仔细分辨对面的声音，从监听到的对话和声音判断，两人之前的关系不言而喻，但此时的状况并不友好。监听器是莉亚偷偷放在南絮身上的，监听器非常小非常隐蔽，不是有意检查根本发现不了。

藺闻修的保镖并非普通保镖那样有勇无谋，对于此事他们也将信将疑，如果是做戏给他们看，那么南絮的存在绝对是枚炸弹。但按常态分析，齐骁与南絮之间的关系所有人都清楚，当初南絮离开时，齐骁一身怒气，差点一枪要了南絮的命。此时再回来，他看南絮的眼神带着不屑和玩味，刚刚的对话又充满了男人对于女人的占有欲。

所有人眼观鼻，鼻观心，一脸茫然，却也不会放松警惕。

南絮知道，即使今日她跟齐骁这场戏码演得滴水不漏，也不可能打消他们的猜忌，她只能加倍小心，谨慎行事。

齐骁去找苗伦，为了道陀那批武器。他表明可以替泰格收一部分积压的武器，说两日后一起去提货。苗伦高兴得合不上嘴，有钱赚，还替泰格出了一些没人敢要的军火，他介绍给泰格的人，果然给了他十足的面子。

他更加相信齐骁，而泰格自然也高兴。

交货地点还是在泰格的地盘，齐骁让人谨慎地检查车辆，以及带的人必须是自己的亲信，否则被人跟踪上，交易只能取消，后续也不能再跟苗伦合作。交易军火，必须做到万无一失，安全为主。

苗伦明白他的担心，他自然也加倍警惕，手下二十四小时不间歇地把守，生怕出一点儿纰漏。

齐骁知道阿吉定会在交易时跟踪他，所有人都明白，苗伦只是个中间商，他的上家才有大料可套，搞了苗伦没有用，还会打草惊蛇。

他抽时间去了道陀那边，道陀躺在床上，那条废腿上缠着厚厚的纱布，廖爷还是心疼道陀的，没往他那条好腿上开枪。

“明天去收货，你去不去？”

道陀指了指自己这条腿：“去不了，你替我办了吧。”

“钱呢？”他知道道陀不可能去，这情况他下地都困难。

“你那儿不是有吗？替我垫上。”

“淮清的几间赌场给了你，钱不缺，一码归一码，你出钱，我帮你跑一趟。”

道陀没好气地白了眼齐骁：“晚上让人给你送过去。”

“行，那货到后我直接给你送这儿，还是送那边？”

“那边。”

那边，指的是毒品窝，道陀手下的武装都在那儿。齐骁很少去，去了就恨不得炸了那些坑害人的毒品。

齐骁从道陀这儿出来，又去跟廖爷把事情讲了一遍，廖爷说事情交给他，他没什么不放心的，让他放手去办。

齐骁让南絮加倍小心蔺闻修手下的人，只要他不出现，所有事都在心里记下，连渔夫都不可报告，她身上指不定随时都被安了窃听器。南絮很聪明，做事也谨慎，齐骁放心。

明白一切都是工作，放心归放心，作为一个男人，自己的女人在敌方阵营潜伏，他心里还真别扭。

他用班猜换取蔺闻修一个人情，还想用苗伦再换一次，两次人情，他想把南絮要过来，但眼下的情形，这个计划只能打消。

南絮跟他说了，蔺闻修那边着实不清楚苗伦的上家，而且他并不准备抓苗伦，那么现在已确定，蔺闻修跟他们一样，是要揪出这批军火背后的真正卖家。

蔺闻修与那批军火如果有关，他可以直接杀了苗伦，不需要派人跟踪，齐骁这边的线索断了，他不是更安全？所以这件事，是个谜团，只能有待商议。

她明白他的担心，但哪里不危险，齐骁更是危机四伏，比她危险百倍。

齐骁跟苗伦去泰格那里交易的当天，一行几辆车，包括搭着绿篷布的两辆大卡车。他们天刚放亮时就出发了，视野并不好，但到了宽敞大道上，天已经大亮，一眼望去，后方空空如也。

那日碰面的短暂时间里，南絮又提醒他莉亚的电子设备齐全，定有小型飞行追踪器，让他万分小心。她手上没设备，一直跟在蔺闻修身边出不去，根本没办法实施飞行器信号的拦截。

齐骁让人把车停下，他下了车，倚着车旁边抽烟，苗伦跑过来："骁爷，有情况？"

他吸了口烟，抬头望着天空："今天这天，真蓝。"

苗伦可不傻，齐骁不可能真的在说天气好，他盯着天空，晨光刺得他眼睛直流泪："骁爷，有什么不妥吗？"

“谨慎点好。”

苗伦让手下警戒：“天上地下前后左右，必须时刻紧盯着，就是天上飞过一只鸟也给老子打下来。”

手下应声，端起手里的枪对准四周。

齐骁没看到飞行器，也许是莉亚没用，或者是南絮想到办法拦截了。

停留几分钟，确定没有异常，才让车子继续前行。

到达泰格地盘，是上午九点多，泰格穿着军绿色外套，挺着啤酒肚从屋子里出来，迎接齐骁。

没多闲谈，直接到仓库去提货，齐骁只收了他那批武器中的七十多支，价格多少都好说，但不能多要，一点点来。

泰格十分高兴，出了一批，后续慢慢出，早晚这批货能出手，此时便更加信任齐骁。

手下点货，齐骁跟泰格坐在一边喝着小酒，一个多小时，货点清后，两人也是相谈甚欢。

齐骁邀请泰格到他的地盘做客，一定好生款待，廖爷产业是什么都有，包他满意。泰格除非必要，很少出去，外面不安全，盯着他的人也多，他说有机会一定去找骁爷喝酒。

中午，几辆车从泰格的地盘出发，这一趟还算太平，没出现任何风吹草动。

南絮没有设备无法进行飞行追踪器的拦截，她的手机是经过自己加密处理的，没有人能监测到她的信号，即使莉亚技术过硬，跟南絮也没法相提并论。

南絮找机会给渔夫发信息，把拦截信号发过去，莉亚的飞行器就跟踪失败了，否则齐骁这次也很难摆脱精密的电子仪器的追踪。

齐骁回来时一路通畅，没出现任何异常，他先押着一批货送到道陀的窝点，道陀手下出来接货，齐骁点了根烟，凶狠的目光盯着厂房里边，咬着烟嘴，忍吧。

回到自己地界已是傍晚时分，玉恩看到他们回来，很高兴地小跑出去，先叫了声骁爷，然后看向桑杰，脸上带着一丝羞怯。

齐骁嘴角噙着笑，也不知道这俩人啥时候在一起的，他给了桑杰一个眼神，示意他可以去腻歪一会儿，桑杰晒得黝黑的脸上浮出赧然之色。

玉恩也不好意思，转头往里走，给齐骁准备晚饭。

齐骁上楼后，先逗了会儿金刚，那日带它出去，本想让南絮高兴高兴，却不想被藺闻修搅了情绪，扫兴。

他跟南絮从不联络，不管出于哪一点，即使再隐蔽，也不会私下联络。

金刚每次叫南南的时候，齐骁都很高兴。玉恩上楼送晚餐时，看到齐骁高兴地逗着金刚玩，目光却盯着外面，好像是迪卡那个方向。迪卡消失后，那边的生意暂时由娜嘉管理，这个女人就是迪卡的情人，一直替他管理销金窟的事，现在成为正式管理人，更牛气了，而且手段肯定会更加残忍。

玉恩有时会想，同为女人，为什么要这样坑害女人。

齐骁随意扒了几口饭，毫无食欲，担心南絮，又盘算着岩吉和道陀什么时候能火并上，道陀此时重伤，估计也要十天半月才会行动吧。

道陀的性子，可沉不住气。

他站在走廊看到后面大树下的长椅上，玉恩跟桑杰两人正在说话，小姑娘脸上的笑特别明朗又带着羞怯，桑杰去拉玉恩的手，她有些紧张，但还是让他握住手放在掌心里。

他和南絮，好像从来没有这样牵过手，每一次碰面都是匆匆而过。齐骁眼底有笑，却不自觉发出轻而又轻的叹息声。

这对他，太过奢侈。

南絮这边，莉亚说追踪器没追踪到齐骁，暂时又查不出任何情况。其实她有心让南絮去查，南絮曾是军方高级 IT 工程师，破解了难住他们好久的国际顶级黑客的“不见”，可她又不相信南絮，只能打消此念头。

次日上午，齐骁让手下把武器配备发下去，傍晚出来，赴苗伦的约。

苗伦订了餐厅包间，两人碰面时天已经黑了下来。

苗伦一杯杯地喝酒，他的酒量比不上泰格，一瓶白酒下肚，说话时舌根就有些发硬了。

齐骁跟他喝得一样多，酒精没有不上头的，但他还是保持着清醒和理智。包间外传来女人的歌声和男人的笑声，一片歌舞升平，而包间里的人，谈的却是军火。

“我跟泰格做了两年生意，都没这次痛快，骁爷，你这件事做得太给兄弟面子了，兄弟再敬你一杯。”

齐骁端起酒杯，嘴里还叼着根烟，吐出的字有些囫囵：“叫我一声兄弟，以后就别跟我提谢字。”

苗伦哈哈一笑：“骁爷，我让人给你准备两样好东西，当作礼物。”

齐骁猜测，八成是武器：“什么好东西？”

“东西是好东西，看到后别说不要。”

齐骁挑眉：“那边的货？”

苗伦点头。

齐骁咂舌：“我给你收这些，是给道爷手下配备上，最近他那边不太平，你给我，我用不上。”

“不出金三角，保你安全，放心吧兄弟。”苗伦的手搭在齐骁肩上，两人贴得很近，像是说悄悄话。

齐骁找准时机：“那货哪儿来的？泰格是不是有上家，肯定更厉害。”

苗伦毫无防备地点点头：“跟他合作的，八成都有背景，说不定他们内部出现了问题，这事不稀奇。”

齐骁点点头，听到“内部”这俩字，他太清楚其中的含义了。

酒过三巡，苗伦被手下扶着才走出酒店的门，齐骁倚在车旁，笑他酒量不行，苗伦说下次再喝。

齐骁坐上车，桑杰问他去哪儿，他说：“去酒店吧，头痛，想睡觉。”

齐骁所到的酒店，就是南絮所住的那家，他没碰到南絮，也不打算去找蔺闻修，直接开了间房进去。

但南絮却看到了他，是通过监控。

南絮隐秘地进入酒店监控程序，可以第一时间看到蔺闻修手下的动向，也可以实时看到是否有人在外面监视她的行动。

蔺闻修手下进进出出，也算常态，并未出现异常。

她在想齐骁来这儿做什么，目光一直盯着手机屏幕，没过几分钟，突然见齐骁所住的房间门打开，他快步跑出去，神态焦急。南絮不知道他去做什么，但一定是发生了什么事。

齐骁接到手下电话，说苗伦遇袭，所有人都死了。

他到了现场，看到倒在血泊里的苗伦手下，他往前去找苗伦，看到被炸得稀烂的车旁边，苗伦躺在那儿。

桑杰走过去，低头探了探苗伦的呼吸，回头冲他摇摇头。

苗伦死了，谁下的手？这件事对他来讲绝对有弊无利。

这时，突然有冷枪射向他，齐骁身子一躲，小腿处有子弹擦过，桑杰眼疾手快向子弹方向射击。

他和桑杰只有两个人，对方却在暗处放冷枪。桑杰看到齐骁腿上受伤，忙问：“严重吗？”

齐骁摇头：“先把位置找出来。”

两人以车身做遮挡，用手里的枪快速回击对方，他的枪子弹打空，就捡起旁边苗伦的枪，几分钟，打空一支枪后刚捡起另一支，就看到有人从高处跌落。他回头，看到一个身影贴着墙正向这边跑来。

南絮站在稍远的暗处，这样容易分辨出对方的位置，她快速解决掉两个暗杀者，这时齐骁也已经站起来一边开枪一边跟她会合。他受伤了？南絮快步向他跑去，左手环在他腰间，右手持枪，架着他：“快走。”

齐骁突然乐了出来：“想爷了？”

“闭嘴。”这个时候还开玩笑。

三人从胡同撤离，桑杰在路边拦了辆车，报了地址。南絮一直担心齐骁的伤势，他倒好，完全不受影响，目光盯着外面又时不时落在她脸上。

车子拐了几个弯，到达一处偏僻的院落，桑杰下车直接去推门，里面人听到开门声，屋子里亮起了灯，很快一个男人披着灰白的外套出来，开口刚不耐烦地说了什么，然后见到是齐骁，急忙迎上。

来到里间，南絮扶着齐骁坐在医用床上。医生是个中年男子，戴着厚底的眼镜，他的话南絮听不太清楚，拿来东西后，她掀开齐骁左腿的裤脚。

大片血迹渗出来，小腿处模糊一片，南絮紧锁着眉头，双手紧捏在一起，齐骁管桑杰要了支烟：“南絮，你转过去。”

“我什么没见过。”她不转，就盯着伤处。子弹擦着腿边扫过，黑血模糊了被弹药穿过的表皮。

医生做清创处理，黑血被冲掉，流出鲜红的血液，缝合，包扎，南絮目不转睛地全程看进眼底。齐骁抽了两根烟，什么也没说。

疼，可他没时间去想疼的事，是谁杀了苗伦，又对他进行攻击？

金三角到处都是敌人，每个人都有无数对家。他狠吸一口烟。只缝合了几针，医生交代他注意伤口，虽然此次伤得较轻，但也不能忽视。

医生过来，给他端来一大杯水，齐骁扔了烟，把水喝光。

腿上还麻着，齐骁坐在床边看向桑杰和南絮。

他冲南絮挑眉，玩味道：“还说对爷没有情。”

南絮淡淡道：“骁爷救过我，当我还你个人情。”

“就这样？”

“以后不相欠，希望骁爷能放过南絮。”

齐骁冲桑杰使了个眼色，桑杰出去后，回手把里间处理室的门关上。

屋子里只剩两人，齐骁伸手把她拽到身边：“别板个脸，让我看看，小脸笑一个。”

绷紧的情绪让她周身僵直着，脊背沁出一层冷汗，她重重叹息一声，抬手抚上他的额头，细细地替他擦拭汗珠：“疼吧。”

“又不是生缝，不疼啊。”齐骁捏着她的脸颊，“没事。你怎么知道的？是不是他出手了？”

她把自己进入酒店监控系统的事跟他简明扼要地说了一遍，然后说：“他那边没有任何行动，我总怀疑，他其实跟你一样，要找出那个人。”

齐骁点点头：“如果他要杀苗伦早就杀了，不至于留到今天才动手。苗伦刚对我卸下戒备，再多两次，说不定就能套出些什么。可惜这个时候被人杀了。”蔺闻修到底要做什么？苗伦的意思是泰格的上家有可能与内部有关，这里水太深，难摸得很。

“齐骁，你答应我，以后凡事都要小心，不要让自己再受伤了。”

南絮眼底蕴着浓浓的疼惜，吐出的字带着轻微的颤抖。他看着她的眼睛，平日里冷淡的眸子流露出鲜有的不安情绪。他用大掌扣住她的头，轻轻吻上她的唇。

他的吻很温柔，第一次这样温柔，温柔得像潺潺流水划过心间，没有任何欲望，只是单纯地想要去呵护她，心里记挂着她，用这样一个吻，吻去她心底的不安，告诉她，他很好。

南絮不能多做停留，几次提醒他注意腿上的伤口，不要不当回事。

“这点小伤算不上什么。”他拍了拍她的小脑袋，“小心行事。”

南絮拿出手机，给他看监控图像，走廊、大厅、蔺闻修所处的房间走廊，包括她房间的走廊，还有其他几人，都显示在画面上。

见她处理妥当，他才放心让她离开。

南絮出来，桑杰站在窗边，两人点点头，她便匆匆离开。

桑杰进来，见齐骁脸色比刚才苍白了许多，知道疼痛劲上来了：“骁爷，我让人去查，除了苗伦和他手下的尸体，其他人都不见踪迹。”

“动作真快。”查不出人，他下一步只能靠泰格，不过泰格可不像苗伦那样容易套话。

阿威和莉亚站在南絮门口，莉亚敲门：“南絮，睡了吗？”

此时是后半夜近三点钟，正常人已经睡下，莉亚再敲门：“南絮。”

她继续敲，可屋子里毫无动静。

南絮走到酒店后门口，正要溜进去，就看到手机上显示来电，是莉亚。

她急忙打开手机监控，画面立马呈现出莉亚和阿威站在她房间门口，南絮暗叫不好，后半夜三点多，居然来敲门，是不是他们也知道苗伦出事了，或是，她行迹暴露？

莉亚小声跟阿威说：“跟踪器显示她的位置确实是在室内，但也不能保证南絮换了其他衣服离开。”

阿威点头：“再敲门。”

南絮贴着墙壁走到正门，忽明忽暗的灯光闪着微弱昏黄的光亮，肃杀的街道毫无人烟，有酒店人员在门口值班，这个时间他们也已昏昏欲睡，毫无精神。

她盯着手机，怎么办？怎么办？

莉亚继续敲门，声音越来越大：“南絮。”

几分钟后，阿威和她互视一眼：“没人？”

莉亚点点头：“没人。”

两人确定，南絮不在房间内。

阿威抬脚照着门板狠踹一脚，门板嗡嗡作响，在寂静的深夜里格外震撼。

莉亚直接从腰间拔出枪，准备要射门锁时，突然门开了，南絮穿着睡衣，赤着脚踩在地毯上，目光带着深睡时被吵醒的疲惫：“你们？！”

门外，莉亚的枪对着她，阿威刚抬起踹门的脚差一点踹空，身子一个趔趄撞在门框上。

“这么晚，有事吗？”她的声音不大，却能清晰听出她字眼里的清冷。

“我一直在敲门。”莉亚说，但枪却没收。

“最近睡眠不好，我吃了有助睡眠的药。”她说着，双手拢了拢睡衣，“出什么事了吗？”

莉亚和阿威对视一眼，末了摇摇头：“没事。”

“说吧，这么晚来找我，不可能没事。”她不想跟他们打哑谜，都是明白人，玩这路子显得她太刻意。

“苗伦死了。”

南絮猛然抬眼：“死了？！”

“一个小时前，就在前面不远。”

南絮抿了抿唇，轻轻叹息一声：“需要我做什么？”

“查监控。”

南絮心底暗暗捏了把汗，监控如果能查出来，必定会看到她跟齐骁两人，酒店监控她在回来的路上已经做过处理，但外面的，她还没来得及。

南絮知道莉亚就是故意让她去做，那把枪在她身后，她没机会跑，也跑不了。

“你也能做得到。”她说。

“没你技术高。”

“一个监控而已。”

“走吧。”

南絮只好出来，她来到莉亚的房间，五个保镖已经到了三个，另两个在蔺闻修门口保护着。

南絮坐下后，打开莉亚的电脑，然后切入程序，她在祈祷，那片区域没监控或者监控坏掉。

进入道路监控程序，再找寻这条街道，一帧帧画面掠过显示屏，莉亚说要调最精准的时间和位置。

所有人都屏息着，可惜，这条繁华的街道上监控没有坏掉，画面显示苗伦的车驶过，然后被枪袭击，还有迫击炮打在车上，子弹扫射，苗伦几乎没有还击余力就倒下了。

再往后的画面，南絮感觉到自己怦怦的心跳声，枪就抵在她身后，面对三个一等一的高手，她逃不出去。

直到这一片段播放结束，有警察过来，却没有齐骁和她出现的画面，监控被衔接得连时间都精准得毫无疑点。

这是谁做的？

莉亚放下枪：“确实找不出可疑人，都在暗处，查不到。”

阿威点头：“明天去警方那边问问。”

阿吉起身走了，莉亚拍了拍南絮的肩：“谢谢，这么晚来叫醒你。”

“没关系，如果有需要随时叫我。”

“我打你手机了。”莉亚说。

“抱歉，我手机到夜里调成振动。”

“下次最好还是保证正常联络。”

南絮点头：“我回去了。”

南絮回到房间，门一关，身子紧靠着门板，长长地舒了一口气，太险了。

她住的房间在五楼，她从五楼消防通道爬到外面，勉强蹿到自己房间窗边，好在她没锁窗户，否则……南絮把柜子里刚刚换下的衣服整理好，又去冲了个澡，才倒在床上。

谁做的？如果她猜测得没错，不出意外，是齐骁。

确实是齐骁做的，南絮走后，他躲开桑杰，给渔夫打了电话，让他派人立刻把那段监控做了处理，又告诉渔夫苗伦已死的消息，眼下这条线只有泰格。

苗伦死了的消息已经传开，泰格也已经听说，没人查到是谁下的手，他打电话给齐骁，说的却是以后合作直接找他。

齐骁在电话里痛骂，说跟苗兄刚刚喝完酒就出了这种事，他也心痛，一定想办法把人揪出来。

泰格信不信他，齐骁都要把面上工作做到位，不过以后合作的事，泰格主动不主动无所谓，他会主动，近日他要与泰格碰上一面。

苗伦已死，藺闻修所掌握的线索彻底断了，抓来苗伦的几个手下，没一个顶事的，那些跟苗伦办事的人昨晚一起被端了。

南絮以为齐骁受伤会养上两天，毕竟伤处在腿上，他居然第二天就来了。

他走路时完全看不出昨晚伤得血肉模糊。南絮知道他硬撑着，她也管不了，没办法，这都是为了工作，拿命换取情报，拿命换一方平安。

蔺闻修没想到齐骁会来："莉亚，拿酒给骁爷。"

齐骁来找蔺闻修，其一是看南絮是否平安，看到人安安全全站在那儿，他就放心了。再者，他找蔺闻修，也与泰格有关。

"蔺兄，查到谁下的手了吗？"他直接明了地问。

"很隐蔽，查不到。"蔺闻修没喝酒，而是喝的茶。

"你也查不到？蔺兄，我一直觉得你的信息网没什么能挡住你。"

"这是金三角，骁爷的地盘。"他把酒杯推向齐骁。

齐骁目光扫过南絮，她依旧板着脸，他心想，他要再喝酒，南南下次定会跟他发脾气："我尝尝你这茶。"

"喝得惯吗？"

"尝尝不就知道了。"

蔺闻修端起精致的茶壶，倒了一小杯给他："福鼎的白茶。"

齐骁吹了吹杯上冒出的热气，浅尝一口，咂了咂舌："不错，清香中有回甘。"

"骁爷，苗伦虽死，不还有你吗？"蔺闻修突然直接挑明说了这句。

齐骁明白他的意思，蔺闻修在苗伦这儿断了线索，但齐骁已经见过上家并且交易过，他咂舌，把杯子放到桌上："再来点。"

蔺闻修又给他倒了一杯："喜欢这口味？"

"我得跟蔺兄学学，修身养性。"

两人谁也没开口，蔺闻修等他的话，齐骁也在等——等时机。

齐骁喝光了蔺闻修刚刚泡好的茶，临走时说："蔺兄，等我稳了，你再插手也不迟。"

三日后，手下来报，说道陀那边出发了，岩吉从岭西山回来，估计会在余山路段动手。

道陀果然沉不住气，伤刚见好转能下地就准备动手，莽夫，猖狂，自负。

齐骁让人搬了把椅子，在自己的小院前晒着太阳，一边逗金刚，一边给金刚添谷粒："来，叫爸爸。"

"呱呱。"金刚啄了一粒谷子，嘴里乱叫。

"叫爸爸。"齐骁又添谷粒，"好吃吗？多吃点，养胖胖的，炖汤。"

金刚扑棱着翅膀，呱呱叫了几声，声音很急切，见眼前人不为所动，最后叫了一句："爸爸，爸爸。"

齐骁脸上露出十分满意的笑："乖，不炖汤了，红烧吧。"

"爸爸，爸爸……"金刚不停地叫着。

齐骁抬头，迎着炽烈的日光，唇角上扬的弧度开怀畅意，笑意深深进入眼底。

齐骁这一整个白天，没出他自己的院子，跟手下喝酒、打牌，大家嘻嘻哈哈玩得热闹，像以往平常的午后，所有人都玩得尽兴。

而余山西的路段上却漫天炮火，岩吉带着手下办事回来，中途遭遇伏击，火力凶猛，他边骂边回击，让手下去探是哪路人，手下回报，是道陀的人。

梁子早结下，今日架势不弄死对方誓不罢休，岩吉之前在赛拉手下时便在金三角有些名气，是一个有勇有谋的狠角色。

道陀准备充分，人多武器多，摆好架势非要了岩吉的命。

岩吉命令手下开车冲过包围圈，远处迫击炮轰然而至，炸掉半个车尾。道陀坐在车上，猖狂大笑，岩吉从车上下来，躲在车后被手下护着往后面跑，道陀的人继续轰炸。

岩吉和手下一众没几分钟便都一命呜呼。

道陀让手下去探情况，手下回报，全死了。

道陀下车，瘸着腿走到岩吉身边，在尸体上又补了几枪，才兴奋地往回走。

一行人快速驶离这片僻静的区域，道陀得意，一路上都笑得合不上嘴，仿佛龇出嗜血的獠牙，眼底的笑也透着阴狠。

驶出余山路段，道陀打电话给廖爷。

“解决了，这批武器真好用，老三办了回人事。”

廖爷一听，满意地点点头：“解决了岩吉，他手下的生意你快些笼络过来。至于其他场子，让齐骁去办。”

抢地盘这种危险事，都是交给齐骁，让他去拼命。道陀哈哈大笑：“爽快……”

突然，轰的一声，有炮弹砸了下来，车子被打中，司机为了闪躲转着方向盘，车身向一边偏离。道陀刚骂了一句，一颗重型炮弹轰炸而至……

廖爷拿着电话的手猛然一紧，他几近屏息，叫了声：“道陀？”

没人回应，没过几秒钟，电话信号断了……

廖爷握着电话，迟迟没放下，手下看廖爷面如死灰，暗知是发生了什么。没人敢出声，所有人都战战兢兢，生怕自己出口惹来杀身之祸。

天色已经暗了下来，近十二月的天越来越凉，齐骁披着外套，嘴里叼着根烟，听到远处有车快速向这边驶来。

他嘴角噙着快意的笑，好心情地欺负着金刚，戳它脑袋，揪它翅膀，钩它腿……

很快，车子停在门前，车上下来的人快速向里边跑来。

齐骁坐在二楼窗边，笑意渐渐收敛。这时门被推开，来人是跟随廖爷多年的手下，那人脸色慌张，站在门口："骁爷，道爷出事了。"

齐骁眉头一锁，立马起身："走。"

齐骁带上手下，车子快速驶离深山，向廖爷的院落驶去，齐骁进门，就见廖爷坐在大堂正中的椅子上，闭着双眼，双手拄着拐杖，脸色沉寂。

"廖爷。"齐骁开口。

廖爷纹丝未动，齐骁也不急，过了好一会儿，廖爷才睁开眼睛，眼白处一片血色："老三，你来了。"

齐骁点头："接到消息我就赶来了。"

廖爷颤颤巍巍地抬起手，无力地指着外面地上的一具具尸体，张着嘴巴，喉咙却怎么都发不出声音，他几次努力，才说出俩字："在……那……"

齐骁从正堂门出来，院内左侧，摆了几具尸体，他走过去，借着大院内通明的光，看到被炮弹炸得黑漆漆、几乎难以分辨的尸体，其中一个，便是道陀，下半身被炸没了，脑袋上血肉模糊，样子十分惊悚。

这时安婀娜的车快速驶进院落，车子未停稳人便跑下来，直接冲过来，她看到齐骁盯着那具尸体时，一声惊天号叫，哭了起来。

齐骁拍了拍她的肩，没说什么。

一时间，金三角的天变得布满阴霾，街上行人寥寥无几，除了有背景的场子，其余能关的都关上几日，躲躲这个霉头。

两大势力火并几乎同时丧命，之后岩吉和道陀手下剩下的人小范围火并不断，一天内几场都再正常不过，碰面便举枪射杀，搞得人心惶惶，路人纷纷仓皇闪躲，唯恐避之不及。

道陀被端是齐骁授意渔夫所为，让他找人盯着，又让人几经辗转把消息透给岩吉手下，才出现清除道陀的那一场轰炸。

蔺闻修原本要离开金三角，结果传来道陀在路上被伏击遇害的消息，他便没动。

南絮听到阿吉来报，说是道陀先对岩吉下手，搞了岩吉后，回来的路上被岩吉手下端了。她猜测这事肯定跟齐骁有关。

道陀丧葬，蔺闻修人在金三角，便带着手下去吊唁。

廖爷还是那副模样，但眼尖的便会发觉，他发间和须间的杂白多了，脸色泛灰。

即使丢了手下的得力干将，但作为一方老大，廖爷并未被打击得倒下去，蔺闻修前来吊唁，宽慰了他几句。

齐骁见他来了，便过来招呼："蔺兄来了。"

蔺闻修点头，跟廖爷说了几句，便跟齐骁到外面："以后你身上的担子更重了。"

齐骁轻笑了下："你知道，他那生意我不碰，会有人接。"

“道陀回来路上遇袭，有这么巧的事？”

“所有的巧合，在金三角都不成立。”齐骁看了眼远处跟莉亚在一起的南絮，说，“最近这儿不太平，你们出行小心些。”

藺闻修点头，带着手下吊唁完小坐便离开，南絮跟齐骁只有短暂的眼神交流，一句话都没来得及说上。

处理完道陀后事，道陀的生意由他手下和廖爷心腹一同打理，但这两人面和心不和，实力没有，心气却高得恨不得一步登天。

岩吉死后，他手下渐渐散落，齐骁暗中让人笼络或是进行驱散。

南絮潜伏到藺闻修身边，便没有任何机会给渔夫打电话，偶尔几条信息也是简短得不能再简短。

这日她终于找到时机，联络渔夫。

“渔夫，我是白鹭。”白鹭是南絮潜伏的代号。

“白鹭，那边有什么情况？”

“近两个月，这边依旧安静如常，他跟我们一样，都在找苗伦的上家，那批军火是否与他有关，暂时无从查证。”

“苗伦的死据我判断，不是他做的。”南絮断定，不是藺闻修干的。

“你怎么看这件事？”

“在苗伦出事之后，藺闻修的手下抓来几名苗伦的人问话，都没问出实质的内容。至于他这个人，我猜不透，就像他为什么留我在他身边一样。”

“你一定要注意安全，行动至上，但安全一定放在第一位。”

“明白。”

“看来跟白鹰配合得很有默契。”渔夫笑着说。

南絮笑了下：“有事再联络。”

道陀最后一次行动，拉走大半身家的武器，接替他的人找上齐骁，问的就是这事。

“骁爷，武器没了大半，剩下的家伙也不扛事，最近跟岩吉那边冲突不断，这样下去也不行啊。”

“找廖爷去，他批了我给你们进。”

“已经找过了，廖爷说让我们来找骁爷。”

齐骁从计划开始时，便算到这一步棋：“行，这事交给我。钱准备好，过两日我给你们办。”

“好嘞，谢谢骁爷。”

齐骁给泰格打了电话，说要进一批武器，泰格说好，等他。

两日后，他带着手下提着钱去泰格的地盘，泰格见到他，两人同时叹了一声，然后笑了出来。

近来的风波，泰格自然清楚，他折了苗伦这个鼎力的下家，齐骁这边道陀丧命，岩吉也死了，金三角几大势力折了两个重要人物，风云翻涌，阴霾压至，人心惶恐不安。

齐骁之前给道陀进的一批武器包括那些出不了手的货，这次直接带钱来，还提了一部分货，泰格很高兴，说什么也要留齐骁喝上一顿酒。

齐骁说：“还喝，上一次就是喝酒后苗伦不知道被谁伏击了。”

泰格叹了一声，齐骁眼底精明，问他：“泰爷，你知道是谁下的手？”

泰格又是一声重重的叹息：“是他自己做错了事，被人灭口了。”

“做错事？灭口？泰爷，你这话别跟兄弟说一半，我们可都是在刀尖上舔血的，兄弟得明白到底怎么回事，否则哪一天出门被人一枪爆头都不知道谁干的。”

“骁爷，你跟我做生意，我自然不会害你，知道得越少越好。”

齐骁表现出惊讶的神色：“泰爷，不会是你的……”他用手指比了个向上的手势。

泰格吩咐手下备酒菜，齐骁没推辞，两人喝了起来，酒一瓶瓶下去，泰格黝黑的脸上浮上酒精红。

齐骁喝得一直不痛快，但也在喝。泰格看出齐骁脸色不对：“兄弟，哥哥是为你好。”

“你这是让我活得不安生啊。”他说着，又猛灌一杯酒。

“其实，这批货来路非常隐蔽，安静了几年，结果上次赛拉出事，这批武器又被人盯上了。”

齐骁还是没吭声。他从泰格这儿拿了几批货，关系自然已经非同一般，但泰格不跟他透底，说是眼下形势严峻，他依旧不爽。

但也知道泰格不可能给他透露太多，能说出几句知心话已属不易。

他确定一点，苗伦知道太多才被人灭口，而出手的这个人，就是与这批武器有关之人。“内部”这两个字，他清晰记得。

齐骁在回程的路上一直在想蔺闻修这个人。

他也在找出手这批武器的上家，五年前所有苗头都指向蔺闻修，却没有确凿证据，他到底是什么人？

齐骁让人把武器送去，自己带着桑杰去找蔺闻修，结果到了酒店，蔺闻修已经离开。

第九章

与你同在

三个月后。

南絮跟在藺闻修身边，已五个月的时间，藺闻修未有异常举动，他只有几次外出没带她，其间她发现一个秘密，他与某内阁高层私下碰过面，而且关系匪浅。

南絮与渔夫就此事探讨过，那批军火与之前齐骁给出的情报相吻合，指的是苗伦那句——“内部出现了问题”。

藺闻修行动异常谨慎，南絮只得到这一点点有利情报，他像个普通商人一样，每日打交道的也都是商业人士。渔夫只说让她注意安全，不能掉以轻心。

这段时间，齐骁在金三角稳固廖爷势力，赌场生意他几乎没出面，所以这两人也一直没再碰过面。

廖爷丧失得力手下干将道陀，消沉了一段时间，近来情绪恢复些，也着手管理起自己的生意。新上来的人他不放心，最后商议决定，由安婀娜接手。

安婀娜是廖爷收的义女，没人敢说什么。她虽然是个女孩子，却有着男人一般的狠毒，只不过她对齐骁的那份心思太过明显。廖爷叮嘱她，把心思放在生意上，让她暂时放下齐骁，只要齐骁安分听话，替他管理生意，他早晚会如她的愿。

齐骁这边稳定下来，跟廖爷谈了一次，说这段时间要出去一趟，赌场生意必要亲力亲为，交给任何人他都不放心。

廖爷也打起精神，六十多岁开始重操旧业，虽不至于凡事都出面解决，却也时刻提点跟进每一桩生意。

南絮平日里就做做网络维护，进行网络加密，“不见”还是会时不时进行攻击，南絮加强应对，不至于显得她整日无所事事。

“蔺先生，最近赌场里总会来些路数不正的人出老千，抓一个再来一个。”赌场经理恭敬地站在包间里，跟蔺闻修汇报工作。

“赌场出老千也是常态，这也要跟我汇报？”蔺闻修端坐在沙发上，手边翻着赌场的账目。

“应该是团伙作案，我们通过监控发现手法一致。”

蔺闻修抬眼看向阿吉：“你去看看。”

阿吉点头，跟着经理走出去，查看监控。这种事情在赌场经常发生，不算怪事，阿吉可以应对。

没过一会儿，门被推开，南絮抬眼看过去，以为是阿吉回来了，却不想，是三个月未见的齐骁。

齐骁迈步进来：“蔺兄，多日未见，在这儿碰上了。”

蔺闻修放下架着的长腿，前倾着身子把账目放到桌子上：“骁爷近来意气风发啊。”

“还不错。”齐骁走过来，在沙发一侧坐下。蔺闻修扬了扬下巴：“你好久没管生意了。”

“这段时间麻烦蔺兄了，我这不刚得空闲，才能出来一趟。”

“你那边情况如何？”

“慢慢稳定军心，道陀这次出事对廖爷打击很大，老爷子现在都出山了，他谁也不放心。”齐骁说着，伸手拿过账目翻看，看到数字时，眉间挑了挑，“蔺兄，这几个月没少赚啊。”

“你也没少分。”蔺闻修拿过酒杯在鼻尖嗅了嗅甘甜醇香的味道，“缅甸几家你去过了？”

“嗯，刚从那边回来，来你这儿玩玩。”

“玩玩？”他笑着说。

齐骁唇角微挑：“有个好生意，不知道蔺兄有没有兴趣？”

“说来听听。”

“军火。”

这俩字一出，两人目光直视着对方，谁也没说话，空气中暗涌的火似在把对方燃尽，露出彼此皮下去骨后的灵魂，好让人窥探出那里到底装着哪些门路。

末了，两人同时笑了出来，齐骁笑着伸手，桑杰过来把烟递给他，他点了一根：“蔺兄，你肯定感兴趣。”

蔺闻修点点头：“骁爷要跟我合作的生意，想必会是个大生意。”

“那是自然，我们要的可不只是钱。”

军火，字意是武器，但另一层含义，便是与那批军火有关，两只老狐狸藏着的暗语，只有彼此才懂。

南絮站在不远处，听着这两人的对话，猜测应该与那件事有关，藺闻修回来之后，对那批军火便没再追踪，想必是信任齐骁那日的话，等他稳了。

那么此时，齐骁与苗伦上家应该是关系稳妥了，是否套出底细，她还不得而知。

晚上藺闻修在酒店餐厅请齐骁吃晚餐，南絮自然也在列，两人从见面之后没说过一句话，此时她就坐在对面吃东西，齐骁的眼神开始变幻起来。

“南南见到我是如此冷漠，太寒爷的心了。”他端着酒杯过来，杯身倾斜，在她面前的红酒杯上轻撞了下，酒杯发出清脆叮当声格外悦耳。

他眸光微挑，眼底是不屑，玩味，对女人的挑逗和势在必得。

南絮端正坐姿，脊背挺拔，握着刀叉的双手平放在桌边，微垂着目光，知道他又故意这样。其实他越把对她的态度摆在明面上，越显得磊落——爷就是撩这个女人，别人爱怎么看怎么看，那日一场戏码，所有人都听得清晰，更加不需要隐藏。

她心里笑他碰到她就耍贫，但面上却毫无波动。过了半晌，南絮微微勾起唇角，放下刀叉，端过酒杯，冲他举起示意：“敬骁爷。”

齐骁满意地笑了，把杯里的红酒一饮而尽。

吃过晚饭，齐骁和藺闻修在房间的棋牌室打麻将，南絮也被叫过来，加上阿吉，凑成一桌。

打了几局，南絮没和过牌。

连续几局过后，齐骁打了一张八万，南絮刚要伸手去抓牌，莉亚拍了她肩膀一下：“和了。”

南絮“哦”了一声，把那张八万拿到手，当着所有人的面推牌。

蔺闻修手里夹着一张白板，轻轻敲着桌面：“骁爷，将子都打？”

齐骁挑眉：“不想南南输得太惨，如果她输太惨，只能把她自己赔给我。”

他说着把筹码递给南絮，她伸手接过却被他直接扣住手腕：“把你自己当筹码，敢吗？”

南絮挣了下手没挣开，不知道他搞什么鬼。蔺闻修却笑着开口：“那要看骁爷有没有这本事了。”

“蔺兄，你说的。”

蔺闻修笑笑，开始抓牌。

南絮真的输了，而赢家只有齐骁一个。

齐骁看向蔺闻修：“一个月后，蔺兄到我那儿，咱们把那笔大生意做了。”

苗伦死后，又死了几个与那件事有关的人，齐骁知道蔺闻修查不到，而且并不打算跟他彻底决裂，互惠互利是对每个商人最好的处理方法。

齐骁转头挑起南絮的下巴，眼底的笑带着挑逗的韵味：“跟爷走吧。”

南絮被他从椅子上拽了起来，他单手扣着她肩头往外走，她挣着回头去看蔺闻修，蔺闻修并未抗拒，而是冲她微微颔首，眼底一贯温润的笑。

南絮第一次觉得，他温润的笑里，带着锋利的刀。

齐骁拍了拍她的脸颊：“别一百个不情愿，我那个破地儿需要你这个 IT 高手。”

他的声音不大不小，屋子里的人都听得清楚。这也是在告诉所有人，他要南絮不单是男人对女人的那种需要，他齐骁脑子里不只是男女之事，生意大于一切。

这一晚，南絮依旧住在原先的酒店房间，次日便同齐骁离开，临走之前，她去找蔺闻修，没问他任何话，只说，骁爷要带她走。

蔺闻修说：“骁爷有事需要你帮忙，当他跟我一样便可。”

话说到这份上，蔺闻修没疑惑，还给她一个合理到齐骁那边的理由，她便无须多说什么。道别后，在齐骁的注视下，她坐上他的车。

桑杰开车，南絮和齐骁坐在后面，齐骁说：“我那破地儿没网你知道，凡事太不通畅，你不是 IT 高手吗，连道陀搞的那个顶级密码机都破译了，我那破地儿搞一个内部通信网，别耍花样，内部明白吧。”

南絮只好应答：“情况我不了解，待我看看再说，我需要一台电脑，由我自己配置。”

“行，没问题，只需要内部通信网，跟手下联络方便。”齐骁挑唇一笑，南絮明白他的意思，让她按自己的要求来。

桑杰在身边，她不方便说太多话，只说让人组装一个顶级配置的电脑。

开了六个小时的车，晚上七点，才到达齐骁深山的院落。

玉恩站在门口，看到下车的南絮，她差点尖叫出来，小跑着冲上去抓住她的手：“南絮姐姐，我没看错吧，是南絮姐姐！”

南絮想给她一个微笑，因为这个女孩子真的是个善良的好孩子，可她此时的情况是俘虏，或者说是被人换来的筹码，她肯定不会太过高兴。

但她还是微微挑了下唇："你好，玉恩。"

玉恩见南絮有些冷淡，也没有不高兴，因为南絮姐姐就是这样酷酷的。"南絮姐姐，我好想你啊。"

南絮嘴角微微抽动了下，她笑了笑，没说话。

桑杰拎着电脑上楼，放到齐骁的房间里。齐骁让玉恩去煮饭，从中午到现在谁都没吃东西。

玉恩立马笑着去做饭，南絮跟着齐骁上楼，这里的一切跟她离开时一样。道陀死了，迪卡被捕，除了廖爷和安婀娜没人会动她，而且她相信齐骁定会时刻把她带在身边，她的安全还是有保障的。

推开门，齐骁示意她先进去，南絮走进来，他在身后随手关上门。

齐骁一把环上她的腰，从身后紧紧抱着她，南絮轻叹一声，双手覆上他的大掌，感觉到他的呼吸喷在她颈间，她笑了出来："你啊你。"

顷刻之间他把她按在门板上，粗粝的掌心捧着她的脸，埋首就吻了上来。

他的力道很重，唇瓣磕在牙齿上生疼，他的唇包裹着她的小嘴，舌尖挑开她的牙关长驱直入。

炽热的气息喷在她耳郭，只让她身体烧得更厉害，如同千万只蚂蚁疯狂地啃咬，让人无限沉沦……

南絮缓着疲惫的身子，问他："下一步计划是什么？"

"搞网络啊。"

"不信。"她说。

他轻笑："要搞大事情，需要你。"

她想了想，凑近他耳边小声说："与军火有关，还是廖爷？"

他用极小的声音说："都有。"

她用唇形跟他说"渔夫"俩字。

齐骁点头，这次真的需要南絮，渔夫批了他的申请，为的是下一步计划。不过他也有一部分私心，把她留在身边才放心她的安全，不过一个月后，是送她离开，还是让她回到蔺闻修那儿，只能看计划进展得是否顺利。

南絮突然一摊手："现在信我了？"

他咂舌，冲她伸出手："过来。"

南絮窜到他身边，他抱着她，下巴搁在她肩膀上，细细地替她揉着腰："还疼吗？"

南絮拍开他的手，没说话。

他低低的笑声在她耳边，南絮其实是心安的，因为在他身边。

玉恩来敲门，把饭菜端了上来，看向她的眼神带着小女生的甜美笑意，南絮知道这小丫头心善，也冲她笑了。

两人吃着饭，玉恩又跑上来，手里拎着金刚，南絮看到金刚，心里还是挺高兴的，但她不像一般人会把情绪放在脸上，即使高兴也只是浅浅一笑，眼波微转。

金刚进来，张开尖嘴喊着："爸爸，爸爸。"

南絮一口汤差一点呛进肺里，猛咳着，齐骁替她拍了拍背，还数落她这么大的人吃饭还能呛着，然后接过装金刚的笼子，放到南絮对面。

金刚跟南絮四目相对，鸟并不太会认人，何况是相隔半年之久。

还是南絮先开口："金刚，我是南南。"

金刚不认人，但这名字它记得，高兴地扑棱着翅膀："南南，南南。"

南絮会心一笑，玉恩脸上也扬着明朗的笑，在这地狱般的金三角里，她就像一抹最绚丽的光，让人感知世间还有美好。

"南絮姐姐，你走之后金刚一直叫南南呢，每天都会叫南南。"玉恩真的高兴，没想过这辈子可以再见到南絮。她是真的喜欢南絮，喜欢她的英姿飒爽，喜欢她的理智冷静，喜欢她身手了得，长得还漂亮，哪一点都喜欢，这样的女子，才配得上她心中的大英雄。她没有那么多伟大抱负和理想，她高兴的是骁爷终于可以和南絮姐姐在一起了。

善良的人总是讨人喜欢，南絮也很喜欢玉恩，只是形势所迫，不能表现出太多关心："还挺乖，你一直养着它？"

玉恩点头："不过骁爷还是厉害，威逼利诱，终于让金刚叫爸爸了。"她捂着小嘴偷笑，故意凑近她小声说，"骁爷说了，如果金刚再不叫爸爸，就拿它煲汤。"

齐骁眼底也不似平常那样清冷，而是蕴着温馨的笑，不过嘴上却不饶人："小丫头，人刚来就告状，你当爷怕她？"

南絮摸着金刚的脑袋："放心，有我在一天，你就不会被煲汤。"

齐骁哼了哼："红烧也不错。"

玉恩知道骁爷开心，出去后把门关上，给他们留有私密空间独处。

吃过晚饭，南絮站在走廊处望着后院，院内的灯火昏暗，映着树下的一男一女。

是桑杰和玉恩，两人在说着什么，然后就见桑杰伸手去握玉恩的手，玉恩有一些羞涩地低着头，虽然看不清，但南絮也知道，玉恩在笑。

玉恩看着桑杰，他慢慢低首靠近，亲吻她。

齐骁出来站在她身侧："没想到吧。"

自从换药事件后她对桑杰没有太多敌意，南絮会心一笑，小声说："挺好的。"

齐骁慢慢靠近她，刚要去亲她，南絮已经转身走回房间。他半靠过去的姿势就戛然而止地停在那儿，他嘴角一抽，不让亲？

齐骁进来，南絮已经把电脑打开，他拽了把椅子坐在她身边，看她灵活纤细的手指噼里啪啦敲着代码，像变魔术一样，电脑上显现出一些让他看不懂的字符。

他并不是真的要搞内部网络，这只是个借口，但南絮也要做做样子替他办这件事，至于办不办得成，她只能说，有点难搞，所有网络信号都覆盖不到那里。

齐骁大大咧咧地靠在椅子上，舒服地跷着二郎腿，手边一杯白茶，是蔺闻修送他的，味道还不错。他把茶杯递到她唇边："来一口。"

南絮伸手去接，被他躲开："我喂你。"

她转头，他在笑，南絮"扑哧"一乐，就着杯沿喝了一小口，深山的夜里凉意正盛，暖暖的茶水流进胃里暖了身子。

"找到位置了吗？"他问。

"找不到啊。"她说。

齐骁嘴角一抽："那你在干什么？"

"整理软件。"

南絮突然慢悠悠地转眸看向他："骁爷，你不会是在这儿待久了，忘了什么？”

齐骁才不承认他一时忘记不联网根本查不到任何消息，他装大佬一样，冷哼一声，然后不紧不慢地喝茶：“明天带你出去转转，别把我的南南在这儿憋坏了。”

渔夫传来消息，廖爷派人从华国抓来一名化学专家，希望齐骁在保证自己安全的情况下，把专家解救出来。

具体位置不详，没有任何可用信息，齐骁并不知道廖爷做的这件事，太过隐秘，廖爷是在提防他，才做到这样密不透风。

齐骁冲完澡出来，南絮去洗了洗，出来时有些凉意，他坐在床上，冲她拍了拍旁边的位置，南絮嘴角微微抽动，眼底毫无情绪。

“啧，干吗呢，快来爷的怀抱。”齐骁盘腿坐在床上，冲她张开双臂。

南絮没理他，坐在椅子上不紧不慢地擦头发，齐骁也不急，倚着床头，好心情地看着她笑。

等她终于擦干了头发，走到床边时，他一把扣住她的手臂把人拉进怀里，贴着她耳边，呵着灼热的气息。

南絮心神也有些微荡，素来淡漠的面容浮上一丝羞赧。她回手，湿毛巾照着他那张帅脸拍过去：“老实点。”

齐骁环着她的腰，旋即把她按在身下，刚要落下一吻，南絮伸手挡在两人中间，目光转向窗边。

“忘了。”齐骁快速在她唇上啄了一口，迈步下床到窗边，拎着装金刚的笼子，开门放出去，“不该看的不能看，你还是个孩子，知道不？”

“爸爸……”金刚叫了声，而回馈它的，却是冰冷的关门声。

金刚，好惨的一只鸟！

次日下午，齐骁带上南絮出来，而这次，还叫上了玉恩。

玉恩兴奋得止不住笑意，扬起的笑感染了南絮，她知道玉恩被抓来后常年留在深山，也许这是她第一次外出。

他们今天有要紧事去办，为什么带上玉恩，她不用问，知道定有他的打算。

玉恩坐在副驾驶座上，桑杰开车，南絮和齐骁坐在后座，电脑包就放在她身侧。

前后有两辆车跟随，自打金三角折了几员大将之后，人人惶恐，廖爷叮嘱齐骁，出门必须多带些人和武器，巡视前后方动静，以免出现类似道陀被伏击事件。

玉恩看着窗外，出了深山遇到村庄，小丫头就格外兴奋。等到市区时，玉恩更加兴奋。

他们直接到了酒店，桑杰开了房间，齐骁接过房卡：“玉恩难得出来，你陪她转转，小心一点儿，注意安全。”

桑杰没想到齐骁会替他考虑，心里很感激他对下属的关心：“有事打电话，我们不走远。”

齐骁跟南絮上楼，酒店有网络，南絮便开始忙自己的事，在电脑上不停地下载着各种软件，她没有设备，有些手段用不上，只能暂时把自己的数据做出来，连上小型飞行器。

飞行器是前几天渔夫派黄莺给齐骁送来的，他不是特别精通电子追踪设备，眼下只能靠南絮。

至于化学专家被抓到哪儿，他让自己在安婀娜身边的眼线留意着，昨日才得到消息，化学专家被换到了道陀后建的那处窝点。

晚饭时间桑杰和玉恩回来，玉恩兴奋地举着手里的小吃，每一个都说好吃，一定要南絮姐姐尝尝。南絮接过一个锡纸烤香蕉，拿小勺子挖了一块放在嘴里，味道果然不错。

大家去楼上吃晚饭，吃吃喝喝还挺开心，桑杰和齐骁喝了些酒，玉恩也喝了一点儿，南絮没喝。

回房间的时候，已经是夜里九点多，齐骁给桑杰递了个眼色，晚上用不着你，好好睡一觉。

至于什么原因，大家心知肚明，玉恩小脸红扑扑的，不好意思地躲到南絮身后。南絮知道小丫头害羞，私下里也就算了，齐骁这样说就是挑明人家的事。

她和齐骁回到房间，等，等时间越来越晚。

直到深夜，南絮和齐骁才偷偷出来，在路上拦了辆车，齐骁给了司机很多钱，要下这辆车，司机高兴地拿着钱走人。

半个多小时后，车子在一处偏僻的地方停下。对面的院落里，灯火通明，院落里外都有人持枪把守，南絮放出小型飞行器，在高空中隐秘飞行。

大概二十分钟，院落内的结构图便传到电脑上，所有人的站岗位置，包括人员走动的画面尽数显示在电脑屏幕上。

齐骁咂舌：“你一直干这个？”

南絮轻松说道：“大材小用了。”

齐骁轻笑出来：“还夸上自己了。”

“讲事实而已。”她主做密码破译，那才是难度最大的，她的工种用的可是脑子和技术。

两人盯着屏幕，分析位置，南絮指着一处人员密集处：“会不会是这里？”

“持枪人员最多，不是制毒室就是看押室。”齐骁又说，“外围建筑不像普通看押室，有可能人就在那里。”

两人又观察了会儿，里边没有监控，南絮无法看清内部，只能通过外围分析。而这边不远处，有几处销金窟，有人开着车大摇大摆地往那边去，有人站在门口收钱，那些人就随便进去，找到空着的小屋就钻进去。

南絮重重叹息一声，齐骁抬手搭在她肩上：“见多了，就麻木了。”

“你麻木了吗？”她不信他会麻木，因为他是个有血有肉真性情的人。

齐骁从兜里拿出根烟点上，直到一根烟抽完，也没开口说一句话。

南絮知道他心里不痛快，他应该是最恨这些人的。飞行器在高空中隐秘飞行，画面一直被传输到电脑上，她看到有人出来：“是这个？”

齐骁摇头：“安婀娜的手下。”

这时突然有人向这边走来，那人站在隐蔽处，南絮正紧张的时候，那人却是来撒尿的。

她刚放下提着的心，就见齐骁伸出手挡在她眼前：“你胆子大了，什么都看，那东西是你看的吗？”

南絮咂舌，转头瞪他：“我看什么了，乌漆墨黑的能看到什么，你当我愿意，我不是警戒吗？”

“那也不行。”他拍了下她的后脑勺，被她狠瞪一眼，末了他只好给她顺毛，一下一下顺着，那张帅气的脸上蕴着深深的笑意，直到把人顺得不再瞪眼。

忽然，齐骁脸色一变，掌心扣着她肩膀瞬间把她按倒，她眼尖地发现，有人向这边走来。他们的车子停在漆黑的隐蔽处，很难被人发现，却不想那人端着枪径直过来，用枪口敲着车玻璃，说着南絮听不懂的话。

齐骁把她压在身下，冲外面说着什么，那人骂了句，又说了一句，她听懂了，是让他们快点滚。

齐骁回他话，说别扫兴，正办事呢。

旁边就是快活窝，这种事太正常不过，守卫也没怀疑，邪笑了两声才走开。

院子里的人员分布已经收集到清晰画面和方位，他们确定其中一间屋子便是制毒实验室，而这间屋子外围有多人把守，直到凌晨三点多，终于看到一个穿着白色衬衫的高个子男人从里面出来。他出来后，左右跟着四个持枪的武装兵，再结合之前齐骁收到的信息，确定此人便是被安婀娜抓来的化学专家。

南絮锁定此人，电脑屏幕上显示此人的身形特征，齐骁见那人的身形被亮线围绕起来，问：“这是什么？”

“视频锁定人员分析，下次他再进入视频位置内，会有警报提示。”南絮说。

齐骁盯着她的侧脸，半晌说了俩字：“厉害！”

南絮抿着唇笑了出来：“术业有专攻，我的专业就是做 IT，你更厉害。”

她说他厉害，不是他有多高超的技术，而是人性的伟大，愿意身入险境，不顾自身性命去换取一方平安，这种伟大的理想和抱负，更值得敬佩。

两人第一天终于有了收获，齐骁跟渔夫联络，说需要人手支援，他们两人没办法把人带出来，渔夫说没问题，会配备人员给他，等他行动信号。

南絮和齐骁往回走的时候，天空灰蒙蒙一片，街上毫无人迹，车子在胡同另一端被扔下，南絮看着手机上传来的视频，从后门溜回酒店房间。

睡了一觉，南絮醒来时齐骁已经不在身边，她从手机的监控看过去，齐骁跟桑杰刚从大堂走出去。

过了半个多小时，敲门声响起，声音不大，像是试探地敲了两下，她立刻看了眼手机上传来的画面，是玉恩。

她过去开门，玉恩一张笑脸看着她："南絮姐姐，你醒啦，要不要去吃饭？"

"骁爷呢？"她问。

"骁爷和桑杰哥哥去办事，走之前叮嘱我不要吵你，我看时间都快中午了，想你该起了，就过来问问。"

"进来吧。"南絮让了个位置，玉恩进来，随手关了门。

"点餐吧，我们别出去了，外面人杂。"齐骁不在身边，她不能单独离开房间，这是廖爷势力范围内，碰到他手下或是安婀娜那边的人，都是麻烦。

玉恩打电话，叽里呱啦讲了一堆她听不懂的话，点完餐后挂断电话，吐槽对面人的发音她也听不懂。

两人吃了不早不午的一顿餐，填饱肚子后就坐在房间里，没有齐骁和桑杰在，她们哪儿都不能去，安全最重要。

下午一点多，齐骁和桑杰回来了。

玉恩问："骁爷，我们今天回去吗？"

齐骁挑眉："你想回去？你回去桑杰也不能回去。"

玉恩脸颊一热，就想找个地缝钻进去，骁爷总拿她打趣，南絮抿着唇浅浅地露出笑意，没说什么。

齐骁说："不急，明天吧。"

玉恩没说话，她可不想再说话了，只是看向桑杰，然后又低下小脑袋。南絮挺羡慕玉恩有这样干净的心灵，喜欢一个人就是喜欢。

吃过晚饭，齐骁跟桑杰出去，回来时九点多，齐骁说晚上没事，让他好好休息，陪陪小丫头。桑杰道了谢，两人各回房间。

等，等夜深。

直到十二点左右，齐骁和南絮悄悄出来，走到胡同另一侧，开了昨晚那辆老旧轿车，去安婀娜的制毒点。

齐骁与渔夫联络，渔夫说给他配的人员已经到齐，给了他地址，让他们前去会合。

南絮给齐骁伪装了下，脸上贴了络腮胡，她也搞来一套与那些人一样的衣服，把头发盘好，戴上帽子，她个子不矮，所以背影看上去与那些人无异。

两人乔装好，车子开到指定地点，与渔夫派来的人会合。

南絮看到了黄莺，两人相视一笑。

还有三个男人，一行六人，他们开来一辆外表破旧性能却极好的皮卡车，车上带了消音武器，还有麻醉针。

齐骁挑了两个给南絮，她接过别在腰间，问他："我的刀呢？我用刀习惯了。"

齐骁从上衣里面的口袋里拿出那把精致的军工刀，放到她手里，南絮挑眉看着他："你一直带在身边？"

齐骁凑到她耳边："天天把你揣怀里。"

"呵。"

南絮打开电脑，把整个院落的分布图展现出来，齐骁制订营救计划，大家自动分工，十分钟后出发。

齐骁开车在前面带路，黄莺坐在后座，拍了拍南絮的肩："没想到你会回来。"

"上次的事，还没来得及跟你说谢谢。"南絮说。

黄莺的眼神往齐骁那边瞟了瞟，小声对她说："舍不得他？"

南絮嘴角微抽了下，黄莺极其聪明，南絮对她很感激，而且黄莺是个非常勇敢且身手了得的情报人员，南絮非常敬佩："你认为，是这样？"

黄莺撇嘴："很明显。你俩当初一步三回头，啧啧，我恨不得你俩立即成婚。"

开着车的齐骁突然"扑哧"一声乐了出来。

当时离别的情形，南絮以为那是今生的最后一面，他们都很理智，彼时只希望他能平安，却没想过还有再见这一天，而且还有更多更深的交集，包括情感方面。

齐骁说："如果我俩结婚，一定请你来。"

"那感情好，我给你俩当伴娘吧。"

齐骁看了眼南絮，冲她挑眉。南絮想了想，对黄莺说："你结婚，我可以给你当伴娘。”

黄莺低低的笑声特别悦耳，冲齐骁揶揄道：“唉，人家压根儿没想嫁你。”

齐骁从没想过那些，黄莺提起这茬儿时，他突然脑海中浮现这个画面，甚至有着无限期许。他们这种工作，没人会知道自己下一刻是生是死，何况是结婚。

黄莺没再说话，南絮坐在副驾驶座上看着前方并不平整的泥土路。

过了会儿，突然手背上落下一个温热宽厚的掌心，齐骁握着她的手，微微用力。她垂眸，盯着落在手背上的大手，结实，有力，带着厚重的安全感，给她撑起一片有着无限可能的天空。她笑了下，反手屈起指尖，摸了下他的掌心，算是给予他回应。

到达指定地点，两辆车在极其隐蔽的黑暗处停下，所有人下车，各自拿着武器。

南絮把电脑打开，飞行器在空中划过，院落内的人员分布瞬间呈现在电脑屏幕上。

齐骁说：“这次营救至关重要，一定要救出化学专家，大家也要确保自身安全。我们的行动只有二十分钟，不到万不到已，不得开明枪。”

大家点头，齐骁低声道：“行动。”

“行动”两字一出，所有人四散隐蔽在夜色中，南絮跟齐骁往制毒实验室的后方围墙边小跑过去，站在院墙外，齐骁单腿支起，双掌交握掌心向上，南絮踩在他手心处，他借力一送，她便跃上高墙。

齐骁退后几步，脚点墙壁一跃也跳上高墙，两人轻松落进院里。

他们快速隐蔽于房子后面的黑暗处，贴着墙壁往左侧行动。

两间房子中间，南絮谨慎地观察对面的守卫，那边有四个人站在一起，每个人手里都端着枪，有个人拿出烟给其他人，几个人凑一起点烟，南絮冲齐骁点头，矮身小跑到对面，转身面向齐骁。

她握枪警戒，齐骁趁着空当也跑了过来。

两人刚要往前走，突然看到院子里被光线照射拉长的人影，人影越靠越近，南絮回手做了个禁止的动作。齐骁没动，两人屏息，等影子越靠越近，影子在外围的墙面折叠，南絮伸手直接捂住那人的嘴，齐骁在后面一掌把人劈晕过去。

他把人慢慢拖到隐蔽处放好，小声对她说："要快些行动了。"

南絮点头，把那人的外套套在身上。

二十分钟，此时已经过去四分钟，两人快速向小屋跑去。

外围只有一个铁窗子，只能从正门进，这时黄莺已经解决了几个守卫，南絮整理衣服，压低帽檐，背着捡的那把步枪向前门走去。

远处高位有狙击手，不能明着放枪把人撂倒，南絮往前走，也没人当回事。

她走到门口，做着巡视的样子，见外围的几个人都抽着烟聊天，没人看她时，抬手去拉门，门是从里面锁着的，心中暗叫不好，锁着就必须破门而入，这么多人，无论怎样都会制造出更大响动。

南絮没动，目光往另一侧瞟过去，冲隐蔽处的齐骁比了个手势。

齐骁拽起衣领，用对讲机对其他几位成员说话："需要破门而入，先引开院内几人。"

很快，就见黄莺在院门口跑过去，跟其中一个人吵架，声音很大："睡完不给钱，天下哪有白爽的事。"

两人大声吵起来，院里的人也听到声音，有人嬉笑着过去凑热闹，南絮做着看热闹的样子，还好她来之前把自己脸上抹了一层黑粉，此时又是后半夜，并没人注意她。

很快有两人走到门外看热闹，只剩一个，南絮小声说："我到位，狙击手就位。"

很快，对讲机里传来狙击手的声音："已就位。"

南絮向院子中央仅剩下的一个守卫走去，那人抽着烟，抱着枪眺望外面，人没走，但心却飞到外面的热闹场景里，南絮谨慎地迈着步子，小声说："一，二，三……"

"三"字刚落，就见面前人身子瞬间一软，南絮快速接住，把他的胳膊搭在自己肩上，架着他往里拖拽。

齐骁一直盯着院外的动静，他急忙跑过来，从南絮手上接过人，与之前那人一起，扔到暗处。

而院外的人，都在看着一男一女的吵架戏份，无比热闹。

齐骁身形过于明显，南絮与之前被放倒的人身形差不多，所以只要不靠近，不说话，她可以在院子里来回走动。

这时狙击手在对讲机里说："门开了，可以进。"

齐骁盯着外面，几个守卫还在看热闹，偶尔有人回头看一眼，见到有人在，也没出现疑虑。黄莺的声音越来越大，吵得不可开交，她还开着黄腔，那边围着看热闹的人更不愿意离开，何况还是那么美的一个女人，美人时不时跟他们抛媚眼，谁还愿意分神。

两人眼神交汇，齐骁抬手开门，门"嘎吱"一声被打开，是个二十平方米的房间，屋子中央一张五六米长的长方形桌子，桌子上摆了一堆东西，不用想她也知道那是什么。

里面人见有人来，突然举枪："什么人？"

南絮和齐骁快速举枪，几个武装分子瞬间倒地，南絮看到屋子中间倒在地上的男人，可能是由于反抗，他脸上有大片瘀青，此时处于昏迷状态。

确定此人就是他们要找的化学专家，两人架着他走出来。

他们把门关好，快速通过原路返回，爬墙的时候遇到困难，南絮先上，齐骁在下面托着，南絮在上面拽，终于把人弄到墙上，南絮实在架不住化学专家的重量，两人同时倒到外面。

齐骁急忙跳过来："没事吧？"

"没事，快走。"南絮说着，不顾身上的疼痛，爬起身拽着化学专家的胳膊把他架起来。

两人架着人往停车的方向跑去，齐骁一边走一边用对讲机吩咐所有人："人已救出来，收队。"

而这时，由于刚刚从墙上摔下来受到震荡，化学专家已微微转醒过来，他看到自己所处的境地，不知敌友，急忙反抗："放开我，你们是谁？"

齐骁低声道："来救你的人。"

那人一听是本国人，而且是来救他的，便瞬间明白他们是谁，不过他脸上没有惊喜之色，而是急忙摇头："不，不行，我女儿还在里面。"

"什么？"南絮和齐骁同时开口。

齐骁没多时间思考，拿起对讲机传话："行动有变，化学专家的女儿还在里面，先别撤。"

他急忙问："你女儿被关在哪个房间？"

化学专家说："从后排数，第二个房子的楼上第二间，那里有人把守。你们一定要救救我女儿，她才八岁，求你们了，我死不死不要紧，她还是个孩子，求求你们。”

南絮从化学专家简短的一句话中，听出了父亲对女儿的情感，她猜想，如果不是抓了他女儿，他也许宁愿死掉也不会替那帮毒贩制毒。

化学专家转身往回跑，他刚昏迷初醒，双腿发软，跑了两步就栽倒在地，齐骁上前：“我们替你去救，但你必须躲起来，保证自己的安全。”

齐骁对着对讲机说话：“后排第二个房子，楼上第二间，一个八岁的小女孩，狙击手就位。”

狙击手回话：“已就位，替你扫清‘路障’。”

化学专家神色慌张，踉跄起身：“我跟你们一起去。”

“你去只会拖累行动，暴露了就谁也走不了。”齐骁指着前面隐蔽处，“往前走，隐藏起来，我们去救你女儿。”

他看着化学专家的眼神，郑重道：“相信我们。”

化学专家知道自己去会拖累他们，心里再急迫也不能给所有人拖后腿，于是点头：“求求你们，一定要救出她。”

齐骁点头，冲化学专家抬了抬下巴，示意他过去，化学专家走向黑暗里，他和南絮跑到后面，快速跳上院墙。

外面依旧吵得热闹，黄莺分散这些人的注意力，此时完全没人知道里边出了事，都一心看热闹，看美人撒泼。

齐骁和南絮贴着墙快速往后排跑去，狙击手就位，时刻盯着外面的动静。

之前探测时，院落里有几十名持枪武装人员，他们必须在十分钟内救出小女孩，否则随时都可能会暴露。

走在空旷暴露的区域，时间紧迫，无法再躲，齐骁快速向前跑去，他伸手接住狙击手解决的人，迅速将其扔到黑暗处，最后两人出现在倒数第二排关押人质的房子外。

门口有人把守，南絮走过去，那人刚要开口，她快速抬手一掌劈在那人颈肩，面前男子身子一软被她接住拖到了里面。

齐骁从她身后进来，轻轻迈着步子，踩着木板踏在楼梯上，再轻，也会出现一丝响动，两人屏息，不知道楼上有几个人把守。

齐骁谨慎迈步，即将到二楼处，正好看到有人过来，他直接解决掉那人，而后面也突然过来一人，刚要说话，齐骁又瞬间解决。

他观察四周，二楼只有两个守卫，便抬腿快步跑过去，推开第二间的房门，里面一个小女孩坐在木板搭的床上，双眼直直地盯着门口进来的人。

她眼神充满警惕，本能地握紧双手，齐骁急忙冲她比了个嘘的手势，南絮在外面警戒，齐骁走过去："我们是来救你的，你爸爸已经在外面了，跟我走。"

小女孩穿着粉色的外套，原本的浅粉已经蹭上一层灰，她拽着齐骁的衣服："你是警察吗？"

齐骁想了想，点点头，冲她笑了下，伸出手："快跟我走。"

小女孩相信他，把小手放在面前人的大掌里，齐骁拉着女孩的手走出来，南絮见他们出来，用对讲机说："找到小女孩，我们现在出去，外围警戒。"

两人带着孩子走到楼下，看到有人过来，几人忙躲在暗处，那人进门发现不对，刚要喊人，南絮一枪解决了他。

齐骁拉着小女孩出去，南絮背对着他，向身后警戒。几人快速走到墙边，南絮先跳上墙，齐骁把小女孩举高递给她。南絮接住小女孩，然后跳下墙，冲小女孩抬手，小女孩有点胆怯，齐骁快速上来跳到墙外，小声说："来，别怕，叔叔接着你。"

正在这时，外面突然有人喊了起来，瞬间院内警报声响起，他们暴露了。小女孩吓得直接跳下去，齐骁接住她，没来得及放，抱着她直接往隐蔽处跑去。

警报一响，院外的人刚要提枪，黄莺和另一位战友快速动手，院外看守的四个和院内出来看热闹的两个，还没反应过来便倒在了地上。

齐骁掏出对讲机："小女孩已救出，狙击手解决里面的人，然后快速撤离。"

院里还有几十名持枪武装人员，听到警报，呼啦啦从里面跑出来，人越来越多，目测有六七十人，他们一共六个人，两个救人，两个引开注意，还有两个狙击手就位。

黄莺和另一名战友躲在暗处狙击追出来的武装分子，这时有人架起机关枪扫射，他们不得不躲避子弹扫射，暂时无法回击。

连续几架机关枪开始疯狂扫射，其中一架火力过猛，齐骁回头，认出那是廖爷的贴身保镖，是个狠角色。他什么时候被安排在这边的？

齐骁担心自己暴露，不能冲出去，一边抱着小女孩往前跑，一边躲着子弹的扫射，南絮掩护他离开。

齐骁转身，直接把小女孩塞到南絮手里："你抱着她跑，我来掩护。"

南絮知道他担心自己，此时没时间多说，她抱起女孩往隐蔽处跑。后方子弹越来越多，小女孩八岁，体重不轻了，南絮抱着跑有些吃力，小女孩说："阿姨，我可以自己跑。"

“没关系，你在阿姨怀里，不会受伤。”

小女孩忍着要流出来的眼泪，小小的心灵也感知得到他们的伟大，她心里涌起无尽的崇敬和感激之情。

齐骁贴在她身后，一边掩护她，一边开枪：“狙击手，外围能解决吗？”

狙击手回话：“没有有利条件，只能解决里面的。我马上撤出狙击点到外围。”

四个人，其中一个还抱着女孩子，对抗几十名武装分子，即使他们都身手极好，但子弹不长眼，机关枪扫射过来的子弹像暴雨一样砸过来。

齐骁喊话：“狙击手，快点解决火力最猛的那个。”

“马上到位。”他一边跑一边喘着气，“我没长翅膀飞不过来。”

其实大家都知道，奈何情况紧迫，而黄莺看到他们两人轮流抱着孩子，便冲出来接应。她刚跑到这边，要分担南絮怀里孩子的重量，突然一枪打在肩上，她闷哼一声，差一点摔倒。

“撑住，我来。”南絮抱着孩子，黄莺忍着肩上的伤痛，与齐骁一起回击。

而躲在暗处的化学专家，听到警报和枪声，想到他的女儿还在里面，担心会不会出事。他的心像被烙铁烫过一样，五脏六腑都要被撕裂，此时看到几人抱着孩子跑来，其中一人已经受了伤，他受不了这种煎熬，忙跑上前迎接。

齐骁打空了子弹，急忙换弹夹，抬手一枪直接把举着机关枪的人干倒，那人倒下后，又爬坐起来，举枪扫射，齐骁又补上一枪。

所有人一边回击一边撤离，对方子弹密集追击，齐骁冲南絮喊话："弹夹。"

南絮抽出弹夹扔给齐骁，他抬手在空中接住弹夹装上，动作行云流水一气呵成，而这时对面穿着黑色外套的化学专家跑了过来。

南絮急忙喊话："你快躲开！"

"你们有人受伤了，我来抱孩子。"化学专家从南絮手里接过孩子。

小女孩看到爸爸，一直忍着的眼泪终于泄堤："爸爸。"

"不哭宝贝，宝贝不哭。"化学专家抱着孩子的上身，南絮托着女孩的双腿，往停车的地方跑去。

化学专家护着女儿，刚跑到车边，突然身后一枪射来，他一个趔趄，却还是紧抱着孩子没松，把女儿放到车里，南絮微张着唇瓣，叫着齐骁："快撤，专家中弹了。"

齐骁上车后快速将车开出去，另一辆皮卡车殿后，车上的狙击手把枪支在后方，回击追赶的武装分子。

齐骁开着车，紧抿着双唇，握着方向盘的双手捏得紧紧的。南絮检查化学专家的受伤部位，子弹从后背直穿胸前，血流不止。

化学专家靠在后座上，握着女儿的手："宝贝，别哭，爸爸能活着看到你出来，也能瞑目了。"

"爸爸，爸爸……"女孩子什么也说不出来，只是不停地摇头，不停地叫着爸爸。

南絮撕了自己的衣服，按在化学专家的伤处，她也紧张，强迫自己冷静下来去安慰伤者："我们去医院，坚持住，你一定要坚持住。"

齐骁的车开得飞快，化学专家灰白的脸上露出笑意："谢谢你们，我也要说声对不起。他们抓……抓了女儿……威……威胁我……我……我不怕死……相信我……我不怕死……可是她才八岁……”

南絮紧抿着双唇，她强迫自己冷静，冷静，一定要冷静，可那一字字，一句句，都是剜着人心头上的肉，她要把眼底的泪逼回去……

女孩摸着爸爸的脸，整个人都在颤抖：“爸……爸爸……不……不要死……我只有你了爸爸。”

“我假意答应他们……拖延时间……好在……你们来了……”化学专家露出欣慰的笑。他向南絮伸出手，南絮急忙握住他的手，他说，“求……求你们……帮……帮我照顾小雨……求……求求你。”

南絮点头，重重点头。

“谢……”这时，化学专家的嘴里猛地涌出大口鲜血。“爸爸……”小女孩拿手去阻止爸爸口中涌出的血，可什么也阻止不了，血还是一口口涌出，“爸爸，爸爸，不要扔下我，爸爸……”

齐骁的车速已经飙到最快，仪表盘俨然快要撑不住，化学专家用手去摸女孩子的脸：“小雨……爸爸……永远爱……”

“你”字还未说出口，他的手已从女儿的脸上跌落，打在南絮的手上，女孩一声撕心裂肺地哀号：“爸爸……”

南絮紧紧抱着小女孩，她将目光转向车窗外，眼泪“唰”地滚落，紧抿着唇，不让自己发出声音，耳边小女孩的哭声那么悲切、绝望、撕心裂肺。

车子在路边戛然停住，齐骁下车，照着车子一连踢了几脚，踹得车身不停晃动。

后面的车随之停下，副驾驶座上的狙击手探出头问：“怎么停了？”

待黄莺下车，跑过来看到这情形，也沉默了。

所有人都沉默了，只有小女孩的哭声，悲切得连天都要落泪。

黄莺的肩膀受伤，她扶着手臂，像是感觉不到疼痛一般，抬头望向繁星点缀的夜空，这是所有人最不想看到的结果，人救出来，却没能活着离开。

齐骁打电话给渔夫，把事情经过讲明，他最后说，任务失败。

渔夫在电话那端也沉默了，末了，传来一声重重的叹息。没有任何情报传达化学专家的女儿也被抓进毒窝，营救小组事先没有准备，迫在眉睫的情况下救出人已属不易，只是最终结果谁也没料到。

他们把化学专家的遗体抬到那辆皮卡车上，小女孩的哭声止住了，却不再说话，只是不停地摸着爸爸的手、爸爸的脸，一双被血染红的小手，不停地去擦爸爸脸上的血，谁要伸手都不允许。

所有人看着这个孩子。狙击手骂了句，要回去把他们老窝全端了。齐骁说谁不想，每个人都想，他恨不得现在就动手，但要把小女孩送回去。

南絮跟黄莺说：“照顾好小雨，她爸爸临终前把她托付给我，我没办法离开，拜托你一定要把她安置在安全的地方，然后把地址给我。这孩子心灵受到重创，要多多留意她的情绪。”

黄莺点头：“放心吧，我会把她交给渔夫，渔夫办事细心稳妥，一定会好好照顾她的。”

南絮看着小女孩：“小雨，你先跟这位阿姨回国，等待时机，我会去看你。”

小女孩像是没听到她的话，目光一瞬不落地盯着爸爸的脸……

南絮和齐骁开车回酒店，路上两人一直沉默，从后门潜回房间，南絮里面的衣服和手臂都蹭上了血，她把衣服脱下来洗了，出来时，看见齐骁盘腿坐在地上，抽着烟。

她走过去，在他旁边坐下，把头靠在他肩上，两人就这样谁也没说话，一直到天空放亮，太阳升起……

安娴娜带着手下赶来，看到满院子尸体，化学专家和那个孩子都被救走，她气得发狂。

“废物，都是废物，百十来人看不住两个人，让人救走，你们都是死的，死的！”

安娴娜开车快速赶到廖爷的院落，此时天还未亮，廖爷听闻此事，手里的拐杖一下下戳着地面，安娴娜低着头不敢多言，自己手下失利，就是她失利。

“安娴娜，你太让我失望了。”

“对不起，廖爷，我错了，再给我一次机会。”当初廖爷把生意交给安娴娜，实际是给她三个月时间，让她做出些成绩。近来大动作不敢有，只能小打小闹，她想借这个机会制出新型毒品，获得更高利润，廖爷就会对她更加器重。廖爷宠安娴娜，但她也明白不能恃宠而骄，必须做出成绩才能稳住自己的位置。

廖爷眯起危险的眼睛，安娴娜急忙求他：“廖爷，再给我一次机会，我一定不会出错，这次一定不会。”

“做生意要的是胆大细心，你们这一点谁也不如老三，你们是胆子够大，却不细心，一个个都因不够缜密而失利。”

安婀娜不住点头："廖爷，我明白，我懂，再给我一次机会。"

廖爷摆了摆手："看你表现吧。"他支着拐杖起身，一边迈步往回走，一边摇头。但这件事到底是谁做的，安婀娜一点儿线索也没有。他猜测，八成是那边的人。

安婀娜的脊背全是冷汗，她从廖爷住所出来，回了自己的地盘，与手下商量对策，她眼下迫切想要做出成绩服众，让廖爷满意。

连续两天，她联络能联络的所有人，可那些人的生意太小，够不上她此时的胃口。

南絮跟齐骁回了山里，齐骁什么也不做，每天坐在窗边或是外面，晒太阳。

南絮最开始以为他因任务失败而自责，但他经历那么多，不会因此消沉，然后她发现，他看似无意，却又像是有意在做着什么。

晒太阳，不不不，他绝对不只是晒太阳，他是在等。

齐骁把金刚挂在低垂的粗树枝上，坐在躺椅上，看着金刚。南絮出来，给他递了杯水："你在等什么？"

齐骁嘴角噙着笑："等人。"

"等人？"